故乡留给我的印象，是我小说的魂魄。

学习蒲松龄

莫言

小说卷

作家与故乡

中国青年出版社

高密扑灰年画《三仙姑下凡》 清代

高密扑灰年画《绣鞋记》 清代

游湖

高密扑灰年画《许仙游湖》 清代

許仙

高密扑灰年画《许仙游湖》　清代

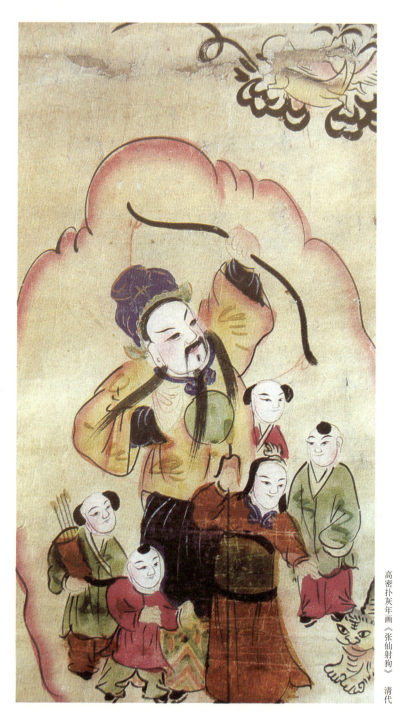

高密扑灰年画《张仙射狗》 清代

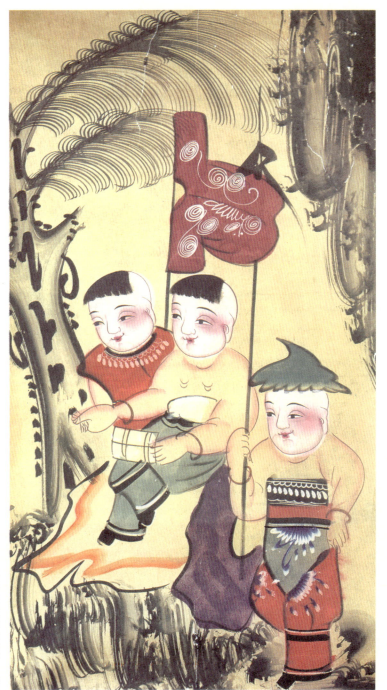

高密扑灰年画《童趣》　民国

目录

学习蒲松龄 1

　　从我家西行三百里，有一个地方叫淄川。三百年前，在淄川蒲家庄的一棵大柳树下，坐着一个白胡子老头。他的面前摆着一张小方桌，桌上放着茶壶茶碗、烟笸箩烟袋锅。来来往往的人如果口渴了或是走累了，都可以坐在小桌前，喝一杯茶或是抽一袋烟。在你抽着烟或是喝着茶的时候，白胡子老人就说："请讲个故事给我听吧。随便讲什么都行，奇人奇事，牛鬼蛇神……随便讲什么都行……求您啦……"他虽然白发苍苍，满脸皱纹，但眼睛却像三岁孩童的眼睛一样清澈，让人无法拒绝他的要求，何况还喝了他的茶水抽了他的烟，于是，一个个道听途说的、胡编乱造的故事，就这样变成了《聊斋》的素材。这个白胡子老头当然只能是蒲松龄，一个右胸乳下生着一块铜钱大黑痣的天才。

我的爷爷的老老老……爷爷是一个贩马的人，每年都有几次赶着成群的骏马从蒲家庄大柳树下路过。他喝过蒲松龄的茶、抽过蒲松龄的烟，自然也给蒲松龄讲过故事。《聊斋》中那篇母耗子精阿纤的故事就是我这位祖先提供的素材。这也是《聊斋》四百多个故事中唯一发生在我的故乡高密的故事。阿纤在蒲老前辈的笔下很是可爱，她不但眉清目秀、性格温柔，而且善于囤积粮食，当大荒年里百姓绝粮时，她就把藏在地洞里的粮食挖出来高价粜出，娶她为妻的那个穷小子也因此发了大财，并且趁着荒年地价便宜置买了大片的土地，过上了轻裘宝马的富贵生活。唯一不足的是，阿纤睡觉时喜欢磨牙，但这也是天性使然，没有办法的事。

　　得知我写小说后，这位马贩子祖先就托梦给我，拉着我去拜见祖师爷。祖先骑一匹白马，我骑一匹红马。我们纵马西行，跑得比胶济铁路上的电气列车还要快，一会儿就到了蒲家庄大柳树下。祖师爷坐在树下打瞌睡，我们的到来把他老人家惊醒。祖先说："快下跪磕头！"我慌忙跪下磕了三个头。祖师爷打量着我，目光锐利，像锥子似的。他瓮声瓮气地问我："为什么要干这行？！"我在他的目光逼视下，喏喏不能言。他说："你写的东西我看了，还行，但比起我来那是差远了！""蒲大哥，我把这灰孙子拉来，就是让您开导开导他。"祖先在我屁股上踢了一脚，大喝："还不磕头认师！。"于是我又磕了三个头。祖师爷从怀里摸出一只大笔扔给我，说："回去胡抡吧！"我接住那管黄毛大笔，低声嘟哝着："我们已经改用电脑了……"祖先踢我一脚，骂道："孽障，还不谢恩！"我又给祖师爷磕了三个头。

2

奇遇

一九八二年秋天，我从保定府回高密东北乡探亲。因为火车晚点，车抵高密站时，已是晚上九点多钟。通乡镇的汽车每天只开一班，要到早晨六点。举头看天，见半块月亮高悬，天晴气爽，我便决定不在县城住宿，乘着明月早还家，一可早见父母，二可呼吸些田野里的新鲜空气。

这次探家我只提一个小包，所以走得很快。穿过铁路桥洞后，我没走柏油路，因为柏油公路拐直角，要远好多。我斜刺里走上那条废弃数年的斜插到高密东北乡去的土路。土路因为近年来有些地方被挖断了，行人稀少，所以路面上杂草丛生，只是路中心还有一线被人踩过的痕迹。路两边全是庄稼地，有高粱地、玉米地、红薯地等，月光照在庄稼的枝叶上，闪烁着微弱的银光。几乎没有风，所有的叶子都纹丝不动，草蝈蝈的叫声从庄稼地里传来，非常响亮，好像这叫声渗进了我的肉里、骨头里。蝈蝈的叫声使月夜显得特别沉寂。

路越往前延伸庄稼越茂密，县城的灯光早就看不见了。县城离高密东北乡有四十多里路呢。除了蝈蝈的叫声之外，庄稼地里偶尔也有鸟或什么小动物的叫声。我忽然感觉到脖颈后有些凉森森的，听到自己的脚步声特别响亮与沉重起来。我有些后悔不该单身走夜路，与此同时，我感觉到路两边的庄稼地里有无数秘密，有无数只眼睛在监视着我，并且感觉到背后有什么东西尾随着我，月光也突然朦胧起来。我的脚步不知不觉地加快了。越走得快越感到背后不安全。终于，我下意识地回过头去。

我的身后当然什么也没有。

继续往前走吧，一边走一边骂自己：你是解放军军官吗？你是共产党员吗？你是马列主义教员吗？你是，你是一个唯物主义者，而彻底的唯物主义者是无所畏惧的，共产党员死都不怕还怕什么？有鬼吗？有邪吗？没有！有野兽吗？没有！世界本无事，庸人自扰之……但依然浑身紧张、牙齿打颤，儿时在家乡时听说过的鬼故事"连篇累牍"地涌进脑海：一个人走在路上，突然听到前边有货郎挑子的嘎吱声，细细一看，只见到两个货挑子和两条腿在移动，上身没有……一个人走夜路碰到一个人对他嘿嘿一笑，仔细一看，是个女人，这女人脸上只有一张红嘴，除了嘴之外什么都没有，这是

"光面"鬼……一个人走夜路忽然看到一个白胡子老头在吃草……

我后来才知道我的冷汗一直流着，把衣服都溻湿了。

我高声唱起歌来："向前向前向前——杀——"

自然是一路无事。临近村头时，天已黎明，红日将出未出时，东边天上一片红晕，村里的雄鸡喔喔地叫着，一派安宁景象。回头望来路，庄稼是庄稼道路是道路，想起这一路的惊惧，感到自己十分愚蠢可笑。

正欲进村时，见树影里闪出一个老人来，定睛一看，是我的邻居赵三大爷。他穿得齐齐整整，离我三五步处站住了。

我忙问："三大爷，起这么早！"

他说："早起进城，知道你回来了，在这里等你。"

我跟他说了几句家常话，递给他一支带过滤嘴的香烟。

点着了烟，他说："老三，我还欠你爹五元钱，我的钱不能用，你把这个烟袋嘴捎给他吧，就算我还了他钱。"

我说："三大爷，何必呢？"

他说："你快回家去吧，爹娘都盼着你呢！"

我接过三大爷递过来的冰冷的玛瑙烟袋嘴，匆匆跟他道别，便急忙进了村。

回家后，爹娘盯着我问长问短，说我不该一人走夜路，万一出点什么事就了不得了。我打着哈哈说："我一心想碰到鬼，可是鬼不敢来见我。"

母亲说："小孩子家嘴不要狂！"

父亲抽烟时，我从兜里摸出那玛瑙烟袋嘴，说："爹，刚才在村口我碰到赵三大爷，他说欠你五元钱，让我把这个烟袋嘴捎给你抵债。"

父亲惊讶地问："你说谁？"

我说："赵家三大爷呀！"

父亲说："你看花了眼吧？"

我说："绝对没有，我跟他说了一会儿话，还敬了他一支烟，还有这个烟袋嘴呢！"

我把烟袋嘴递给父亲，父亲竟犹豫着不敢接。

母亲说："赵家三大爷大前天早晨就死了！"

夜渔   3

经过很长时间的缠磨，九叔终于答应夜里带我去拿蟹子。那是六十年代中期。我们那每年都涝，出了村庄二里远，就是一片水泽。

吃过晚饭后，九叔带我出了村。临行时母亲一再叮嘱我要听九叔的话，不要乱跑乱动，同时还叮嘱九叔好好照看着我。九叔说，放心吧嫂子，丢不了我就丢不了他。母亲还递给我们两张葱花烙饼，让我们饿了时吃。我们披着蓑衣，戴着斗笠。我拎着两条麻袋。九叔提着一盏风雨灯，扛着一张铁锹，出村不远，就没了道路，到处都是稀泥浑水和一棵棵东倒西歪的高粱。幸好我们赤脚光背，不在乎水、泥什么的。

那晚上月亮很大，不是八月十四就是八月十六。时令自然是中秋了，晚风很凉爽。月光皎洁，照在高粱间的水上，一片片烂银般放光。吵了一夏天的蛙类正忙着入蛰，所以很安静。我们拖泥带水的声音显得很大。感到走了很长很长时间，才从高粱地里钻出来。爬上一道堰埂，九叔说这就是河堤，是下栅子捉蟹的地方。

九叔脱了蓑衣摘了斗笠，又脱掉了腰间那条裤头，赤裸裸一丝不挂，扛着铁锹跳到那条十几米宽的河沟里去，铲起大团的盘结着草根的泥巴截流。河沟里的水约有半米深，流速缓慢。一会儿工夫九叔就在河水中筑起了一条黑色的拦水坝，靠近堰埂这边，开了一个两米的口子，插上双层的高粱秸栅栏。九叔把马灯挂在栅栏边上，便拉我坐在灯影之外，等待着拿蟹子。

我问九叔，拿蟹子就这么简单吗？

九叔说你等看看吧，今夜刮的是小西北风，北风响，蟹脚痒，洼地里蟹子急着到墨水河里去集合开会，这条河沟是必经之路，只怕到了天亮，捉的蟹子咱用两条麻袋都盛不下呢。

堰埂上也很潮湿，九叔铺下一件蓑衣，让我坐上去。他裸着身体，身上的肉银光闪闪。我觉得他很威风，便对他说他很威风。他得意地站起来，伸胳膊踢腿，像个傻乎乎的大孩子。

九叔那年十八岁多一点，还没娶媳妇。他爱玩又会玩，捕鱼捉鸟，偷瓜摸枣，样样都在行，我们很愿意跟他玩。

折腾了一阵，他穿上那条裤头，坐在蓑衣上，说，不要出动静了，蟹子们鬼得很，听到动静就趴住不爬了。

　　我们安静了，一会儿盯着那盏放射出温暖的黄色光芒的马灯，一会儿盯着那个用高粱秆栅栏结成的死城。九叔说只要螃蟹爬到栅栏里就逃脱不了了，我们下去拿就行了。

　　河水明晃晃的，几乎看不出流动，只有被栅栏阻挡起的簇簇小浪花说明水在流动。蟹子还没出现，我有些着急，便问九叔。他说不要心急，心急喝不了热粘粥。

　　后来潮湿的雾气从地上升腾起来，月亮爬到很高的地方，个头显小了些，但光辉更明亮，蓝幽幽的，远远近近的高粱地里，雾气团团簇簇，有时浓有时淡，煞是好看。水边的草丛中，秋虫响亮地鸣叫着，有嚯嚯的，有吱吱的，有唧唧的，汇合成一支曲儿。虫声使夜晚更显得宁静。高粱地里，还时不时地响起哗啦啦的蹚水声，好像有人在大步走动。河面上的雾也是浓淡不一，变幻莫测，银光闪闪的河水有时被雾遮盖住，有时又从雾中显出来。

　　蟹子们还没出现，我有些焦急了。九叔也低声嘟哝着，起身到栅栏边上去查看。回来后他说：怪事怪事真怪事，今夜里应该是过蟹子的大潮呀，又说西风响蟹脚痒，蟹子不来出了鬼了。

　　九叔从河边的一棵灌木上，摘下一片亮晶晶的树叶，用双唇夹着，吹出一些唧唧啾啾的怪声。我感到身上很冷，便说：九叔，你别吹了，俺娘说黑夜吹哨招鬼。九叔吹着树叶，回头看我一眼。他的目光绿幽幽的，好生怪异。我心里一阵急跳，突然感到九叔十分陌生。我紧缩在蓑衣里，冷得浑身打颤。

九叔专注地吹着树叶，身体沐在愈发皎洁的月光里，宛若用冰雕成的一尊像。我心中暗自纳闷：九叔方才还劝我不要出动静，怕惊吓了蟹子，怎么一转眼自己反倒吹起树叶来了呢？难道这是一种召唤蟹子的号令？

我压低嗓门叫他："九叔，九叔。"他对我的叫唤毫无反应，依然吹着树叶，唧唧啾啾吱吱，响声愈发怪异了。我慌忙咬了一下手指，十分疼痛。说明不是在梦中。伸出手指去戳了一下九叔的脊背，竟然凉得刺骨。这时，我真正有些怕了，我寻思着要逃跑，但夜路茫茫，泥汤浑水高粱遍野，如何能回到家？我后悔跟九叔捕蟹子了。这个吹着树叶的冰凉男人也许早已不是九叔了，而是一个鳖精鱼怪什么的。想到此，我吓得头皮发炸，我想今夜肯定是活不回去了。

天上不知道何时出现了一朵黄色的、孤零零的云，月亮恰好钻了进去。我感到这现象古怪极了，这么大的天，月亮有的是宽广的道路好走，为什么偏要钻到云团中去呢？

清冷的光辉被阻挡了。河沟、原野都朦胧起来，那盏马灯的光芒强烈了许多。这时，我突然嗅到一股淡淡的幽香。幽香来自河沟，沿着香味望过去，我看到水面上挺出一枝洁白的荷花。它在马灯的光芒之内，那么水灵，那么圣洁，我们家门前池塘里盛开过许多荷花，没有一枝能比得上眼前这一枝。

荷花的出现使我忘记了恐惧，使我沉浸在一种从未体验过的洁白清凉的情绪中。我不知不觉地站起来，脱掉蓑衣，向荷花走去。我的腿浸在温暖的水中，缓缓流淌的水轻轻抚摸着我的大腿，我感到快要舒服死了。离荷花本来只有几步路，但走起来却显得特别漫长。我与荷花之间的距离仿佛永远不变，好像我前进一步，它便后退一步。我的心处于一种幸福的麻醉状态，我并不希望采摘这朵荷花，我希望永远保持着这种荷花走我也走的状态，在这种缓慢的、有美丽的目标的追随中，温暖河水的抚摸，给了我终生难忘的幸福体验。

后来，月亮的光辉突然洒满河道，一瞬间，我看到它颤抖两下，放射出几道比闪电还要亮的灼目白光，然后，那些宛若玉贝雕琢成的花瓣纷纷落下。花瓣打在水面上，碎成细小的圆片，旋转着消逝在光闪闪的河水中，那枝高挑着花瓣的花茎，在花瓣凋落之后，也随即萎靡倾倒，在水面上委蛇几下，化成了水的波纹……

我不知不觉中眼睛里流淌出滚滚的热泪，心里充满甜蜜的忧伤。我心中并无悲痛，仅仅是忧伤。眼前发生的一切，宛若一个美丽的梦境。但我正赤身站在河水中，水淹至我的心脏，我的心脏的每一下跳动都使河水轻轻翻腾，水面上泛起涟漪。荷花虽然消逝了，但清淡的幽香犹存，它在水面上飘漾着，与清冽的月光、凄婉的虫鸣融为一体……

一只有力的大手抓住我的脖颈把我提出水面，水珠一串串，像小珍珠，从我的胸腔、肚腹、蚕蛹大的小鸡鸡上，滴溜溜地滚落到水面上。我听到河水被两条粗壮的大腿蹚开，发出哗啦啦的巨响。随后，我的身体被抛掷起来，在空中翻了一个斤斗，落在蓑衣上。

我想一定是九叔把我从河中提上来，但定眼一看，九叔端坐在堰上，依然那么专注痴迷地吹着树叶，没有一丝一毫移动过的迹象。

我大叫了一声：九叔！

九叔叼着树叶，回头看了我一眼，那目光完全是陌生人的目光，并且那目光中还透出几分愠恼，好像嫌我打扰了他的吹奏。有了下河追随荷花的经历，恐惧竟离我而去，我已不太在乎九叔是人还是鬼，他似乎只是一个引我进入奇境的领路人，目的地到达，他的存在也就失去了意义。这样想着，他吹奏树叶的声音也由鬼气横生变得婉转动听了。

马灯的昏黄光芒向我提示，我们是来捉螃蟹的。一低头，一抬头，就看到成群结队的螃蟹沿着高粱秸栅栏往上爬。螃蟹们的个头很整齐，都有马蹄般大小，青色的亮盖，长长的眼睛，高举着生满绿毛的大螯，威风又狰狞。我生来就没见过这么大、这么多的螃蟹集中在一起，心里又兴奋又胆怯。戳九叔，九叔不动。我很有些愤怒，螃蟹不来，你着急；螃蟹来了，你吹树叶，要吹树叶何必半夜三更跑到这里来吹？我又一次感到九叔已经不是九叔。

一只软绵绵的手摸我的头颅，抬头一看，竟是一个面若银盆的年轻女人。她头发很长、很多，鬓角上别着一朵鸡蛋那么大的白色花朵，香气扑鼻，我辨不出此花是何花。她满脸都是微笑，额头正中有粒黑痦子。她身穿一袭又宽又大的白色长袍，在月光中亭亭玉立，十分好看，跟传说中的神仙一模一样。

她用低沉甜美的声音问我："小孩，你在这里干什么呀？"

我说："我在这里捉螃蟹呀。"

她哧哧地笑起来，说："这么小个东西，也知道捉螃蟹？"

我说："我跟我九叔一块儿来的，他是我们村里最会捉螃蟹的人。"

她笑着说："屁，你九叔是天下最大的笨蛋。"

我说："你才是笨蛋呢！"

她说："小东西，我让你看看我是不是笨蛋。"

她回手从身后拖过一根带穗的高粱秆，往河沟中的两道栅栏间一甩，那些青色的大螃蟹就沿着秆儿飞快地爬上来。她把高粱秆的下端插进麻袋，那些螃蟹就一个跟着一个钻到麻袋里去了。瘪瘪的麻袋很快就鼓胀起来，里边嘈杂着万爪抓搔、千嘴吐泡沫的声音。一只麻袋眼见着满了，她从脚前揪下一根草茎，三绕两绕，把麻袋口缝住了。另一只麻袋也很快满了，她又用一根草茎封了口。

"怎么样？"她得意地问我。

我说："你一定是个神仙！"

她摇摇头，说："我不是神仙。"

"那你一定是个狐狸！"我肯定地说。

她大笑着说："我更不是狐狸。狐狸，多丑的东西，瘦脸、长尾、满身的脏毛、一股子狐臊气。"她把身体凑上来，说："你闻闻，我身上有臊气没有？"

我的脸笼罩在她的那股浓烈的香气里，脑袋有些眩晕。她的衣服摩擦着我的脸，凉凉的，滑滑的，十分舒服。

我想起大人们说过的话，狐狸能变成美女，但尾巴是藏不住的。便说："你敢让我摸摸你的屁股吗？要是没有尾巴，我才相信你不是狐狸。"

"咦，你这个小东西，想占你姑奶奶的便宜吗？"她很严肃地说。

"怕摸你就是狐狸。"我毫不退让地说。

"好吧，"她说，"让你摸，但你的手要老实，轻轻地摸，你要弄痛了我，我就把你摁到河里灌死。"

她掀起裙子，让我把手伸进去。她的皮肤很滑不溜手，两瓣屁股又大又圆，哪里有什么尾巴？

她回过头来问我："有尾巴没有？"

我不好意思地说："没有。"

"还说我是狐狸吗？"

"不说了。"

她用手指在我脑门上戳了一下，说："你这个又奸又滑的小东西。"

我问："你既不是狐狸，又不是神仙，那你究竟是什么？"

她说："我是人呀。"

我说："你怎么会是人呢？哪有这么干净，这么香，这么有本事的人呢？"

她说："小东西，告诉你你也不明白。二十五年后，在东南方向的一个大海岛上，你我还有一面之交，那时你就明白了。"

她把鬓角上那朵白花摘下来让我嗅了嗅，又伸出手拍拍我的头顶，说："你是个有灵气的孩子，我送你四句话，你要牢牢记住，日后自有用处：镰刀斧头枪。葱蒜萝卜姜。得断肠时即断肠。榴楂树上结槟榔。"她的话还没说完，我便睡眼朦胧了。

等到我醒来时，已是红日初升的时候，河水和田野都被辉煌的红光笼罩着，那一望无际的高粱像静止不动的血海一样。这时，我听到远远近近的有很多人呼唤我的名字。我大声地答应着，一会儿，我的父母、叔婶、哥哥嫂嫂们从高粱地里钻出来，其中还有我的九叔。他一把抓住我，气愤地质问我：

"你跑到哪里去了？！"

据九叔说，我跟随着他出了村庄，进了高粱地，他摔了一跤爬起来就找不到我了，马灯也不见了。他大声喊叫，没有回音，他跑回家找我，家里自然也找不到，全家人都被惊动了，打着灯笼，找了我整整一夜，我说：

"我一直跟你在一起呀。"

"胡说！"九叔道。

"这是两麻袋什么？"哥哥问。

"螃蟹。"我说。

九叔撕开缝口的草茎，那些巨大的螃蟹匆匆地爬出来。

"这是你拿的？"九叔惊讶地问我。

我没有回答。

今年夏天，在新加坡的一家大商场里，我跟随着朋友为女儿买衣服，正东挑西拣地走着，猛然间，一阵馨香扑鼻，抬头看到，另一间试衣室里，掀帘走出一位少妇，她面若秋月，眉若秋黛，目若朗星，翩翩而出，宛若惊鸿照影。我怔怔地望着她。她对我妩媚一笑，转身消逝在熙熙攘攘的人流里。她的笑容，好像一支利箭，洞穿了我的胸膛。靠在一根廊柱上，我心跳气促，头晕目眩，好久才恢复正常。朋友问我怎么回事，我心不在焉地摇摇头，没有回答。回到旅馆后，我突然想起了那个帮我捉螃蟹的女人，掐指一算，时间正是二十五年，而新加坡也正是一个"东南方向的大海岛"。

天才

4

　　蒋大志少时，被村里的尊长、学校里的老师公认为最聪明的孩子。他生着一颗圆溜溜的脑袋，两只漆黑发亮的眼睛，一看模样就知道是个天才。那时候，老师夸奖他，女同学喜欢他，我们——他的男同学，总感到他别扭，总是莫名其妙地恨他——现在，我们知道了那种不健康的感情是嫉妒。老师常常骂我们的脑袋是死榆木疙瘩，利斧劈不开一条缝，要我们向蒋大志学习。我们的一位叫"花猪"的同学反驳老师：蒋大志的脑袋跟我们的脑袋不一样，让我们怎么学？难道让爹娘重新回我们一次炉吗？"花猪"的话把那位外号"狼"的老师逗笑了。"狼"看看蒋大志那颗在一片脑袋中出类拔萃的脑袋，叹一口气，说：是不能学了，你们也无法回炉——出窑的砖，定型了。我们回家把"狼"的话向家长转述了，家长们也只好叹息。

从此后，"狼"便把大部分精力倾注到蒋大志身上，对我们这些蠢材放任自流。蒋大志也不辜负"狼"的期望，先是在地区小学生作文比赛中获得一等奖，继而又写了一篇题为《地球是颗大西瓜》的科幻文章，在《小学生科技报》发表了。这件事引起了很大的轰动，成了村里人半个月内的主要话题。蒋大志的爹蒋四亭也兴奋得要命，逢人说不上三句话就扯出儿子的话头来。后来，人们一见他的面，索性劈头便说：老蒋，你这个儿子是怎么做出来的？把秘诀传传，我们也去做个天才。老蒋听不出人们话语中的讥讽之意，反而十分认真地说：哪里有什么秘诀？一样的父精母血，一样的炕东头滚到炕西头，要说有什么，就是这孩子生下来就睁着眼。老蒋还说，如果吃得好一点，蒋大志还要聪明。听话的人说：老蒋，别让你儿子再聪明了，他要再聪明俺那些孩子就该捏死了。

我们明白了蒋大志的聪明与他那颗大脑袋有关后，就开始酝酿一个阴谋。"花猪"是主要的策划者。我们的目的是打坏蒋大志的脑袋，但又不能被"狼"发现。有人提议夜晚把他骗出来，从后脑勺上给他一闷棍；有人提议放学后躲到胡同里，当面给他一砖头。这些办法都被"花猪"否定了，说这样搞非倒大霉不行。"花猪"想了个办法：拉蒋大志打篮球，用篮球砸他的后脑勺，第一是不破皮不出血，"狼"抓不到把柄；第二可以把事情解释成传球失误。这办法赢得了我们的一致喝彩。我们说："花猪"你才是真天才呢，蒋大志会写几篇破作文算什么天才？

有一天上体育课，"狼"照老例给我们一个篮球，让我们到球场上去胡闹。球场上坑坑洼洼，碎砖烂瓦到处可见，球场边上有一棵槐树，树干上绑一个铁圈，就算篮筐。女生们在一起玩跳绳、跳方、踢健子，男生在一起抢篮球，嗷嗷叫着跑了一阵子，"花猪"挤挤眼，我们会意，故意拥挤在一起，把蒋大志推来搡去，先把他搞得晕头转向，然后，不知是谁冷不防扬起两把浮土，大喊着：地雷爆炸了。浮土迷了许多人的眼，当然蒋大志的眼迷得最厉害。我看到篮球传到"花猪"手里，他双手抱球，举到头上，铆足了劲，对着蒋大志的后脑勺子砸过去。呼！篮球反弹回去，蒋大志就地转圆圈。我们叫着追篮球去了。蒋大志一个人站在那儿哭。

事后，大家都担心蒋大志向"狼"报告。"花猪"跟我们几个骨干分子订立了攻守同盟。我们等待着"狼"的惩罚，每天上课时都提心吊胆。但什么事也没有发生。我们继续蠢笨，蒋大志继续聪明。

几年之后，我们毕了业，很自然地回家种庄稼做农民，只有蒋大志一个人考到县一中去继续念书。我们与蒋大志拉开了距离，那种莫名其妙地恨人家的感觉无形中消逝了。当我们趁着凌晨水清去河里挑水时，经常能碰到蒋大志背着书包、口粮匆匆往学校赶。我们很恭敬地问候他，他也很礼貌地回答。我记得那时他的脸很苍白，神情很悒郁，走起路来飘飘的，好像脚下没有根基。

又过了几年，听说他考上了大学，而且还是很名牌的大学。我们听到这消息，一点儿也不感到吃惊。我们感到这是应该发生的事情，蒋大志有那么大、那么圆的脑袋，他不去上大学，这个世界上谁还配上大学呢？

好像是在一个阴雨连绵的夏季，我、"花猪"等人在河堤上守护堤坝。河里水很大，淹没了桥梁，但决堤的危险是不存在的，所以我们坐在河堤上下五子棋玩。蒋大志的爹找到我们，说蒋大志放暑假回来了，被河水隔在了对岸，刚才乡政府摇电话过来，让我们绑几个葫芦渡他过来。我们很爽快地答应了。

渡他过河后，他穿着一条裤头站在河堤上发抖，周身的皮肤土黄色，一身骨头，显得那头更大。我们不约而同地想起在篮球场上算计他的事，都觉得心里愧愧的。

"花猪"说："兄弟，当年我打了你一球，原想把你的天才打掉哩。"

他笑着说："真要感谢你那一球呢，你那一球把我打成天才了。"

"花猪"问："哪有这样的事？"

他说："你们等着看吧。"

我问："兄弟，你在大学里学什么呢？"

他说："大学里学不到什么，我正准备退学呢！"

我说："使不得。兄弟，你是咱村多少年来第一个大学生，大家盼着你成大气候呢。你成了大气候，我们这些同学也跟着沾光。"

他摇摇头，显然是走神了。

我们听到蒋大志退学回家的消息，都大吃了一惊。多少人想上大学去不了啊！吃惊之后，我们也感到惋惜，像我们这些蠢猪笨驴，在庄户地里翻土倒粪，原是生就的骨头长就的肉，命定了。但你蒋大志长了颗那样的脑袋，在庄户地里不是白白糟蹋了吗？我找到几个当年合谋陷害蒋大志的同学，想一起去劝劝他。我们想，书念多了的人，有时也会犯胡涂，他哪里知道庄户地里的厉害？要是真有十八层地狱，庄户地里就是第十八层了！权贵人家的狗，也比我们活得舒坦。

我们推开他家的栅栏门，一条尖耳朵的小黄狗摇着尾巴欢迎我们。他家的四间瓦屋还算敞亮，满院子向日葵开得正热闹。我们才要喊，他的爹已经出来了。他压低了嗓门问：

"你们有什么事？"

"花猪"说："听说大志兄弟退了大学，我们想来劝他，让他别犯胡涂。"

他爹摇摇头，说："我和他娘把嘴唇都磨薄了！这孩子，从小主意大，认准了理儿，十头老牛也拉不回转。"

我说："我们不忍心看着他这样把自己的前程糟蹋了，劝劝，兴许劝回了头。"

他爹说："各位大侄子，不必费心了，任由着他折腾去吧。"

"花猪"说："不行，我们不能眼瞅着他把自己毁了。咱这个穷村子，五辈子就出了这么个大学生。"

我们正吵嚷着，蒋大志从屋里出来了。他弓着腰，脸色蜡黄，一副大病缠身的样子。他摘下眼镜，在衣襟上擦擦，戴上，对我们说：

"各位老同学，你们的话，我都听到了。"

我们刚要劝说，他伸出一只手，举起来，晃晃，说：

"老同学们，你们知道唐山大地震吧？"

"花猪"说："怎么能不知道！唐山地震那会儿，俺家的房梁还咯崩响呢。"

他问："你知道唐山地震死了多少人吗？"

我们不知道。

他说："唐山地震死了二十四万人。这还算少的呢，一五五六年陕西大地震、死了八十三万人。还有日本大地震，智利大地震，死人都在十万以上。"

我们说："我们想来劝你回去念大学哩，你给我们说地震干什么。"

他说："老同学们，你们不知道，我们这个地区，处在地震活跃带上，随时都有可能爆发大地震。"

"花猪"说："那你更不应该回来了。真要来了地震，砸死俺这样的，给国家省粮食，减人口，死一个少一个，砸死你可不得了，你是有用的人，不能死。"

他说："老同学，要是家乡的人都砸死，我当了国家主席又有什么意思？我退学回来，就是为了研究地震预报。"

我说："这事儿国家还能不搞？"

他摇摇头，说："我去参观过他们的设施，那些东西，根本不灵。当然，更落后的，还是他们的观念。他们地震理论的大前提是根本错误的，所以，他们研究手段愈先进，他们背离真理就愈远。这与'南辕北辙'是一个道理。"

我们迷茫地看着他。

他很无奈地说："我看出来了，我说的话，你们既不相信，也不明白。"他指指自己的脑袋，说："你们不相信我，总该相信它吧！"

他的衣襟上沾满了红蓝墨水，他的脑袋上，似乎冒着缭绕的白气，那不是仙气又是什么？我们心中的敬畏油然而生，嘟嘟哝哝地说着："兄弟，我们相信你，你研究吧，有什么活儿要干，就跟我们打个招呼。"我们倒退着离开他的家门。

河边的沙地上，种着一望无际的碧绿的西瓜。这是鲁迅先生用过的句子，我们在小学生语文课本上读到过的。瓜田有张三家的，有李四家的——几乎家家都有一块。我们这地方的土质最适合种西瓜。这里的西瓜个大皮薄，脆沙瓤儿，屈指一弹，便能爆裂。家家的瓜田里，都有一个瓜棚，远看像一座座碉堡。蒋大志退学之后，在家猫了一冬，我们不敢去打扰他，见面问他爹，他爹说他没日没夜地写、画。我们问他写什么？画什么？他爹说写一些弯弯曲曲的外国字，画一些奇形怪状的科学画。这小子，他爹不无自豪地说，没有干不成的事，这小子，没准真能下出个金蛋呢。

开春之后，我们有一半时间泡在西瓜地里，眼见着西瓜爬蔓、开花、坐果。当小西瓜长到毛茸茸的拳头大时，蒋大志出现在他爹的瓜地里。半年多没见，他脸更白，眼更大，瘦弱的身体，似乎已承担不了脑袋的重量。我们原以为他是出来看风景，没想到他是来搞研究呢。

他拿着一个放大镜，跪在他爹的西瓜地里，照完了瓜秧照西瓜，翻天覆地照，一照就是一上午。河里水明光光的，他的头也是明光光的。我们想他是不是不研究地震而研究西瓜了？研究课题的转变使我们高兴，他如果能研究出西瓜的新品种，栽培的新技术，对我们大大有利。我们不敢直接问他，间接地问他爹，他爹说他也不知道。那时候他爹还是幸福的，天气略有些干旱，正适合西瓜生长。在长势良好的西瓜地里，还成长着一个即将震惊世界的儿子，老头怎能不幸福？

他的娘有时把午饭送到地里来。老太婆看到儿子脑袋上亮晶晶的汗珠和满身的尘土，忍不住地说："儿啊，歇会儿吧，让你那个脑袋瓜子歇会儿吧。"

他的刻苦精神让人感动，我们通过他认识到：当个科学家比当农民还要艰难，当农民是要出大力流大汗，但干完了活跳到河里洗个澡，躺在四面通风的瓜棚里睡一觉，享受的也是人间至福。可是我们在瓜棚里吹着凉风睡觉时，科学家还跪在西瓜地里冥思苦想。时间一天天熬过去，西瓜一天天长大，我们眼见着他瘦。他的身子快成了瓜秧，脑袋不见瘦，快成了西瓜。我们劝他爹："大叔，让大志兄弟歇会吧，他那膝盖上，是不是扎了根？这样下去，你儿子就变成一颗西瓜了。"

布谷鸟飞来又飞走。槐花盛开又凋落。麦子熟了。西瓜长得比蒋大志的脑袋还要大了。天气热了。有一天，忽喇喇一个闪，喀隆隆一个雷，第一场雷雨下来了。雨点中夹杂着一些花生米大小的冰雹。我们都躲在瓜棚里避雨。科学家还跪在西瓜地里，擎着头，直瞪着眼，思考着最最深奥的大问题。西瓜叶子被风吹着，翻卷出灰白的、毛茸茸的叶背，闪出了满地油漉漉、圆溜溜的大西瓜。稀疏的冰雹打穿了一些西瓜的叶片，也在西瓜上打出了一些伤痕，我们有些心疼。但我们更心疼正遭受着风吹雨淋雹打的科学家的脑袋。他那稀疏的头发淋湿后紧贴在头皮上，更像西瓜了，冰雹打上去，洁白的、亮晶晶地弹跳起来，落在一旁。我的瓜棚离他爹的瓜棚最近，我大声喊："蒋大叔，你难道不想要这个儿子了吗？"

他的爹冒着风雨跑到我的瓜棚里来，浑身哆嗦着，眼泪汪汪地说："怎么办？怎么办？他说了，天上下刀子也不要打扰他，他思考的问题已到了最关键的时刻，今天是最后解决的时间了……"

我说："也不能眼睁睁地看着他被雨淋死呀。"

我们拿着斗笠、蓑衣，走到科学家身边，似乎听到了他脑袋里发出隆隆的响声，这是一台伟大的思想机器在运转。我试探着用食指戳了一下他的肩膀，感觉到了冰冷和僵硬。不好，大叔，你儿子已经冻僵了。

我们往他的嘴里灌了姜汤，又用烧酒搓了他的全身。他灰白的肉体上渐渐洇出了一些粉红的颜色，凝固了的眼珠慢慢地转起来。

他试图站起来，但分明是没有力气。他的眼睛里闪动着满天飞舞的鸟儿也许才有的兴奋，他哆嗦着嘴唇说：

"伙计们，我明白了！"

说完了这句话，科学家一头栽倒。我们伸手试试他的额头，老天爷，烫得像火炭一样。我们从瓜棚上拆下一页门板，几个人抬着科学家，涉过河水，跑到了乡卫生院。

头批西瓜摘下来时，科学家出院了。我们齐集在他爹的瓜棚里，等待着他向我们宣布他的思想成果。

他双手端着一颗大西瓜，气喘吁吁地说：

"兄弟爷们，老同学们，我知道这个问题很复杂很深奥，三言两语说不清楚，我尽量地把问题简单化，形象化，便于你们理解。通过观察研究，我发现：西瓜的生长发育过程，与地球的生长发育过程完全一致，西瓜是一个缩小的地球，或者说，我现在双手端着一个缩小了无数倍的地球……因此，研究西瓜就是研究地球，解剖西瓜就是解剖地球，我已经明白了地震的生成原因，我已经能够准确地预报地震……"

他把西瓜放在木板上，从铺下抽出明晃晃的瓜刀，嚓，把西瓜切成两半，他指点着那些红瓤黑籽筋筋络络对我们说：

"瞧，这是地壳，这是地幔，这是地核，这是灼热的岩浆，这是移动的板块……"

我们呆呆地看着他。他宽容地笑了，把那颗熟透的西瓜一阵乱刀剁成了无数小块，分给我们，说："你们一定在想这小子是不是神经病？我不怪罪你们。吃西瓜，尝尝新鲜，尝尝我爹的劳动成果"。

我们捧着那一牙西瓜，感到非常非常沉重，这是一部分地球呀，也许这一牙西瓜上，就有半个中国，这上边有大城市、大森林、大沙漠、大海洋、大雪山……

我们胆颤心惊地咬了一口红色的瓜瓤——他说，这是岩浆——我们感到今年的地球成色很好，冰凉的岩浆水分充足，又沙又甜，进口就能溶化……

他说："你们为什么不反驳呢？你们应该问我，蒋大志，我问你：如果西瓜代表地球，那么地球上的海表现在西瓜的什么位置上？长江在哪？黄河在哪？喜马拉雅山在哪？哪是北京哪是华盛顿？西瓜长在瓜秧上，地球呢？是不是也结在一棵秧上？太阳系是一片西瓜呢还是一颗西瓜？宇宙中是否布满四维爬动的西瓜藤？这个枝丫里结着一个太阳？那个枝丫里结着一颗月亮？……你们为什么不问呢？"

我们捧着地球皮更加发呆，每个人都感到脑袋发胀，那么多的星球在我们的脑袋里像西瓜一样碰撞着，翻滚着，我们头痛欲裂，脑浆子变成了灼热的岩浆……

他悲哀地看着我们，咬了一口岩浆，吐出一块地幔，扔掉一块啃完的地壳，说：

"我知道，你们不需要我的解答了。但是，兄弟们，爷儿们，人类们，我是爱你们的……"

从此之后，我们再也无法安宁，尤其是夜晚在瓜棚里看瓜时，抬头看到满天的星星，低头看到遍地的西瓜，就感到一种巨大的恐惧，无数疑问像成群的蚂蚁一样在脑子里爬：西瓜是地球，瓜叶是什么？瓜花是什么？瓜籽是什么？玉米是什么？大豆是什么？吃瓜的獾是什么？沙地是什么？尿素化肥是什么？……人又是什么？

5

良医

　　那时候高密东北乡总共只有十几户人家，紧靠着河堤的高坡上，建造着十几栋房屋，就是所谓的"三份村"了。村名"三份"，自然有很多讲说，但本篇要讲治病求医的事，就不解释村名了。

　　却说我们这"三份村"里，有一个善良敦厚的农民，名叫王大成。王大成的老婆没有生养，老两口子过活。这年秋天，雨水很大，河堤决了口。田野里一片汪洋，谷子、豆子什么的，都涝死了，只有高粱，在水里擎着头，挑着一些稀疏的红米。过了中秋节，洪水渐渐消退，露出了地皮。黑土地上，淤了一层二指厚的黄泥，这黄泥极肥，最长麦子。虽然秋季几乎绝了产，但村里人也不十分难过，因为明年春季如果不碰上风、雹、丹、锈，麦子就会大丰收。那时候人少地多、广种薄收，种地比现在省事得多了。种麦子更简单：一个人背着麦种，倒退着在泥地里走，随手把麦种撒在脚窝里，后边跟着一个人，手持一柄二齿铁勾子，挖一点地，把麦种盖住即可。王大成和他老婆一起去洼地里种麦子。他老婆踩窝撒种，大成跟在后边抓土埋种。他老婆自然是小脚，踩出来的脚窝圆圆的，好像驴蹄印一样。大成和老婆开玩笑，说她是匹小母驴，他老婆说他是匹大叫驴。两口子说笑着，心里很是愉快。然而世界上的事，总是祸福相连，悲喜交集，所谓"乐极生悲"就是这道理。大成和老婆正调笑着，忽觉得脚底一阵刺痛，仿佛被什么东西扎了一下。庄户人家，一年总有八个月打赤脚，脚上挨下扎，是十分正常、经常发生的事情，所以大成也没在意，继续与老婆一起点种小麦。晚上洗了脚上炕，大成感到脚底有点痒，扳起来看看，见脚心正中有一个针鼻大的小孔，正在淌着黄水。大成让老婆弄来一点烧酒，倒在伤口上，便倒头睡了。因为白日里与老婆调笑时埋下了一些情欲的种子，夜晚又被她扳着脚涂酒吹气，吹灯之后，便亲热了一番。临近天亮时，大成做了一个梦，梦见自己把一条腿伸到灶下，点火燃着，煮得锅里的绿豆汤翻浪头。醒来后，感到一条腿滚烫，忙叫老婆打火点灯，借着灯光一看，那条腿已肿到膝盖，肿得明光光的，好像皮肉里充满气，充满了汁液。

天亮之后，不能下地了，老婆要去"黑天愁村"搬先生，大成说："我自己慢慢悠逛着去吧。""黑天愁"距"三份"三里路，三里路的两边，都是一个连一个的水洼子。大成的腿不痛，只是肿胀得有些不便，一拖一拖地挪到"黑天愁"，见到了先生。先生名叫陈抱缺，专习中医外科，用药狠，手段野，有人送他外号"野先生"。大成去时，"野先生"还在睡觉。大成坐在门口，抽着烟袋等候，一直等到日上三竿，"野先生"起床，大成进去，说请先生给瞧瞧腿。"野先生"皱皱眉头，伸出三个指头搭了搭大成的脉，说："家去吧，让你老婆弄点好吃的你吃，把送老的衣裳也准备准备。"大成问："先生的意思是说我不中了？""野先生"说："活不过三天了。"大成一听，心里很有些难过，但既然先生这么说了，也只好回家等死。当下辞别了先生，长吁短叹地往家里走。看到道路两边一汪汪的绿水和水中嫩黄的浮萍，鲜红的水荇，心里不由地一阵难受，眼中滚出了一些大泪球子，心想与其病发而死，不如跳进水洼子淹死算了。边想着边走到水洼子边。水洼子边上有一些及膝高的野草，他一脚踏下去，忽听到下边几声尖叫，同时那伤脚上、腿上感到麻酥酥一阵，低头一看，原来踩中了两只正交尾的刺猬。大成腿上被刺猬毛扎破的地方，哗哗地淌出黄水来。腿淌着黄水，堵闷的心里，立刻轻松了许多。于是也就不想死了。他把腿伸到水里泡着，一直等到黄水流尽了，才上了路回家。回家睡了一夜，早晨起来一看，腿上的肿完全消了。三天之后，健康如初的大成去见"野先生"，走在路上想了一肚子俏皮话儿，想羞羞他。一进门，"野先生"劈口便问："你怎么还没死？"

大成把腿伸给"野先生"看着，说："我回到家就等着死，等了三天也不死，特意来找先生问问。"

"野先生"说："天下真有这么巧的事？"

大成问："什么事？"

"野先生"说："你的脚是被正在交尾的刺猬咬死的那条雄蛇的刺扎了，夜里你又沾了女人，一股淫毒攻进了心肾；治这病除非能找到一对正在交尾的刺猬，用雄刺猬的刺扎出你腿上的黄水，然后再把腿放在浮萍水荇水里泡半个时辰，这才有救。"

大成愕然，说先生真是神医，便把那天下午的遭遇说了一遍。

"野先生"道："这是你命不该绝，要知道刺猬都是春天交尾啊。"

父亲说，像陈抱缺这样的医生，其实是做宰相的材料，只因为各种各样的原因牵扯着，做不成宰相，便改道习了医。这种人都是圣人，参透了天地万物变化的道理，读遍了古今圣贤文章，这样的人几百年间也出不了几个。这样的人最后都像功德圆满的大和尚一样，无疾而终，看起来是死了，其实是成了仙。父亲说陈抱缺一辈子没有结婚，晚年时下巴上长着一把白胡子，面孔红润，双目炯炯有神。每天早晨，他都到井台上去挑水。那时候的年轻人还讲究忠孝仁义，知道尊敬老人，见他打水吃力，便帮他把水从井里提上来，他也不阻拦，也不道谢，只等那帮他提水的人走了，便扳倒水桶，把水倒回井里去，然后自己打水上来，挑水回家。

父亲说越到现代，好医生越少，尤其到了眼下，这几年，好医生就更少了。日本鬼子来之前，还有几个好医生，虽然比不上陈抱缺，但比现在的医生还是要强，算不上神医，算良医。

父亲说我的爷爷三十几岁时，得过一次恶症候，那病要是生在现在，花上五千块，也要落下残疾。

父亲说有一天爷爷正在厢房里弯着腰刨木头，我的三叔跟我的二叔嬉闹，把一块木头弄倒，正砸在我爷爷的尾骨上，痛得他就地蹦了一个高，出了一身冷汗。当天夜里，腿痛得就上不到炕上去了。后来，痛疼集中到右腿上，看看那条腿，也不红，也不肿，但奇痛难挨，日夜呻唤。

我的大爷爷也是一个乡村医生，开了无数的药方，抓药煎给我爷爷吃，但痛疼日甚。大爷爷托人把一位懂点外科的李一把搬来，李摸了摸脉，说是"走马黄"，让抓一只黄鸡来，放在爷爷的病腿上。李说如果是"走马黄"，那黄鸡便卧在腿上不动，如果不是"走马黄"，它便会跑走。抓来一只黄鸡，放在爷爷病腿上，果然咕咕地叫着，静卧不动。直卧了一个时辰。李说这鸡已经把毒吸走了。李又用蝎子、蜈蚣、蜂窝等毒物，制成一种黑色的大药丸子。此药名叫"攥药"，由患者双手攥住。他说此药的功效是逼走包围心脏的毒液。爷爷腿上卧过黄鸡，手里攥过药丸，但病情却日渐沉重，眼见着就不中了。大爷爷眼含着泪吩咐我奶奶为我爷爷准备后事。这时，一个人称"五乱子"的土匪来了。这"五乱子"横行高密东北乡，无人不怕他。他因曾得到过我爷爷的恩惠，听到我爷爷病重，特来看望。

父亲说"五乱子"是个有决断的人，他看了爷爷的病，说："怎么不去请'大咬人'呢？"

大爷爷说："'大咬人'难请，他不治经别人手治过的病。"

"五乱子"说："我去请吧。"

父亲说"五乱子"转身就走了，第二天就用一乘四人轿把"大咬人"抬来了——"大咬人"出诊必坐四人轿。父亲说"大咬人"是个高大肥胖的老头子，身穿黑色山茧绸裤褂，头戴一顶红绒子小帽。钻出轿来，先要大烟抽。"五乱子"吩咐人弄来烟枪、豆油灯，搓了几个泡烧上，让他过足了瘾。

抽完了烟，过足了瘾，"大咬人"红光满面。"五乱子"一掀衣襟，抽出一支匣枪——腰里还有一支——甩手一枪，把房檐下一只正在结网的蜘蛛打飞了。然后他用青烟袅袅的枪筒子戳着"大咬人"的太阳穴，说："'大咬人'，要坐轿，我雇了轿；要抽大烟，我借来了灯；要钱吗，我也替你准备好了。这位管二，是我的救命恩人，你仔细着点治。——你咬人，能咬动枪筒子吗？"

父亲说"大咬人"给吓得脸色煞白，连声说："差不了，差不了。"

"大咬人"弯下腰察看爷爷的病情，看了一会儿，说："这是个贴骨恶疽，再拖几天，我治不了了。”

“五乱子”说：“你有把握？”

“大咬人”说：“有把握。”

父亲说“大咬人”用手指戳着爷爷的腿说："里边都是脓血，要排脓。”

“五乱子”说：“你放心干吧！”

“大咬人”吩咐人找来一根铁条，磨成一个尖，又吩咐人剪来一把空的麦秆草。然后，他挽挽袖子，用铁条往爷爷的腿上插孔，插一个孔，戳进一根麦秆去。绿色的恶臭脓血哗哗地流出来，父亲说爷爷的大腿根处流出的脓血最多，足有一铜盆。排完了脓血，爷爷的腿细得吓人，一根骨头包着皮，那些肉都烂成脓血了。

排完了脓血，“大咬人”开了一个药方，都是桔梗、连翘之类的普通的药。“大咬人”说：“吃三副药就好了。”

“五乱子”问：“你要多少大洋？”

“大咬人”说：“为朋友的恩人治病，我分文不取。”

“五乱子”说：“好，这才像个良医。不给你钱了，给你点黑货吧！”

父亲说“五乱子”从腰里掏出拳头那么大一块大烟土。这块烟土，起码值五十块大头钱。

“大咬人”接了烟土，说："都叫我‘大咬人’，我咬谁了？我小名叫‘狗子’，就说我‘咬人’。”

"五乱子"笑着说:"你真是条好狗!"

父亲说爷爷吃了"大咬人"三副药,腿不痛了。又将息了几个月,便能下地行走;半年后,便恢复如初,挑着几百斤重的担子健步如飞了。

父亲说,"大咬人"的外科其实还不行,远远比不上陈抱缺。陈抱缺能帮人挪病,譬如生在要害的恶疮,吃他一副药,便挪到了无关紧要的部位上。父亲说,大凡有真本事的人,都是性情中人,有他们古道热肠的时候,也有他们见死不救的时候。越是医术高的人,越信命,越能超脱尘俗。所以,陈抱缺那样的医生,是得了道的神仙,是吕洞宾、铁拐李一路的。像"大咬人"这样的,要想成仙,还要经过不知多少年的苦修苦练才能成。而一般的医生,大不过诊脉能分出浮、沉、迟、数,用药能辨别寒、热、温、凉而已,至于阴阳五行、营卫气血、经络穴道上的道理,百分之百的是参悟不透了。

6　铁孩

　　大炼钢铁那年，政府动员了二十万民工，用了两个半月的时间，修筑了一条八十里长的铁路。铁路的上端连结在胶济铁路干线的高密站上，下端插在高密东北乡那片方圆数十里的荒草甸子里。

　　那时候我们只有四五岁，生活在与"公共食堂"一起建成的"幼儿园"里。幼儿园里只有一排五间泥墙草顶的房子，房子周围圈着一些用粗铁丝连结起来的碗口粗的树干，有两米多高，别说是三四岁的孩子，就是年轻力壮的狗，也跳不过去。我们的父、母、兄、姐……凡是能拿起铁锹铲土的，都被编进民工队伍里去了，他们吃在铁路工地，睡在铁路工地，我们已有很长时间没见到他们了。我们被圈在"幼儿园"里，有三个很瘦的老太婆看管着我们。三个老太婆都是鹰勾鼻子眍䁖眼睛，我们认为她们长得一模一样。

她们每天熬三大盆野菜粥喂我们，早上一盆中午一盆晚上一盆。我们都把肚子喝得像小皮鼓一样。喝完了粥我们就把着木栅栏看外边的风景。木栅栏上抽出一些嫩绿的枝条。有柳树枝条，有杨树枝条。有的树干腐烂了，不抽枝条，生出一些黄色的木耳或是乳白色的小蘑菇。我们喝完了粥就把着木栅栏看外边的风景，手掰着木杆上的小蘑菇吃着，看到栅栏外的街道上来来回回走动着一些外乡口音的民工，一个个蓬头垢面，无精打采。我们在这些民工中寻找亲人。我们哭咧咧地问：

"大叔，你看到俺爹了吗？"

"大叔，你看到俺娘了吗？"

"看到俺哥了吗？"

"看到俺姐了吗？"

……

民工们有的像聋子一样，根本不理睬我们；有的歪过头来，看我们一眼，然后摇摇头。有的则恶狠狠地骂我们一句：

"狗崽子们，钻出来吧！"

那三个老太婆坐在门口，根本不理睬我们。木栅栏高约两米，我们爬不出去。木栅栏间隙很小，我们钻不出去。

我们透过木栅栏，看到村外田野上渐渐隆起一条土龙，一群群黑色的人在土龙上忙忙碌碌地爬动着，好像蚂蚁一样。听木栅栏外边的民工们说，那就是铁路的路基。我们的亲人们，就在那些蚂蚁一样的群里。有时候，土龙上会突然插起千万面红旗，有时候会突然插起千万面白旗。更多的时候什么旗也不插。后来，土龙上闪烁着许多亮晶晶的东西。栅栏外边的民工们说：要铺设铁轨了。

有一天，木栅栏外走过来一个黄头发的青年，他个子很高，我们觉得他只要一伸胳膊就能摸到木栅栏的尖儿。我们向他打听亲人的消息，他竟然走到木栅栏边，蹲下来，很亲热地摸我们的鼻子，戳我们的肚皮，拧我们的小鸡鸡。这是我们召唤来的第一个大人。他笑着问我们：

"你爹叫什么名字？"

"俺爹叫王富贵。"

"噢，王富贵。"他摸着下巴说，"王富贵我认识。"

"你知道他什么时候来接我吗？"

"他来不了了，前日抬钢轨时，他被钢轨砸死了。"

"哇……"一个孩子哭了。

"你见过俺娘吗？"

"你娘叫什么名字？"

"俺娘叫万秀玲。"

"噢，万秀玲，"他摸着下巴说，"万秀玲我认识。"

"你知道她什么时候来接我吗？"

"她来不了了，前日搬枕木时，她被枕木砸死了。"

"哇……"又一个孩子哭了。

……

最后，所有的孩子都哭了。黄头发的青年人站起来，吹着口哨走了。

我们从中午一直哭到黄昏。老婆子们让我们去喝粥，我们还在哭。老婆子们生气地说："哭什么？再哭送你们去万人坑。"

我们不知道万人坑在哪里，但都知道那一定是个极其可怕的地方，于是我们都不哭了。

第二天我们还是把着木栅栏望外面的风景。半上午时，有几个民工抬着一扇门板急匆匆地走过来了，门板上躺着一个血肉模糊的人，分不清是男是女，一滴一滴的黑血沿着门板的边缘，"巴嗒巴嗒"滴在地上。

不知是谁带头哭了起来，大家一齐哭，好像那门板上躺着的就是自己的亲人。

喝完了中午粥，我们又趴在木栅栏上，看着有两个端着大枪的黑大汉押着那个我们熟识的黄头发青年走了过来。黄头发青年双手背着，手腕子上绑着绳子，鼻、眼青肿，嘴唇上流着血。走到我们面前时，他歪着头看看我们，对我们挤眼弄鼻子，好像他心里挺高兴。

我们齐声喊叫他，一个黑大汉用枪筒子戳戳他的背，大声说：

"快走！"

又是一天上午，我们扒着木栅栏，看到远处的铁路上，突然又插满了红旗，并且响起了敲锣打鼓的声音，数不清的人在铁路上吆喝着，不知为什么那么高兴。中午喝粥时，老太婆们分给我们每人一颗鸡蛋，并且对我们说："孩子们，铁路修好了，下午通车了，你们的爹娘就要来接你们回家了，我们也伺候够你们了。每人一颗鸡蛋，庆祝通车典礼。"

我们高兴起来，原来我们的亲人没死，是那黄头发青年骗我们，怪不得把他捆起来哩。

我们很少吃鸡蛋，老太婆告诉我们要剥了皮才能吃。我们笨拙地剥鸡蛋皮，鸡蛋壳里都藏着一只带毛的小鸡，一咬唧唧叫，还冒血水。我们吃不下去，老太婆们用棍子打我们，逼着我们吃，我们都吃了。

第二天上午，我们趴在木栅栏上，看到铁路上的红旗更多了。傍晌午时，铁路两边的人嗷嗷地叫起来，有一个头上冒着黑烟的大东西，又长又黑的大东西，呜呜地叫着，从西南方向跑过来。它跑得比马还快。它是我们看到的跑得最快的东西。我们感到脚下的地皮打起哆嗦来，心里很害怕。有几个穿着白衣裳、戴着白帽子的女人不知从什么地方钻出来，拍着巴掌叫着：

"火车来了！火车来了！"

火车呼隆隆响着朝东北方向开过去了，我们的眼睛追着它的尾巴，一直到看不见了还在看。

火车开过去后，果然有一些大人来接孩子。狗被接走了，羊被接走了，柱被接走了，豆也被接走了，最后，只剩下我一个人。

三个老太婆把我领到栅栏外，对我说："回家去吧！"

我早就忘记了家门，哭着央告老太婆们送我回家。老太婆把我推到一边，便急急忙忙地关上了木栅栏大门，门里边还锁上一把黄澄澄的大铜锁。我在木栅栏外哭、叫、求情，她们根本不理。我从木栅门缝里看到，三个一模一样的老太婆，在木栅门里边支起一只小铁锅，锅下插上劈柴点着了火，锅里倒进一些浅绿色的油。火苗子呼呼地响着，锅里的油泛起泡沫。一会儿泡沫消散了，一些白色的烟沿着锅边爬上去。那些老太太打破鸡蛋，用木棍把一些带毛的小鸡扔到油锅里去，炸得滋滋啦啦响，扑楞扑楞翻滚。一股焦焦的香气溢出来。老太太们又用木棍把油锅里的小鸡夹出来，哔哔吹几口气，就把小鸡塞到嘴里。她们的腮帮子时而这边鼓起来，时而那边鼓起来，嘴里呜噜呜噜响着。她们在吃小鸡时都闭着眼，啪哒啪哒滴着眼泪。任我怎么哭叫，她们也不开门。我眼泪干了，喉咙哑了，我看到一株黑油油的树旁边有一汪浑浊的水。我走过去喝水。我喝水时看到水边有一只黄色的蛤蟆。我还看到一条黑色的、脊梁上有白花的蛇。蛤蟆和蛇在打架，我很害怕，我很渴。我忍着怕，跪下用手捧水喝。水从我指头缝里哗哗漏。蛇咬住蛤蟆的腿，蛤蟆头上冒出一些白水。我感到水很腥。我有点恶心。我站起来。我不知道该到哪里去。我想哭。我哭了。我干哭，没有眼泪。

我看到树、水、黄蛤蟆、黑蛇、打架、害怕、口渴、跪下、捧水、水腥、恶心、我哭、没有眼泪……哎，你哭什么？你爹死了吗？你娘死了吗？你家里的人死光了吗？我回头，我看到那个问我话的小孩。我看到他跟我一般高。我看到他没有穿衣裳。我看到他的皮上生着锈。我觉得他是个铁孩子。我看到他的眼是黑的。我看到他跟我一样是个男孩。

他说你哭什么木头？我说我不是木头。他说我偏要叫你木头。他说木头你跟我做伴到铁路上玩去吧。他说那里有很多好看的、好吃的、好玩的。

我说蛇快把蛤蟆吞了。他说让它吞吧，别动它。它会吸小孩的骨髓。

他领着我我跟着他朝铁路那儿走。铁路好像离我们很近可总也走不到，走走，望望，铁路还是那么远，好像我们走它也走一样。我们好不容易走到铁路边。我的脚很痛。我问他叫什么名字。他说你愿意叫我什么名字我就叫什么名字。我说我看你像块生锈的铁。他说你说我是铁我就是铁。我说铁孩。他答应了一声并且咧开嘴笑了。我跟着铁孩往铁路上爬。铁路路基很陡。我看到了两道铁轨像两条大长虫从一定是很远很远的地方爬过来。我想只要我一踩它就会扭动起来，它还会用长得没有头的木尾巴把我缠起来。我试探着踩了它一下，我感到铁很凉，它没有扭动也没有甩尾巴。

我看到太阳就要落山了。太阳很大很红，有一些白色的大鸟落在水边。我听到一声怪叫，铁孩说火车来了。我看到火车的铁轮子是红的，几条铁胳膊捣着它转。我感到车轮下有吸人的风。铁孩对着火车招手，好像它是他的好朋友一样。

晚上我感到很饿。铁孩拿来一根生着红锈的铁筋，让我吃。我说我是人怎么能吃铁呢？铁孩说人为什么就不吃铁呢？我也是人我就能吃铁，不信我吃给你看看。我看到他果真把那铁筋伸到嘴里，"咯崩咯崩"地咬着吃起来。那根铁筋好像又酥又脆。我看到他吃得很香，心里也馋了起来。我问他是怎样学会吃铁的，他说难道吃铁还要学吗？我说我就不会吃铁呀。他说你怎么就不会呢？不信你吃吃看，他把他吃剩下那半截铁筋递给我，说你吃吃看。我说我怕把牙齿崩坏了。他说怎么会呢？什么东西也比不上人的牙硬，你试试就知道了。我半信半疑地将铁筋伸到嘴里，先试着用舌头舔了一下，品了品滋味，咸咸的，酸酸的，腥腥的，有点像腌鱼的味道。他说你咬嘛！我试探着咬了一口，想不到不费劲就咬下一截，咀嚼，越嚼越香。越吃越感到好吃，越吃越想吃，一会儿工夫我就把那半截铁筋吃完了。怎么样？我没骗你吧！我说，你没骗我，你真是好人，教会了我吃铁，我再也不用喝菜汤了。他说人人都会吃铁，他们不知道。我说早知这样谁还去种粮食？他说你以为炼铁比种庄稼容易吗？炼铁更难。你千万别告诉他们铁好吃，要是让他们知道了，大家一齐吃起来，就没有咱俩吃的了。我说为什么你要把这个秘密告诉我呢？他说我一个人吃铁没意思，想找个做伴的。

我跟他踩着铁轨往东北方向走。因为学会了吃铁，我一点也不怕铁轨了。我心里说：铁轨铁轨，你放老实点，你要敢不老实，我就把你吃了。因为吃了半根铁筋，我的肚子一点也不觉得饿了，脚和腿都有劲。我和铁孩每人踩着一根铁轨往前走。走得很快，一会儿就望到前边红彤彤的半边天，有七八个大炉子呼呼地冒着火苗子。我闻到好香好鲜的铁味儿。他说，前边就是炼钢铁的了，没准你爹娘在那里呢。我说我一丁点儿也不想他们了。

我们走着走着，铁路忽然没了。四周都是比我们还高的荒草，荒草里有一大堆一大堆的生满红锈的废钢铁，有好几辆火车歪在荒草里，车厢都砸扁了，里边装着的废钢铁都倾了出来。我们又往前走了会儿，发现这儿有很多人，蹲在钢铁堆里吃饭，炉子里的火把他们的脸映得通红。他们正在吃饭，吃的什么饭？大肉包子地瓜蛋。他们吃得那么香，那么甜，都把腮帮子撑得鼓了起来，好像生了疟腮一样。但是我闻到从那些肉包子里、地瓜蛋里发散出一股臭气，比狗屎还要难闻，我感到恶心得很厉害，便赶紧跑到上风头里去。这时有一个男人和一个女人忽然从人堆里站起来，大声呼喊着：

"狗剩！"

我被他们吓了一跳。我认出了那是我的爹和娘。他们跌跌撞撞朝我跑来。我忽然觉得他们很可怕，像"幼儿园"里那三个老太婆一样可怕。我闻到了他们身上那股子比狗屎还要难闻的臭味。在他们伸手就要捉住我的时候我转身逃跑了。我跑，他们在后边追。我不敢回头，但我觉得他们的指尖不断地戳到我的头皮。这时我听到我的好朋友铁孩在我的前边喊我：

"木头，木头，往铁堆里跑！"

我看到他的暗红色的身影在铁堆里一闪就不见了。我冲向废铁堆，踩着那些锅、铲、犁、枪、炮等等铁器爬上了堆积如山的废铁堆。铁孩在一个圆的铁管子里向我招手，我一斜肩膀就钻进去。铁管子黑乎乎的，弥漫了铁锈的香味。我的眼睛什么也看不见。有一只凉森森的小手拉住我的手。我知道那是铁孩的手。铁孩小声说：

"别怕，跟我走，他们看不到我们。"

我跟着他往前爬。铁管子曲里拐弯，也不知通向哪里。爬呀爬呀，爬出了一线光明。我跟着铁孩钻出去。铁孩领着我手把着一辆破坦克的履带爬到炮塔上。炮塔上涂着一些白色的五角星。一根锈烂得坑坑洼洼的炮管子斜斜地指着天。铁孩说要钻到炮塔里去。炮塔的螺丝都锈死了。铁孩说：

"咬开它。"

我们跪在炮塔上，转着圈啃那些生锈的螺丝。一边啃一边吃，一会儿就啃透了。炮塔盖子被我们掀到一边去。炮塔上的铁很软，像熟透了的烂桃子一样。我们钻进坦克肚子里去，坐在那些软绵绵的铁上。铁孩帮我找了一个孔，让我望着我的爹娘。我看到他们在远处的铁堆上爬着，噼哩啪啦地翻动着那些铁器，一边翻动一边哭叫着。

"狗剩，狗剩，儿呀，出来吧，出来吃大肉包子地瓜蛋……"

我看着他们，像看着两个陌生人一样。当听到他们让我出去吃大肉包子地瓜蛋时，我轻蔑地笑了。

他们找不到我，回去了。

我们钻出坦克，爬到炮筒上去骑着，看远远近近的那些冒火的大炉子和炉子周围忙忙碌碌的人。他们把一些铁锅抬起来，喊一声：一——二——三，抛到半空中去，掉下来跌破，再用大铁锤砸得稀巴烂。我嗅到了铁锅片儿的焦香味儿，肚子咕噜噜地响起来。铁孩好像猜到了我的心思，说：

"木头，走，拿口锅吃，铁锅好吃。"

我们避避让让地走进火光里，选中了一口好大的锅，抬起来就跑。几个男人被我们惊吓得连手中的铁锤都丢了，有的还撒丫子就跑。一边跑还一边叫：

"铁精来了——铁精来了——"

这时我们已跑到铁堆的顶上，一块块掰着铁锅，大口大口吃起来，铁锅的滋味胜过铁筋。

我们吃着铁锅，看到有一个腰里挂着盒子枪的瘸子走过来，用枪带子抽着那几个喊"铁精"的男人，骂道：

"混蛋，我看你们是造谣言搞破坏！狐狸能成精，大树能成精，谁见过生铁蛋子能成精？"

那几个男人齐声说：

"指导员，俺们不敢撒谎。俺们正在砸铁锅，从黑影里蹿出来两个小铁人，都生着一身红锈，抢了一口铁锅，抬着就跑，一转眼就没影了。"

瘸子问："跑到哪里去了？"

那些人说："跑到废铁堆上去了。"

"胡他娘的造谣！"瘸子说，"荒滩荒地，哪来的孩子！"

"所以俺们才怕了呢。"

瘸子掏出枪，对着铁堆"当当当"就放了三枪，枪子儿打在铁上，迸出了一些金色的大火星子。

铁孩说：

"木头，咱把他那支枪抢来吃了吧？"

我说："就怕抢不来。"

铁孩说："你在这等着，我去抢。"

铁孩轻手轻脚地下了铁堆，趴在荒草里，慢慢地往前爬，光明里的人看不到他，我能看到他。我看到他爬到瘸子背后时，就在铁堆上抄起一块铁叶子，敲打起铁锅来。那几个男人都说：

"听听，铁精在那儿！"

瘸子刚举起枪来要放，铁孩从背后一跃而起，一把就下了他的枪。

男人们大叫："铁精！"

瘸子一腚就坐在地上，嘴里喊着：

"救命啊——抓特务——"

铁孩提着枪爬到我身边，说："怎么样？"

我说你真有本事。他高兴极了，一口咬下枪筒子，递给我，说："吃吧。"

我咬了一口，尝到一股子火药味。我吥吥地吐着，连声说：

"不好吃，不好吃。"

他从枪脊上咬了一口。品咂着，说：

"果真不好吃，扔给他吧！"

他把枪身扔到瘸子身边。

我把被我咬了一口的枪苗子扔到瘸子身边。

瘸子捡起枪身和枪苗，看了看，嗷嗷地叫着，扔掉破枪就跑了。瘸子跑，歪歪倒，我们坐在铁堆上笑。

半夜时，西南方向一道耀眼的光柱射过来，并且传来了"咣当咣当"的巨响。火车又来了。

我们看到火车跑到铁路尽头，一头就扎到另一辆火车身上，后边拉着的车厢呼隆隆挤上来，车厢里的铁哗啦啦地泻在车道外边。

从此后再也没有火车。我问他火车上有没有特别好吃的地方，他说车轮子最好吃。后来我们吃过一次铁轮子，吃了一半就不愿再吃了。

我们还去炼铁炉边找那些新炼出的铁吃，那些铁反而不如生锈的铁好吃。

我们白天钻到铁堆里睡觉，晚上出来和那些炼铁的人们捣乱，吓得他们胡乱跑。

有天晚上，我们又去吓唬砸锅铁的男人。我们看到明亮的灯火里摆着一口锈得通红的大铁锅，便一起奔那铁锅而去。我们的手刚触到锅沿，就听到呼隆一声响，一面用麻绳子结成的大网把我们罩住了。

我们用嘴咬绳子，下多大的狠劲也咬不断。

他们高兴地喊：

"抓住了，抓住了！"

后来，他们用砂纸擦我们身上的红锈，好痛，好痛啊！

7

翱翔

拜完了天地，黑大汉洪喜就有些按捺不住了。虽然看不到新娘的脸，但新娘修长的双臂、纤细的腰肢，都显示出这个胶州北乡女子超出常人的美丽来。洪喜是高密东北乡著名的老光棍，四十岁了，一脸大麻子，不久前由老娘做主，用自己的亲妹子杨花，换来了这个名叫燕燕的姑娘。杨花是高密东北乡数一数二的美女，为了麻子哥哥，嫁给了燕燕的哑巴哥哥。妹妹为自己做出了巨大的牺牲，洪喜心中十分感动。想起妹妹将为哑巴生儿育女，他心情复杂，竟对眼前这个女子生出一些仇恨。哑巴，你糟蹋我妹子，我也饶不了你妹子。

新娘进入洞房，已是正晌光景。一群顽童戳破粉红窗纸，望着坐在炕上的新娘。一个大嫂拍了洪喜一把，笑嘻嘻地说："麻子，真福气！水灵灵一朵荷花，轻着点揉搓。"

洪喜手搓着裤缝，嘻嘻地笑着，脸上的麻子一粒粒红。

太阳高高地挂着，似乎静止不动。洪喜盼着天黑，在院子里转圈。他的娘拄着拐棍过来，叫住儿子，说："喜，我看着这媳妇神气不对，你要提防着点，别让她跑了。"

洪喜道："不用怕，娘，杨花在那边拴着她哩，一根线上拴两个蚂蚱，跑不了那一个，就跑不了这一个。"

娘俩正说着话，就看到新媳妇由两个女傧陪着，走到院子里来。洪喜的娘不高兴地嘟哝着："哪有新媳妇坐床不到黑就下来解手的？这主着夫妻不到头呢，我看她不安好心。"

洪喜被新媳妇的美貌吸引住了。她容长脸儿，细眉高鼻，双眼细长，像凤凰的眼睛。她看到了洪喜的脸，怔怔地立住，半袋烟工夫，突然哀嚎一声，撒腿就往外跑，两个女傧伸手去拽她的胳膊，嗤，撕裂了那件红格褂子，露出了雪白的双臂、细长的脖子和胸前的那件红绸子胸衣。

洪喜愣了。他娘用拐棍敲着他的头，骂道："傻种，还不去捧？"

他醒过神来，跌跌撞撞追出去。

燕燕在街上飞跑着，头发披散开，像鸟的尾巴。

洪喜边追边喊："截住她！截住她！"

村里的人闻声而出。一群群人，拥到街上。十几条凶猛的大狗，伸着颈子狂吠。

燕燕拐下街道，沿着一条胡同，往南跑去。她跑到田野里。正是小麦扬花的季节，微风徐吹，碧绿的麦浪翻滚。燕燕冲进麦浪里，麦梢齐着她的腰，衬托着她的红胸衣和白臂膊，像一幅美丽的画。

跑了新媳妇，是整个高密东北乡的耻辱。男人们下了狠劲，四面包抄过去。狗也追进麦田，并不时蹿跳起来，将身体显露在麦浪之上。

包围圈逐渐缩小，燕燕突然前仆，消逝在麦浪之中。

洪喜松了一口气。奔跑的人们也减慢速度，喘着粗气，拉着手，小心翼翼往前逼，像拉网拿鱼一样。

洪喜心里发着狠，想象着捉住她之后揍她的情景。

突然，一道红光从麦浪中跃起，众人眼花缭乱，往四下里仰了身子。只见那燕燕挥舞着双臂，并拢着双腿，像一只美丽大蝴蝶，袅袅娜娜地飞出了包围圈。

人们都呆了，木偶泥神般，看着她扇动着胳膊往前飞行。她飞的速度不快，常人快跑就能踩到她投在地上的影子。高度也只有六七米。但她飞得十分漂亮。高密东北乡虽然出过无数的稀奇古怪事，女人飞行还是第一次。

醒过神来后，人们继续追赶，有赶回去骑了自行车来的，拼命蹬着车，轧着她的影子追。只要她一落地，就将被擒获。

飞着的和跑着的在田野里展开了一场有趣的追捕游戏，田野里四处响着人们的呼唤。过路人外乡人也抬头观看奇景，飞着的潇洒，地上的追捕者却因仰脸看她，沟沟坎坎上，跌跤者无数，乱糟糟如一营败兵。

后来，燕燕降落在村东老墓田的松林里。这片黑松林有三亩见方，林下数百个土馒头里包孕着东北乡人的祖先。松树很多，很老，都像笔一样，直插到云霄里去，老墓田和黑松林是东北乡最恐怖也最神圣的地方。这里埋葬着祖先所以神圣，这里曾经发生过许许多多鬼怪事所以恐怖。

燕燕落在墓田中央最高最大的一株老松树上，人们追进去，仰脸看着她。她坐在松树顶梢的一簇细枝上，身体轻轻起伏着。如此丰满的女子，少说也有一百斤，可那么细的树枝竟绰绰有余地承担了她的重量，人们心里都感到纳闷。

十几条狗仰起头，对着树上的燕燕狂叫着。

洪喜大声喊叫着："下来，你给我下来。"

对狗的狂吠和洪喜的喊叫她没有半点反应，管自悠闲地坐着，悠闲地随风起伏。

众人看看无奈，渐渐显出倦怠。几个顽皮的孩子大声喊叫着：

"新媳妇，新媳妇，再飞一个给我们看！"

燕燕扬扬胳膊。孩子们欢呼：飞啦飞啦又要飞啦。她没有飞。她用尖尖的手指梳理脑后的头发，就像鸟类回颈啄理羽毛一样。

洪喜扑通跪在地上，哭咧咧地说："大叔大爷们，大哥大兄弟们，帮俺想想法子弄她下来吧，洪喜娶个媳妇不容易啊！"

这时洪喜的娘被人用毛驴驮着赶来了。她一个翻滚下了驴，跌得哼哼唧唧叫唤。

"在哪儿？她在哪儿？"老太太问洪喜。

洪喜指指松树梢，说："她在那儿。"

老太太举手遮住阳光，看到树上的儿媳妇，连声骂道："妖精，妖精。"

村里的尊长铁山爷爷说："管她是人是妖，得想法弄她下来，凡事总得有个了结。"

老太太说："老爷爷，就拜托你给操持了。"

铁山老汉道："这样吧，一是派人去胶州北乡把她娘、她哥、还有杨花都叫来，她要不下树，咱就留住杨花不回去。二是回去造些弓箭，修些长杆子，实在不行就动硬的。三是去报告乡政府，她和洪喜是明媒正娶，受法律保护的夫妻，政府兴许能管。就这样吧，洪喜你在树下守着，等会让人给你送面锣来，有什么变化你就敲锣。我看她这模样，多半是中了邪，回去还要杀条狗，弄点狗血准备着。"

众人匆匆走散，分头准备去了。洪喜的娘死活要跟儿子呆在一起，铁山爷爷说："老嫂子，别痴了，你呆在这儿管什么用？万一有点事，跑都跑不及，还是回去好。"铁山爷爷一说，她也不再坚持，让人扶上驴背，哭哭啼啼去了。

吵吵嚷嚷的松树林子里突然安静下来，一向以胆大著称的高密东北乡的洪喜被这寂静搞得心慌意乱。红日西下，风在松林里旋转着，发出呜呜的吼声。他垂下头，揉着又酸又硬的脖子，寻了一张石供桌坐下，掏出纸烟，刚要点火，就听到头上传下来一声冷笑。他的头发被激得竖起来，浑身感到冰凉，慌忙灭了火，退后几步，扬起脸，大声说："甭给我装神弄鬼，早晚我要收拾你。"

他看到夕阳的光辉使燕燕的胸衣像一簇鲜红的火苗，她的脸上闪闪烁烁，仿佛贴上了许多小金片。没有任何迹象表明方才那声冷笑是由燕燕发出的。成群的乌鸦正在归巢，灰白的乌鸦粪像雨点般落下，有几团热呼呼地落在他的头上，他呸呸地吐着唾沫，感到晦气透顶。松梢上还是一片辉煌，松林中已经幽黑一片，蝙蝠绕着树干灵巧地飞着，狐狸在坟墓中嚎叫，他又一次感到恐惧。

松林里似乎活动着无数的精灵，各种各样的声音充塞着他的耳朵。头上的冷笑不断，每一声冷笑都使他出一身冷汗。他想起咬破中指能避邪的说法，便一口咬破了中指。尖锐的痛楚使他昏昏沉沉的头脑清晰了。这时他发现松林里并不像刚才所见到的那般黑暗，一座座坟墓、一尊尊石碑还清晰可辨，松树干的侧面上还涂着一些落日的余晖，有几只毛茸茸的小狐狸在坟墓间嬉戏着，老狐狸伏在野草丛中看着小狐狸，并不时对他龇牙微笑。仰脸看时，燕燕端坐树梢，乌鸦围着她盘旋。

一个很白净的小男孩从树干缝里钻过来，递给他一面锣、一柄锣棰、一把斧头、一张大饼。小男孩说，铁山爷爷正在领着人们制造弓箭，去胶州北乡的人也出发了，乡政府的领导也很重视，很快就会派人来，让他吃着饼耐心等待，一有情况就敲锣。

小男孩一转身就不见了，洪喜把锣放在石供桌上，将斧头别在腰里，大口吃起饼来。吃完了饼，他举起斧头，大声说："你下不下来？不下来我要砍树了。"

燕燕没有声息。

他挥起斧头，猛砍了一下树干。松树哆嗦了一下。燕燕无声息。斧头卡在树里，拔不出来了。

洪喜想，她是不是死了呢？

他紧紧腰带。脱掉鞋子，往松树上爬去。树皮粗糙，爬起来很省力。爬到半截时，他仰脸看了一下她，只能看到她下垂的长腿和搁在松枝上的臀部。他十分愤怒地想：本来现在是睡你的时候，你却让我爬树。愤怒产生力量。树干渐上渐细，有许多分杈，他手把着树杈，纵身进了树冠，脚踏树杈站定，对着她，悄悄伸出手去，他的手触到她的脚尖时，听到了一声悠长的叹息，头上一阵松枝晃动，万点碎光飞起，犹如金鲤鱼从碧波中跃出。燕燕挥舞着胳膊，飞离了树冠，然后四肢舒展，长发飘飘，滑翔到另一棵松树上去。他惊恐地发现，燕燕的飞行技术，比之在麦田里初飞时，有了明显的提高。

她保持着方才的姿势坐在另一棵树梢上。她的脸正对着西天的无边彩霞，像盛开的月季一样动人。洪喜哭着说："燕燕，我的好老婆，跟我回家好好过日子去吧，你要不回去，我也不让杨花给你哑巴哥哥睡觉——"

一语未了，他的脚下嘎叭一声响——松枝压断，洪喜像一块大肉，实实在在地跌在地上，好久，他手按着腐败的松针爬起来，扶着树干走了两步，除了肌肉酸痛外，骨头没有受伤。他仰起脸寻找燕燕，看到天上挂着一轮明月，光华如水，从松树的缝隙中泻下来，照亮了坟丘一座、墓碑一角，或是青苔一片。燕燕沐浴在月光里，宛若一只栖息在树梢上的美丽大鸟。

松林外有人高声喊叫他的名字，他大声答应着。他想起石供桌上的锣，摸到，却怎么也找不到锣棰。

嘈嘈杂杂的人声进入了松林，灯笼、火把、手电筒的光芒移动到林间，把月亮的光芒逼退了。

来人很多。他认出了燕燕的老娘、燕燕的哑巴哥哥和自己的妹妹杨花。还认出了身背弓箭的铁山老爷爷和七八个村里的精壮小伙子。他们有的持着长竿，有的扛着鸟枪，有的抱着扇鸟网。还有一位身穿橄榄绿制服、腰扎皮带、握着公安手枪的英俊青年。他认出英俊青年是乡公安派出所的警察。

铁山老爷爷见他鼻青脸肿，问道："怎么弄的？"

他说："没怎么弄的。"

燕燕的娘大声叫着："她在哪里？"

有人把手电的光柱射上树梢，照住了她的脸。下边的人听到树梢上哗啦啦一阵响，看到一个灰暗的大影子无声无息地滑行到另一棵松树上去了。

燕燕的娘恼怒地骂起来："杂种们，你们一定是合伙把俺闺女暗害了，然后编排谎言糊弄我们孤儿寡母。俺闺女是个人，怎么能像夜猫子一样飞来飞去？"

铁山老爷爷说："老嫂子，您先别着急，这事儿如不是亲眼看见。谁也不会相信。我问您，这闺女在家里时，可曾拜过师？学过艺？结交过巫婆、神汉？"

燕燕的娘说："俺闺女既没拜过师，也没学过艺，更没结交过巫婆神汉，我眼盯着她长大，她自小安守本分，左邻右舍谁不夸？怎么好好个孩子，到你们家一天，就变成老鹰上了树？不把话说明白，我不能算完。不交还我燕燕，我也不会放掉杨花。"

警察说："大娘，先别吵，您注意看树上。"

警察举起手电筒，瞄准树上的暗影，突然推上电门，一道雪亮的光柱正射在燕燕的脸上。她挥舞手臂，飞起来，滑行到另外的树梢上去了。

警察问："大娘，看清了吗？"

燕燕的娘说："看清了。"

"是您的女儿吗？"

"是我的女儿。"

警察说："大娘，我们不想动武，闺女最听娘的话，还是您把她唤下来吧。"

这时候，燕燕的哑巴哥哥兴奋得嗷嗷乱叫，双手比划着，好像在摹仿他妹妹的飞行动作。

燕燕的娘哭着说："不知道前世造了什么孽，别人碰不上的事都叫我碰上了。"

警察说："大娘，先别忙着哭，把闺女唤下来要紧。"

"这闺女自小性子倔，只怕我也叫不动她。"燕燕的娘为难地说。

警察道："大娘，您就别谦虚了，快叫吧。"

燕燕的娘挪动着小脚，走到梢上栖着女儿的那株松树下，仰起脸，哭着说："燕燕，好孩子，听娘的话，下来吧……娘知道你心里委屈，但这是没有法子的事……你要是不下来，咱也留不住杨花，那样的话，咱这家子人就算完了……"

老太太放声大哭起来，一边哭，一边把脑袋往树干上撞着，树梢上传下来淬綮之声，好像鸟儿在摩擦羽毛。

警察道："继续，继续。"

哑巴挥动手臂，对着树梢上的妹妹吼叫。

洪喜大喊："燕燕，你还是个人吗？你要有一点点人味，就该下来！"

杨花哭着说："嫂子，下来吧，咱姐妹俩是一样的苦命人……俺哥再难看，还能说话，可你哥……姐姐，下来吧，认命吧……"

燕燕从树梢上飞起，在人们头上转着圈滑翔。一阵阵的凉露下落，好像她洒下的泪水。

"都闪开，都闪开，让她落下来。"铁山爷爷大声说。人们纷纷退后，只留下老太太和杨花在中央。

但事情并不像铁山老爷爷想象的那样。燕燕滑翔良久，最终还是落在树梢上。

眼见着月亮偏西，已是后半夜，人们又困又倦又冷。警察道："只好来硬的了。"

铁山老爷爷说："我担心她受惊飞出树林，今夜捉不住，以后就更难捉了。"

警察说："据我观察，她还不具备长距离飞行的能力，飞出树林，会更容易捕捉。"

铁山老爷爷说："只怕她娘家人不依。"

警察说："我来处理吧。"

警察走上前去，吩咐几个小伙子把哑巴和老太太领到树林子外边。老太太哭痴了，丝毫不反抗，哑巴嗷嗷叫，警察举起手枪在他面前晃晃，他也乖乖地走了。树林里只余下警察、铁山老爷爷、洪喜和一个持棍棒、一个持扇鸟网的小伙子。

警察道："枪声惊扰百姓，不好，还是用弓箭射。"

铁山老爷爷说："我老眼昏花，看不清楚，万一伤了她的要害处，就不好了，还是由洪喜来射。"

他把那张用大竹弯成的弓递给洪喜，又递给他一支尾扎羽毛的利箭。洪喜接过弓箭，沉思片刻，忽然醒悟般地说："我不射，我不能射，我不愿射，她是我的老婆吗？她是我老婆。"

铁山老爷爷说："洪喜，你好糊涂呀，抱在怀里才是你老婆，坐在树上的是一只怪鸟。"

警察说："你们这些人，粘粘糊糊的，什么也干不成！把弓箭给我。"

他把枪插在腰里，接过弓箭，左手拉弓，右手扣弦，瞄着树梢上的影子脱手放了一箭。只听得噗哧一声响，显然是箭镞钻入皮肉的声音。树梢上一阵骚动，他们看到燕燕腹部带着箭飞起在月色中，沉甸甸地砸在近处一棵矮松上，她的身体分明失去了平衡。警察又搭上一支箭，瞄着横陈在矮松上的燕燕，喊一声："下来！"声音出口，利箭脱弦，树梢上一声惨叫，燕燕头重脚轻，倒栽下来。

洪喜哭着骂起来："操你妈，你把我老婆射死了……"

躲在松林外的人打着灯笼火把围上来，一齐焦急地问："射死了没有？她身上是不是生出羽毛？"

铁山老爷爷一言不发，拎起一桶狗血，浇在燕燕身上。

8

嗅味族

爹眯着眼睛看了我一会儿，然后用嘲讽的腔调说：

"好汉，过来！"

我讨厌这种不尊重儿童的腔调，但还是用手指摸弄着圆滚滚的肚皮，一步挪半寸，两步挪一寸，三步一寸五，四步挪两寸，就这样一寸一寸地挪到了饭桌前，等待着爹的打击。爹暂时没有出手，也许是因为他处的位置打击我不太方便吧——他坐在饭桌的正中，两边雁翅般展开我的那些兄弟姐妹们——也许他还没有决定该不该给我一顿沉重打击，但作为我来说，根据以往的经验和眼前的形势，知道一顿臭揍迟早难免，便硬起头皮，做好了准备。对我这样的坏孩子来说，挨打受骂是家常便饭，用我娘的话来说就是，我这样的人是属破车子的，就得经常敲打着，三天不打，上房揭瓦，两天不揍，闹起来没够。我爹呼噜了一口野菜汤，咕咚咽下去，问：

"说吧，好汉，到哪里去了？"

我本来可以撒一个谎，譬如说我钻到草垛里不小心睡着了，甚至可以说我让带着狗熊和三条腿公鸡的杂耍班子用蒙汗药拍了去，幸亏我机智勇敢才逃脱了他们的魔掌——那一段时间里社会上正悄悄地流传着一个杂耍班子用蒙汗药拐儿童的，就算是谣言吧，说杂耍班子的人只要用手把小孩子的后脑勺子拍一下，小孩子就会乖乖地跟着他们走。到了杂耍班子，他们就用锋利的小刀子在孩子身上划出无数的血口子，然后马上杀一条狗，把狗皮剥下来，趁热贴到孩子身上，从此那张狗皮就长到孩子的身上，一辈子也脱不下来了。为了防止小孩子泄密，在往他们身上植狗皮之前，先把舌头割掉，让你有口也难言。说有一个小孩子就是这样被杂耍班子拍了去使了酷刑后变成了一个狗人，有一天杂耍班子到孩子舅舅所在的村子去演出，杂耍班子的班主一边敲着破锣一边指着小孩子说：各位乡亲们，看看这个可怜的孩子吧，这个孩子的爹跟一头母狗交配，生出了这个小狗人，乡亲们，可怜可怜这个狗孩子吧……人们一圈一圈地围上去，看那可怜的狗孩子。那孩子从人群里一眼就看到了自己的舅舅，看到了舅舅从某种意义上说比看见了爹爹还要亲，于是那孩子的眼泪就哗哗地流出来了。小孩的舅舅心中好生纳闷，心里想这个披着狗皮的小孩子是怎么了？为什么这样不错眼珠地盯着我，又为什么哭得如此伤心？他马上就联想到几年前姐姐家丢了的男孩，仔细一看那双眼睛，知道就是自己的外甥。他是个胸有城府的人，当下也没声张，等到杂耍班子休息时，装作闲人凑上去，提着那孩子的乳名低声问：你是小什么吗？那狗孩子点点头。舅舅马上就跑到县政府把杂耍班子给告了，破案之后，杂耍班子里那些坏人全部给枪毙了，那个小孩给送到县医院里做了剥皮手术，好不容易恢复了人的面貌，但话是不会说了。——这个故事传得有鼻子有眼，都说村子里的兽医王大爷亲眼看到过那个狗孩子表演节目。我们追着王大爷让他讲讲那个狗孩子的故事，但王大爷总是心烦意乱地轰我们：滚开，你们这些狗东西！

没有撒谎，更不敢造谣，我实事求是地说：

"我跟于进宝到井里去了？"

"什么？"父亲惊讶地睁大了眼睛。

我的围着饭桌喝菜汤的兄弟姐妹们也用嘲笑的眼光看着我，我知道这些家伙把我当成傻瓜，他们做梦也想不到我到井里去干什么，当然也不能怨他们，因为这件事情的确离奇，如果我不是亲身经历，打死我我也不会相信天底下竟然会存在着这样的事。

"我跟着于进宝到他家后园里那眼井里去了。"我对他们尽量详尽地说着："我去找于进宝玩耍，玩了一会儿，口渴得很，于进宝家没有水，于进宝就带我到他家后园里去找水喝，他家后园里有一口很深的井……"

母亲打断我的话,问我,又像是自言自语:

"杂种,杂种,你一夜没回来?你在哪里睡的?"

"我们根本就没有睡,我们跟那些长鼻人一起玩,唱歌跳舞捉迷藏,我们根本不困……"他们没有对我发出质问,但我从他们闪烁的眼神里,从他们停止喝菜汤的动作上,知道他们被我的故事吸引住了,或者说他们对我的一夜经历产生了浓厚的兴趣,我知道他们等待着我往下讲述。我当然非常愿意把自己的经历讲给他们听,尽管于进宝和那些长鼻人曾经要求我严格保守秘密,但我是个肚子里藏不住话的快嘴孩子,满肚子的新鲜奇遇如果不说出来,非把我憋死不可。我说:"那些长鼻人鼻子有点长,但也不是非常长,比我们的鼻子略微长点,与我们不同的是他们只有一个鼻孔眼儿,长在鼻子尖上。他们不吃饭,他们嗅味,他们嗅嗅味就饱了,但他们很会做饭,他们做的饭好吃极了,有鸡,有鸭,还有兔子,香极了……"

我正要把一夜奇遇讲给他们听时,刚刚开了一个头,但是我的爹把碗往桌子上一扔,将筷子往桌子上一拍,像一座山丘拔地而起。他越过障碍,顺手给了我一个耳光,把我打翻在地,然后他就气昂昂地走出了家门。他当然不会去找于进宝核实真伪,他也不会去于家的后园井里探勘,在他的心目中,我说的都是鬼话,连一星半点的真实也没有。

父亲走了，母亲把我从地上揪起来，当然是揪着我的耳朵揪起来，然后她就逼问我：

"小杂种，说实话，昨天夜里你到哪里去了？"

"我跟于进宝到长鼻人那里去了……"我歪着脑袋，咧着嘴，痛苦地说。

"还敢胡说，"母亲恼怒地说着，揪住我耳朵的手又加了一把劲儿，使我的耳朵变成了不知什么模样，"说实话，到底干什么去了？！"

我的眼泪夺眶而出，耳朵痛疼是热泪盈眶的原因之一，但不是主要的原因，主要的原因是我感到委屈，明明我说的是大实话，但他们却以为我在撒谎；明明我是冒着被长鼻人惩罚的危险把一个美好的秘密告诉他们，但他们却以为我在胡编乱造。我的那些可恶的兄弟姐妹们见我受到惩罚不但不表示同情，反而幸灾乐祸，他们得意地眯着眼睛，脸上都带着笑意，那四个年纪比我小的，可能怕我收拾他们，笑的还比较含蓄，那四个比我大的，丝毫也不掩饰他们的得意之心。他们甚至添油加醋地说一些让母亲更加愤怒的话，譬如我那个生着两颗虎牙的大姐就很严肃地说：

"最近有人把生产队的小牛用铁丝捆住嘴巴给弄死了，咱家可是有这种细铁丝——"

"你就作死吧，"母亲忧心忡忡地说，"牛是生产队的宝贝，害了生产队里的牛，那就是反革命！"

"咱们干脆对外宣布，"我的那个二哥说，"与他断绝关系，免得牵连到我们。"

到底还是母亲境界高些，她瞪了那位很可能是我的二哥的家伙一眼，说：

"有你们这样的兄弟吗？你们都是我养的，能断绝得了吗？"

母亲松开了揪住我耳朵的手，我感到耳朵火辣辣的，知道它的体积大了不少。我的耳朵比常人的耳朵要大，原来也大不了多少，因为人们的揪和拧，它们变得越来越大。

"说吧，"母亲疲乏地说，"你这一夜到底到什么地方去了？你如果不说，就别想吃饭！"

我瞄了一眼锅里那些黑糊糊的野菜汤，看了一眼桌子上那碗用来下饭的发了霉的咸萝卜条子，心中暗暗得意，初进家门时说实话我心中还有些惭愧，因为我一个人吃了那么多美味食物而我的父母吃这些猪狗食。但现在我一点愧意也没有了。我打了一个饱嗝，让胃里的气味汹涌地窜上来；我陶醉在美好的气味里，心中充满了幸福的感觉。我看到我的那些兄弟姐妹们都把鼻子翘起来，脑袋转动着，在搜寻美好气味的源头。在饥饿的年代里，人们的嗅觉特别的灵敏，十里外有人家煮肉我们也能嗅到，当然也说明了那个时候空气特别纯净，一星半点儿的污染都没受。我的兄弟姐妹根本想不到让他们馋涎欲滴的气味竟然是从我的胃里泛上来的。说不是故意地其实也是故意地我又打了一个响亮的饱嗝，然后大张开嘴巴，这时我看到，我的那些兄弟姐妹的目光全都集中到我的嘴巴上了，如果能够，我相信他们都会奋不顾身地钻到我的胃里去看个究竟。

母亲的嗅觉尽管不如我的兄弟姐妹们的嗅觉灵敏，但她毫无疑问地也闻到了从我的嘴巴里散出来的美食气味，我看到她的眼睛里洋溢着讶异和惊喜，我知道她不敢相信自己的鼻子，她很可能以为自己在做梦。对她的心情我完全理解，换了我也会这样，因为在那个时代里，从我这样一个穷孩子嘴巴里发出这样的气味比狗头上长角还要稀奇。但铁一样的事实就摆在我的母亲和我的兄弟姐妹们面前，他们不愿意相信也得相信，美好的气味无可争辩地从我的嘴巴里往外扩散，逗引得他们百感交集眼泪汪汪。我知道我的那些兄弟姐妹们心中对我充满了嫉妒和仇恨，他们恨不得把我的肚皮豁开，看看我到底吃了些什么东西；我知道母亲不嫉妒我也不仇恨我，但她也很想知道我到底去什么地方吃了些什么样的好东西，然后就可以让我当向导，带领着全家去会一次大餐。我的那个生着虎牙的姐姐已经急不可耐地冲了上来，用她的粗糙的手扒开我的嘴巴，凶巴巴地问：

"小坏蛋，你还真的吃到了好东西！快说，你到哪里去吃到了好东西？快说，你吃到了什么样的好东西？"

我的兄弟姐妹们跟随着虎牙姐姐围上来，七嘴八舌地问着我。

这时我真是得意极了，想起方才父亲用他的铁巴掌扇我耳光时这些家伙幸灾乐祸的表情，想起这些家伙平日里对我的欺凌和压迫，我的心中无比快意。六月债，还得快，人不可貌相，海水不可斗量，这些坏家伙大概从来没想到过我这个土豆堆里的最整脚的土豆，竟然会好运临头，他们根本想不到还会求到我的面前，刚才我还巴不得将我的奇遇告诉他们，但现在我已经不想把秘密告诉他们了。我为什么要告诉他们？我凭什么要告诉他们？我如果是个大傻瓜我才会告诉他们，我如果不是一个大傻瓜我就不会告诉他们。母亲也用恳求的目光望着我，显然也是想让我把秘密吐露出来，但是我耳朵上的痛疼提醒了我，让我想起了她几分钟前揪着我的耳朵恨不得揪下来的悲惨事，于是我的意志就变得像钢铁一样坚硬了。我决心把这个秘密保守到底，我必须遵守我与于进宝小哥哥的约定，我更必须履行我们与长鼻人之间的诺言，我为刚才差一点泄露了机密而后悔，幸亏他们没把我的话当真，但现在他们从我的嘴巴里嗅到了气味，他们很可能当真了。我惊愕地明白了：其实我已经泄露了秘密，我提到了于进宝家的水井，提到了长鼻人和他们的美味食品。我的这些饿疯了的兄弟姐妹们，很可能马上就会下到于进宝家的井里去看个究竟！这时，母亲把我的兄弟姐妹们分到两边，走到我的面前，我感到她的手正在温存地抚摸着我的脑袋，我不断地提醒着自己：不要上当受骗，刚才就是这只手差不点儿把你的耳朵揪下来！她现在抚摸你是为了让你吐露机密，而一旦你吐露了机密，她的手就会重新揪你的耳朵！我听到她对我说：

"好孩子，告诉娘，你昨天夜里到底到哪里去了？你到什么地方去吃了些什么样的好东西？"

我灵机一动，想起了虎牙姐姐说过的话头，我宁愿搬起一个屎盆子扣到自己头上也不能泄露机密，于是我就伪装出犯了严重错误的模样，吞吞吐吐地说：

"娘，我错了……昨天夜里，我跟着一群野孩子，把生产队里一头小牛用细铁丝捆着嘴巴整死了……然后……他们点上火，把小牛烧熟了……他们让我吃，我实在太馋了，就吃了……"

在我的脑袋上爱抚着的那只手，突然间变成了拳头，像擂鼓一样敲打着我的头，我听到母亲用恨极了也怕极了的压抑着的声音说：

"杂种，你就去作死吧，你就等着公安局来抓你吧！"

我的那些兄弟姐妹们有用脚踹我的，有用巴掌扇我的，有用指甲掐我的，有用唾沫啐我的……总而言之是转眼间我就成了他们的公敌。他们把我打得遍体鳞伤，然后就懒洋洋地散开了。

但昨天夜里的确发生了比做梦还美的好事，有我满口的余香为证，有我的愉快而辛苦地工作着的肠胃为证，有我嗅到了野菜汤的气味就恶心的生理反应为证，有那么多栩栩如生的记忆为证。母亲把一个筐子一把镰刀扔给我，让我跟着我的姐姐哥哥们去挖野菜。

在通往田野的土路上，村子里的孩子们唱着流行的歌曲：一九六四年啊，真是不平凡；饿死了马光斗，爆炸了原子弹；赫鲁晓夫下了台，咱们心喜欢——尽管饥饿但孩子们依然欢天喜地，你追我赶，打打闹闹，孩子队里有于进宝小哥哥，走着走着我们俩就靠在了一起，他压低嗓门问我：

"你没泄密吧？"

"没有……"我心里虚虚地说。

"千万保密，否则咱们就吃不到好东西了。"

我大姐瞪了我一眼，说：

"快走。"

我跟随着她们往田野里走，但我的心已经回到了昨天。

当时，我和于进宝在玩他家那副残缺不全的扑克牌，突然感到口很渴，我就问：

"进宝哥哥你们家有水吗？"

于进宝说：

"你想喝水啦？我们家没水，你如果想喝就跟我到我家后园里去喝吧。"

我就跟着于进宝到他家的后园里去了。他家的后园里有一眼水井，一眼非常普通的水井，水很懒，浇园用的。井口上安着一架辘轳，支架上生出了蘑菇，绳子上发出了绿霉，看起来已经很久没有使用了。我们站在井台上，探头往井里望去，起初我们什么也看不见，渐渐地我们的眼睛适应了，看到了井里明亮的水，和水面上我们的脸。一头乱毛，两只小眼睛，一个塌鼻子，两扇大耳朵——原来我是这样子的一副好模样，怪不得我的一个姐姐经常骂我"气死画匠"。于进宝哥哥也是一头乱毛，两只小眼睛，一个塌鼻子，两扇大耳朵。我们两个简直像用一个模子磕出来的。我的母亲经常无奈地对我的那些兄弟姐妹们说："你们看看，他怎么越来越像东屋里小宝？"我的一个姐姐说："太像了，一个娘养出来的也没有这样像的！"然后她就用黑黑的眼睛仇恨地盯着母亲，好像母亲欠了她一笔陈年老账。小宝就是我最亲爱的于进宝哥哥，他在村子里名誉很坏，至于他干过什么坏事，则没人能说出来。

我们看着井里那两张一模一样的脸。看了一会儿，就开始往自己的脸上吐唾沫。我的唾沫吐到我的脸上就像吐到他的脸上一样。他的唾沫吐到他的脸上就像吐到我的脸上一样。我们的唾沫吐到我们的脸上把我们的脸破碎了，我们的鼻子眼睛混乱不清，于是我们就开心地笑起来。

突然，我们嗅到一股奇异的香味。我们抬起头来环顾四周，四周是断壁残垣，发了疯的野草，野草中仓皇奔走的蜥蜴，蜥蜴身上闪烁的鳞片……家家户户的烟囱里没有冒烟的，没有人家在炒肉，这香气……这香气……这香气是从井里冒出来的！我们紧张地抽动着鼻子，眼前似乎出现了许多在梦里都没见到过的精美食物，有像砖头那样厚的肉，一方一方的，颜色焦黄，冒着热气；有把脑袋扎进肚子里的烧鸡，颜色焦黄，冒着热气；有整头的小羊，颜色焦黄，冒着热气……

我们拽住辘轳绳子往井里滑去，他在下边，我在上边。井筒子深得似乎没有底，我的耳朵里嗡嗡地响着，好像在大风里行走。我的眼前起初是亮的，往下滑了一阵后就慢慢地黑起来。我感到有人拽了一下我的腿，我的身体往边上一偏，然后脚就着了地。于进宝小哥哥拉着我的手，沿着一条黑洞洞的地道，小心翼翼地摸索着前进。我们心中感到害怕，但越来越浓的香气吸引着我们，使我们的脚步不停。不知从何时起，眼前渐渐地明亮起来，地道也宽敞起来。我们看到一道道的光线从一些圆圆的洞眼里射进来，洞眼多粗，光线就多粗。我心中紧张，歪头看了一眼于进宝的脸，看到了他的脸就像看到了我的脸。我们紧紧地拉着手，就像一对孪生兄弟。浓厚的香气变成了热乎乎的风扑到我们的脸上，随着香风传来了一些呼哧呼哧的声音。我们屏住呼吸，贴着洞壁，高高地抬腿，轻轻地落脚，慢慢地向前靠拢。终于，我们看到了，在前方的一个宽敞的大洞里，有一个平展展的土台子，台子上摆着三个巨大的黑陶盘子，一个盘子里放着一方方的肉，像砖头那样厚，颜色金黄，冒着热气，肉的上面撒着一层切碎的香菜末儿。一个盘子里放着十几只脑袋扎到肚子里的鸡，颜色金黄，冒着热气，鸡的上面撒了一层花椒叶子。一个盘子里放着一头小羊，颜色金黄，冒着热气，小羊身上插了几根翠绿的葱叶。大概有二十多个人，团团围着盘子，都跪着，屁股后边拖着一条粗粗的尾巴。他们穿着用树叶子缀成的衣裳，头上戴着瓜皮小帽。他们都生着两只小眼睛，两扇大耳朵，这些都跟我们像，与我们不像的是他们的鼻子。我们是塌鼻子，他们是长鼻子，而且还比我们少了一个鼻孔眼儿。他们跪在盘子周围，脖子探出来，鼻子离食物很近，鼻孔一开一合，那些呼哧呼哧的声音就是从他们的鼻子里发出来的。我们将身体紧紧地贴在洞壁上，好像两只壁虎。有好几次我觉得他们已经发现了我们，但是他们并没有对我们怎么样。一个看起来很小的长鼻人突然站起来，鼻子呼哧着，脑袋转动着，眼睛分明地与我们的目光相接了，但他还是没有对我们怎么样。我感觉到他们是故意地不理睬我们。

他们吸了一阵后，一个个离开了盘子，站起来，脸上带着心满意足的神情，往地洞的深处走去。那个小小的长鼻人还扭回头对着我们扮鬼脸，一个露着奶头的大长鼻人——一定是他的妈妈——伸手把他拉走了。地洞里静悄悄地，只有那三只大盘子里的食物散发着香气。我们终于抵抗不住美味的吸引，蹑手蹑脚地靠到盘子前，顾不上危险，抓起那些好东西，狼吞虎咽起来。我们似乎刚开始吃，其实已经吃了许多。因为当那些长鼻人突然把我们包围起来时，我们本想逃跑，但是已经拖不动自己的肚子了。我们坐在地上，活像两只巨大的蜘蛛。

长鼻人的语言很怪，呱呱咕咕的，我们一句也听不明白。但从他们脸上的表情判断，他们没有恶意。后来他们在土台子前跳起舞来，好像是用这种形式欢迎我们访问他们的地洞。他们跳的舞跟我们村子里正在流行的一种舞有点相似，也是那样简单那样机械，好像一群木偶。其中有两个母长鼻人，把我们拉起来，让我们跟他们一起跳舞。我们吃得太多，行动实在困难，但他们让我们跳我们不敢不跳。跳了一会儿，我们的肚子小了，感觉也舒服了。渐渐地我们忘了他们是跟我们不一样的人，而且也能听明白他们的语言了。跳完了舞，大家坐在一起说话，像开座谈会一样。于进宝小哥哥说，我们是两个饥饿的孩子，今天很幸运地来到了你们的地洞，受到了你们友好热情的招待，吃到了从来没有吃过的最香最美的食物，我们真是全世界最有福气的孩子，我们回到上边即使马上死掉也不冤枉了。一个下巴上生着十几根白胡子的老长鼻人代表长鼻人发言，他说，你们不要客气，其实，我们早就知道你们两个，你们原来就是我们这里的人，后来因为刮白毛大风把你们俩刮走了。我们几年前就知道你们俩在上边生活，而且我们还知道你们俩活得很苦。我们早就决定把你们俩请回来玩玩，但一直找不到机会，今天，这机会终于来了。所以你们来到了这里就应该像回到了自己家里一样，或者说就像走亲戚一样。他说他们是嗅味的民族，根本不要吃东西，每天嗅一次食物的气味就可以了。他说如果我们不嫌弃他们嗅过的食品，尽管来吃好了，即便我们不吃，他们也要倒进暗道，流到蓝河里去喂四眼鱼。后来他们把我们送到井口，欢迎我们经常来做客，他们恳求我们不要把这里的情况对外人说道，我们对他们发誓：如果我们说了，就让乌鸦啄我们的脑袋。

9

木匠与狗

　　钻圈的爷爷是个木匠，钻圈的爹也是个木匠。钻圈在那三间地
上铺满了锯末和刨花的厢房里长大，那是爷爷和爹工作的地方。村
子里有个闲汉管大爷，经常到这里来站。站在墙旮旯里，两条腿罗
圈着，形成一个圈。袖着手，胳膊形成一个圈。管大爷看钻圈爷爷
和钻圈爹忙，眼睛不停地眨着，脸上带着笑。外边寒风凛冽，房檐
上挂着冰凌。一根冰凌断裂，落到房檐下的铁桶里，发出响亮的声
音。厢房里弥漫着烘烤木材的香气。钻圈爷爷和钻圈爹出大力，流
大汗，只穿着一件单褂子推刨子。欻——欻——欻——，散发着清
香的刨花，从刨子上弯曲着飞出来，落到了地上还在弯曲，变成一
个又一个圈。如果碰上了树疤，刨子的运动就不会那样顺畅。通常
是在树疤那地方顿一下，刃子发出尖锐的声响。然后将全身的气力

运到双臂上，稍退，猛进，欻地过去了，半段刨花和一些坚硬的木屑飞出来。管大爷感叹地说："果然是'泥瓦匠怕沙，木匠怕树疤'啊！"

爹抬起头来瞅他一眼，爷爷连头都不抬。钻圈感到爷爷和爹都不欢迎管大爷，但他每天都来，来了就站在墙旮旯里，站累了，就蹲下，蹲够了，再站起来。连钻圈一个小孩子，也能感到爷爷和爹对他的冷淡，但他好像一点也觉察不到似的。他是个饶舌的人，钻圈曾经猜想这也许就是爷爷和爹不喜欢他的原因，但也未必，因为钻圈记得，有一段时间，管大爷没来这里站班，爷爷和爹脸上那种落寞的表情。后来管大爷又出现在墙旮旯里，爷爷将一个用麦秸草编成的墩子，踢到他的面前，嘴巴没有说什么，鼻子哼了一声。"来了吗？"爹问，"您可是好久没来了。"蹲着的管大爷立即将草墩子拉过去，塞在屁股底下，嘴里也没有说什么，但脸上却是很感激的表情。好像是为了感激爷爷的恩赐，他对钻圈说："贤侄，我给你讲个木匠与狗的故事吧。"

在这个故事里，那个木匠，和他的狗，与两只狼进行了殊死的搏斗，狼死了，狗也死了，木匠没死，但受了重伤。狼的惨白的牙齿，狼的磷火一样的眼睛，狗脖子上耸起的长毛，狗喉咙里发出的低沉的咆哮，白色的月光，黑黢黢的松树林子，绿油油的血……诸多的印象留在钻圈的脑海里，一辈子没有消逝。

管大爷身材很高，腰板不太直溜。三角眼，尖下颌，脖子很长，有点鸟的样子。一个很大的喉结，随着他说话上下滑动。他头上戴着一顶"三片瓦"毡帽，样子很滑稽。提起管大爷，钻圈总是先想起这顶毡帽子，然后才想起其他。这样式的毡帽现在见不到了。管大爷作古许多年了。钻圈爷爷去世许多年了。钻圈爹已经八十岁了。钻圈也两鬓斑白了。爹健在，钻圈不敢言老，但他感觉到自己已经老了。钻圈把许多事情都忘记了，但管大爷讲过的那些故事和他头上那顶毡帽却牢记在心。

管大爷用脚把眼前的锯末子和刨花往外推推，从腰里摸出烟包和烟锅，装好烟，拣起一个刨花圈儿，抻开，往前探身，从胶锅子下面引着火，点着烟，吧嗒吧嗒吸几口，用大拇指将烟锅里的烟末往下压压，再吸两口，两道浓浓的烟雾，从他的鼻孔里直直地喷出来。他清清嗓子，提高了嗓门，小眼睛直盯着钻圈，亮晶晶的，很有神采，说："大侄子，你长大了，一定也是个好木匠。'龙王的儿子会凫水'嘛！"

钻圈听到爷爷咳嗽了一声。钻圈知道爷爷对爹的木匠手艺很不满意，对自己，更不会抱什么希望。爷爷咳嗽，是表示对管大爷的恭维话的反感。

管大爷说："五行八作中，最了不起的就是木匠。木匠都是心灵手巧的人，你想想，能把一棵棵的树，变成桌子、板凳、风箱、门、窗、箱、柜……还有棺材，这个世界上，谁能不死？死了谁能不用棺材？所以，谁也离不开木匠。"

爷爷冷冷地说："一大些用草席卷出去的，也有用狗肚子装了去的。"

"那是，那是，"管大爷忙顺着爷爷的话茬儿说，"我是说个大概，大多数人还是需要一口棺材的，当然棺材与棺材大不一样。有柏木的，有柳木的，有四寸厚的，有半寸厚的。我将来死了，只求二叔和大弟用下脚料给钉个薄木匣子就行了。"

"你这是说的哪里的话？"爹说，"赶明儿大哥发了财，用五寸厚的柏木板做寿器时，别嫌我们手艺差另请高明就行了。"

"我要是发了财，"管大爷目光炯炯地说，"第一件事就是去关东买两方红松板，请大弟和二叔去给我做。我一天三顿饭管着你们。早晨，每人一碗荷包蛋，香油馃子尽着吃。中午和晚上，最次不济也是四个冷盘八个热碗，咱没有驼蹄熊掌，但鸡鸭鱼肉还是有的；咱没有玉液琼浆，但二锅头老黄酒还是可以管够的。二叔您也不用自己下手，找几个帮手来，让大弟领着头干，您在旁边给长着点眼色就行了。做成了寿器，我要站在上边，唱一段大戏：一马离了西凉界——然后放一挂八百头的鞭炮，还要大宴宾客，二叔和大弟，自然请坐上席——可是，我这副尖嘴猴腮的模样，这辈子还能发财吗？"

"怎么不能发财？您怎么可以自己瞧不起自己呢？"爹说，"没准儿走在街上，就有一块像砖头那般大的金子，从天上掉下来，嗵，砸在您的头上。"

"大弟，你这是咒我死呢！"管大爷道，"寸金寸斤，砖头大的一块金子，少说也有一百斤，砸在头上，还不得脑浆迸裂？即便运气好活着，也是个废人。这样的财我还是不发为好，就让我这样穷下去吧。"

"其实您也不穷，"父亲说，"人，不到讨饭就不要说穷。您瞧您，穿着厚厚的棉袄，戴着八成新的毡帽，我们弯着腰出大力，您抽着烟说闲话，我们都不敢说穷，您怎么可以说穷？"

爷爷瞪了爹一眼，说："干活吧！"

爷爷一开口，爹就闭了嘴。场面有点僵。钻圈瞅着房檐下那些亮晶晶的冰凌，不由地叹了一口气。

"小孩叹气，世道不济。"管大爷说，"大侄子，你不要叹气了，我给你再讲个木匠和狗的故事吧，听完了这个故事，你就欢气了。桥头村有个木匠，姓李，人称李大个子——没准二叔和大弟还认识他，他也算是个有名的细木匠，跟二叔虽然不能比，但除了二叔，也就无人能跟他相比了——我这样说大弟您可别不高兴。"

"我是个劈柴木匠，只能干点粗拉活儿，"爹笑着说，"你尽管说。"

"李大个子早年死了女人，再也没有续弦，好多人上门给他提亲，都被他一口回绝。大家都猜不透他的心思。他养着一条公狗，黑狗，真黑，仿佛从墨池子里捞上来的。都说黑狗能辟邪，但这条狗本身就邪性。去年冬天我去赶柏城集，亲眼见到过这个狗东西，蹲在李大个子背后，两个黄眼珠子骨碌骨碌转悠，好像在算计什么。那天是最冷的一天，刮着白毛风，电线杆子上的电线呜呜地响，树上的枝条嚓嚓地响，河沟里的冰叭叭地响。有很多小鸟飞着飞着就掉下来了，掉在地上立马就成了冰疙瘩。"

　　"没让那些鸟把您的头砸破？"父亲低着头，一边干活一边问。

　　"大弟，"管大爷笑着说，"你是在奚落我，你以为我是在撒谎。去年最冷那天，就是腊月二十二日，辞灶前一天，县广播电台预报说是零下三十二度，是一百年来最低的温度记录。其实他们也是在瞎咧咧，气象预报，是共产党来了才有的事。一百年，一百年都回到大清朝去了。那个时代，还没发明温度表呢。"

　　"不要小看了古人！"爷爷冷冷地说，"钦天监不是吃闲饭的。他们能算出黄历，能算出兴衰，还算不出个温度？"

　　"二叔说的对，"管大爷说，"钦天监里的人，都是半神，像那个张天师，前算五百年，后算五百年，算个温度不在话下。那天反正是够冷的，从咱们村到柏城集，只有十里路，我就捡了二十多只小鸟。有麻雀，有云雀，有鹁鸪，还有两只斑鸠。斑鸠，为什么叫斑鸠？因为它上午半斤重，下午九两重，斑鸠，半九也。我把捡来的小鸟揣在怀里，想给它们点热度把他们救活。我爹生前是捕鸟的，二叔知道，大弟也知道。那扇捕鸟的大网还在我家梁头上搁着呢。我要是把那网扛到南大荒里支起来，一天下来，怎么着还不网它百八十个鸟儿？拿到集上去，怎么着还不卖个十块八块的？要说发财，只要把俺爹的行当捡起来就能发财。但伤天害理，祸害性命的事儿，不能再做了。轮回报应，不敢不信。我是一百个信、一千个信的。俺爹的下场，吓破了我的胆。俺爹一辈子祸害了多少鸟？五万只？十万只？反正是不老少。他从小就跟鸟儿摽上了，七八岁时，用弹弓打，人送外号神弹子管小六，我爹在他们那辈里排行第六。听老人说，我爹能听声打鸟。他根本就不瞄准，听到鸟在树上叫，从怀里摸出弹弓和泥丸，胳膊一抻，"嗖"地一声，鸟声断绝，鸟儿就从树梢上，啪嗒，掉下来了。他玩弹弓玩到十三岁，不过瘾了，开始玩土枪，我爷爷是个大甩手，整天吃大烟，家里的事一概不管，由着我爹折腾。我奶奶反对我爹玩土枪，几次把他的枪放在锅灶里烧毁。但烧了旧的，他就做新的。他无师自通地就把土枪做出来了，而且做得很漂亮。火药也是他自己配的。我奶奶管不了他，就咒他：小六啊，小六，你就作吧，总有一天让这些鸟把你啄死。

"玩了几年枪，还嫌不过瘾，他又鬼使神差地学会了结网，没日没夜地结。结好了，扛到小树林子里支起来，网里放上一个鸟囫子，唧唧喳喳地叫唤着，把那些鸟儿诱骗下来，撞在网上。人群里有汉奸，鸟群里有鸟奸。那些鸟囫子就是鸟奸。你想想看，鸟儿们也是有语言的，如果那些鸟囫子，告诉那些在天空打转转的鸟儿，说下边是管六的罗网，千万不要下来，下来就没命了，那些鸟儿，还能下来吗？鸟囫子一定是骗它们，说下来吧，下来吧，下边有好吃的，好坑的，把那些鸟儿哄骗下来了。由人心见鸟心啊。人里边，也真有坏的。就说前街孙成良，他还是我的表弟呢，要紧的亲戚。前几年我跟他一起去赶柏城集，走的早，看不清路。他走在前，一脚踩到一堆屎上，跌了一跤。按说他应该提我一个醒。但他不吭气，悄悄爬起来，继续往前走。我在后边，也跟着踩了屎，跌了一跤。我说表弟，你既然踩了屎，跌了跤，为什么不提我一个醒？他说，我为什么要提醒你？我要提醒你，我的屎不是白踩了吗？我的跤不是白跌了吗？你说这人的心怎么这样呢？"

"我爹天生是鸟儿们的敌人，杀起鸟儿来决不手软。他把那些鸟儿从网上摘下来时，顺手就捏断了它们的脖子，扔在腰间的布袋里。那个布袋在他的胯下鼓鼓囊囊地低垂着，他的脸上蒙着一层通红的阳光。我没有亲眼看到过我爹捉鸟时的样子，但我的脑子里总是浮现出我爹捉鸟时的景象。我爹捉鸟，起初是为了自己吃。小时候他就会弄着吃，听说是跟着叫化子学的，找块泥巴把鸟儿糊起来，放在锅灶下的余火里，一会儿就熟了。把泥巴敲开，香气就散发出来。这样的香气连我奶奶也馋，但她信佛，吃素。信佛吃素的奶奶竟然生养出一个鸟儿的杀星。如果那些死鸟的魂儿上天去告状，我奶奶难免受到牵连。我爹后来就成了一个靠鸟儿吃饭的人，鸟肉虽香，但也不能天天吃。人是杂食动物，总要吃点五谷杂粮才能活下去。我爹别无长技，别的事情他也不想干，庄稼地里的活儿他是绝对不会干的。弄鸟儿，是他的职业是他的特长也是他的爱好。说起来，我爹一辈子，干了自己愿意干的事，也是造化非浅。我爷爷死后，我爹要养家糊口，就把捕获的鸟儿拿到集上去卖。到了集上，把腰间的布袋解开，把鸟儿往地上一倒，几百只死鸟堆成一堆，什么鸟儿都有，花花绿绿。有的鸟死后还把舌头吐出来，像吊死鬼一样，既让人害怕，又让人感到可怜。赶集的人走到我爹面前，都要往那堆死鸟上看几眼。有摇头叹息的，有骂的：管六，你就造孽吧。对鸟儿最感兴趣的还是孩子。每次我爹把鸟儿摊在地上，就有几个小男孩围上来看。先是站着看，看着看着就蹲下来。先是不敢动手，看着看着手就痒了，黑乎乎的指头勾勾着，伸到鸟堆上，戳那些鸟。越戳越大胆，就翻腾起来，似乎要从里边找到一个活的。我爹抄着手站着，低头看着这些啝着鼻涕的孩子，脸上是悲伤的表情。我爹心中的想法，任谁也猜不透的。他是身怀绝技啊。如果是退回去几百年，还没把洋枪洋炮发明出来的年代，我爹靠着那一手打弹弓的神技，就可能被皇上招了去，当一个贴身的侍卫。就算时运不济没给皇上当侍卫，给大官大员们，譬如包青天那样的大官，当一个护卫，王朝马汉，孟良焦赞，那是绝对的没有问题的吧？就算连王朝马汉孟良焦赞的侍卫也当不了，往难听里说，当一个绿林好汉，占山为王总是可以的吧？你们想想，那么小的鸟儿，我爹一抬手，就应声而落，要是让他用弹子去打人，想打右眼，绝对打不了左眼。人的眼睛，是最最要紧的，哪怕你有天大的本事，满身的武功，比牛还要大的力气，但只要把你的眼睛打瞎了，你也就完蛋了。我爹真是生不逢时啊。生不逢时的人，对那些有权有势的人，总是冷眼相对。你有权，你有势，那是你运气好，不是靠真本事挣来的，我爹最瞧不起这些人。你有权有势，我不尿你那一壶。生不逢时的人对小孩子是最好的。身怀绝技的人都是有孩子气的，跟小孩特别的亲。我爹身边，总是有一些小男孩跟着。许多男孩，都打心眼里羡慕我，羡慕我有这样一个身怀绝技的爹，跟着这样一个爹可以天天吃到精美的野味。走兽不如水族，水族不如飞禽。摆在我爹面前这些鸟儿可都是飞禽。有麻雀，有黄鹂，有交嘴，有绣眼，有树莺，还有许多叫不出名字的小鸟。我爹自然是能叫出来的。那些蹲在鸟堆前的孩子，用小手捏着鸟儿的翅膀或是鸟儿的腿儿，仰脸看着我爹：大爷，这是什么鸟儿？黄雀。然后提起另外一只：这只是什么鸟儿？灰雀。这只呢？虎皮雀。这是腊嘴，这是白头翁，这是窜窜鸡，这是灰鹡鸰，这是五道眉，这是麦鸡……孩子们的问题很多，我爹有时候很耐心地回答，有时候根本不理睬他们。我爹面前，尽管围着许多孩子，但他的鸟，其实很难卖。人们并不知道如何把这些东西处理成可食的美味。鸟卖不出去，时间长了，就臭了。在鸟儿没有臭之前，我爹还是满怀着把它们卖出去的希望，背着它们去赶集，但一旦它们臭了之后，就只好埋掉，埋在我家房后那片酸枣棵子里。那些酸枣，原本是灌木，因为吸收了死鸟的营养，长得比房脊还高，成了大树。到了深秋，果实累累，一片紫红，煞是好看。有一个挖药材的陈三，用杆子敲打酸枣树，每次都弄好几麻袋，卖到土产公司，听说卖了不少钱。他是个有良心的人，每年春节，都要送我爹一瓶好酒。说六叔啊，这是感谢你的那些死鸟呢。酸枣树丛里，有好几窝野兔子，其中有一只老兔子，狡猾极了，正是：人老奸，驴老滑，兔子老了鹰难拿。这个老兔子，毁了好几个鹰。你知道那些鹰是怎么毁的吗？那个老兔子的窝门口，有两棵小酸枣，老兔子看到鹰来了，就用前爪扶着酸枣棵子，等待着鹰往下扑。鹰扑下来，老兔子不慌不忙地把那两棵酸枣一摇晃，枝条上的尖针，就把鹰的眼睛扎瞎了。我爹用他的鸟网，经常能网到鹰。我们这地场，鹰有多种，最大的鹰，就像老母鸡那么大。鹰的肉，不怎么好吃，酸、柴。但鹰的脑子，据说是大补。我爹每次捕到鹰，就会发一笔小财。县城东关有个老中医，用鹰的脑子，制作一种补脑丸，给他儿子吃，他儿子是个大干部，出入都有跟班的呢。你们看我这是说到哪里去了呢。后来我爹在不知道受了哪个明白人指点之后，不在大集上卖死鸟了。他在家里，把这些鸟儿拾掇了，用调料腌起来，拿到集上去，支起一个炭火炉子，现烤现卖。鸟儿的香气，在集上散发，把好多的馋鬼勾来。我爹的财运来了，挡都挡不住。那年秋天，乡里新来了一个书记，名叫胡长清，鼻头红红，好喝几口小酒。书记好喝小酒，是很正常的。他的工资是全乡里最高的，每月九十元，九十元啊，够我们挣一年的了。二叔和大弟，你们辛辛苦苦地锯木头，累得满身臭汗，一个月也挣不到九十元吧？"

"你这是拿檀香木比杨柳木呢。"爷爷说。

父亲说："听说那个书记是个老革命，原先在县里当副县长的。闹水灾那年，他带领着农民去拦火车，说是火车震动，能把河堤震开。整个胶济铁路，中断十八个小时。气得国务院一个副总理拍了桌子，批示说：小小副县长，吃了豹子胆。为了小本位，断我铁路线。责成山东省，一定要严办。书记犯了错误，被撤了好几级，下放到咱们这里当书记。如果不是撤了职，他每月要挣一百多元。"

爷爷感叹道："那样多的钱，怎么个花法？"

"所以我说我爹的财运来了挡都挡不住的。胡书记，一个老光棍汉，听人家说他不结婚的原因是裤裆里那件家什被炮弹皮子崩掉了。要不，这样的老革命，还不从城里找一个天仙似的女学生繁殖一大群革命接班人？不过要是这样我估计着他也就不敢领着农民拦火车了。这个胡书记，脾气暴躁，作风正派，从来不用正眼看女人，就冲着这一点，他的威信呼啦一下子就树立起来了。在他之前，咱们乡里那几任书记，都好色，见了女人腿就挪不动。突然来了一个不近女色的书记，大家都感到吃惊，然后就是尊敬。胡书记好赶集，没事就到集上去转转，那时候困难年头刚刚过去，集市上的东西渐渐地多了起来。我爹的鸟儿，用铁签子穿着，一串一串的，放在炭火上烤着，滋啦滋啦地冒着油，散发着扑鼻的香气，连那些白日里很难见到影子的野猫都来了，在我爹的身后打转。连那些鹞鹰都飞来了，在我爹的头上盘旋。瞅准了机会，它们就会闪电似的俯冲下来，抓起一串鸟儿，往高空里飞，但飞不了多高它就把铁签子连同鸟儿扔下来了。铁签子在火上烤得太热，烫爪子。胡书记是不是闻着香味来的，我真的说不好，但我想，只要他到了我爹的摊子前，自然是能闻到香味的。那可不是一般的香味，那是烧烤着天上的鸟儿的香味啊。胡书记那样的好鼻子，自然不能闻不到。而只要他闻到了香味，他想不买也难了。我爹生前，高兴的时候，曾经跟我唠叨过，说这个世界上，最考验男人的事情，一个是美色，第二个就是美食。美色，有人还能抵抗，但美食，就很难抵抗了。有的人可能几年不沾女人，但把一个人饿上三天，然后摆在他面前两个饽饽一碗肉，让他学一声狗叫就让他吃，不学就不给吃，我看没有一个人能顶得住。"

"人的志气呢？人毕竟不是狗。"钻圈的爷爷冷冷地说，"俺老舅爷小时候，家里跟沙湾李举人家打官司，输了，家破人亡。俺老舅爷只好敲着牛胯骨沿街乞讨。有一次在大集上，遇到了李举人在路边吃包子。老舅爷不认识李举人，就敲着牛胯骨在他面前数了一段宝。老舅爷自小聪明，记忆力强，口才好，能见景生情，出口成章。那一段宝数的，真是格崩利落脆，赢得了一片喝彩。那个李举人问我老舅爷：你这个小孩，是哪个村子里的？这么聪明，为什么干上这下三滥的营生？俺老舅爷就把家里跟李举人打官司的事数落了一遍。说得声泪俱下。那李举人脸上挂不住，就说，小孩，你别说了，我就是李举人。事情并不像你说的那样，你爹是个混帐东西，他输了官司，并不是我去官府使了钱，也不是官府偏袒我这个举人，是因为公道在我这方。这样吧，小孩，冤家宜解不宜结，你也不用敲牛胯骨了，你拜我做干老头吧。从今之后，只要有我吃的，就有你吃的。俺老舅爷那年才九岁，竟然斩钉截铁地说：'人活一口气，树活一张皮。宁敲牛胯骨，不做李家儿。'集上的人听了俺老舅爷这一番话，心中都暗暗地佩服，都知道这个小孩子长大了，不知道能出落成一个什么人物。"

钻圈插嘴问道："这个老舅爷爷后来成了一个什么人物呢？"

"什么人物？"爷爷瞪了钻圈一眼，单眼吊线，打量着一块木板的边沿，说，"大人物！"

"二叔，您说的是王家官庄王敬萱吧？"管大爷肯定地说，"他后来参加了孙中山的革命党，民初的时候，在军队里当官，孙中山给他发表的军衔是陆军少将。这样的人物，自然是能够做到冻死不低头，饿死不弯腰的。"

钻圈的爷爷哼了一声，弯腰刨他的木头，一圈圈的刨花飞出来，落在钻圈的面前。

管大爷说："钻圈贤侄，我继续给你说木匠和狗的故事。"

钻圈说："你爹和鸟的故事还没说完呢。"

"我爹的故事，也没有什么讲头了。那个胡书记，每逢集日，就到我爹的摊子前，买两串小鸟，蹲在地上，从怀里摸出一个扁扁的小酒壶，一边喝酒，一边吃鸟，旁若无人。认识他的人，知道他是堂堂的书记，不认识他的人，还以为是个馋老头呢。他后来和我爹混得很熟，很多人说我爹和他拜了干兄弟。但其实没有这么回事。我爹是个直愣人，不会巴结当官的。否则，我早就混好了。"

"您现在混得也不错。"钻圈的爹说。

"稀里糊涂过日子吧，"管大爷感慨地说，"胡书记不止一次地对我爹说：老管，让你儿子拜我干老头吧，我好好培养培养他。我爹死活不松口。这样的好事落到别人身上，巴结还来不及呢。可我爹……算了，不说了。大弟你说，如果我拜了胡书记干老头，最不济也是个吃公家饭的吧？"

"那是，"钻圈的爹说，"没准也是一个书记呢。"

"你爹也是个有志气的！"钻圈的爷爷感叹着，"管小六啊管小六，这样的人也难找了！"

"钻圈贤侄，我给你讲木匠与狗的故事。"管大爷说。

……

钻圈老了，村子里的孩子围着他，嚷嚷着："钻圈大爷，钻圈大爷，讲个故事吧。"

"哪里有这么多的故事？"钻圈抽着旱烟，说。

一个嗵着鼻涕的小男孩说："钻圈大爷，您再讲讲那个木匠和他的狗的故事吧。"

"翻来覆去就是那一个故事，你们烦不烦啊？"

"不烦，不烦……"孩子们齐声吵吵着。

"好吧，那就讲木匠和狗的故事吧。"钻圈说，"早年间，桥头村有一个李木匠，人称李大个子。他养了一条黑狗，浑身没有一根杂毛，仿佛是从墨池子里捞上来的一样……"

……

那个嗵鼻涕的小孩，在三十年后，写出了《木匠与狗》：

……木匠拖着沉重的步伐，不断地回忆着那个收税小吏横眉立目的脸和猖狂的腔调，摇摇摆摆地走进家门。他将扁担和绳索扔在地上，大骂了一声：狗杂种！然后又回头对着湛蓝的、飘游着白云的天空，再骂一声：狗杂种！忙活了半个月，用上好的桐木板和灿烂的公鸡毛做成的四个风箱，卖了一百元钱，竟被集市上那个目光阴沉的收税员罚没了九十元，心中的懊恼难以言表。把剩下的十元钱，打了两斤薯干酒，割了两斤猪头肉，还买了一串油炸小鸟。吃到肚子里，喝进肚子里，把钱变成屎尿，让你们罚去吧。钱没了，但日子还得往下过。钱是死的，人是活的。只要人活着，不生病，有手艺，赶集时长着点眼色，看到那些卖炒花生的小贩提着篮子拖着秤逃跑，你就跟着逃跑，不要把木货全部解开，免得临时捆不及，这样，就可以保证不被那个收税的抓住。我的风箱做得好，木板烘烤得干燥，鸡毛扎得厚实，风力大，不飘偏，方圆百里，没人不知道我的风箱。只要有用风箱的人家，我就有活干。只要有活干，就会有钱挣。今日破了财，就算免了灾。嗨！这年头。心中虽然还为那被罚没的九十元疼着，但明显地钝了，麻木了。把肉和酒从帆布兜子里摸出来，扔在桌子上。坐下，刚要吃喝，就听到街上一阵嚷。木匠本不想出去，这年头，多一事不如少一事，但喊声越来越急，终于坐不住了。出去看，原来是邻居家一头牛犊掉到井里，那个年轻媳妇在喊叫。李大叔，快帮帮俺吧，要是淹死牛犊，俺男人回来，会把俺的头砸破的，他下手可狠，您以前见过的啊。年轻媳妇蓬着头，头发上沾着草，腮上抹着灰，看样子是从锅灶边跑出来的。正是晌午头，做饭的时辰，许多烟囱里，冒出白烟。木匠马上就想起来邻居那个黑大汉子，双手拖着老婆两只脚，在大街上虎虎地走着的情景。老婆哭天嚎地，汉子洋洋得意。有人上前去劝，被啐了一脸唾沫。木匠不愿意管这家的事情，只怕出了力还赚了汉子的骂。那家伙有疑心症，谁要跟他老婆说句话，就要遭他的怀疑和嫉恨。但架不住女人苦苦地哀求，又想起那只牛犊，缎子般的皮毛，粉嫩的嘴巴，青玉般的小蹄子，在胡同里蹶着尾巴撒欢，真是可爱。于是就回家拿着绳子，往井边跑，沿途招呼了几个人，到了井边，把绳子挽成套儿，顺到井里，揽住牛犊，众人齐用力，发声喊，把牛犊拖上来。牛犊在地上趴了一会，打几个喷嚏，爬起来，抖擞抖擞，向着场院那边跑了。等他捞完牛犊回家，发现桌子上的肉没有了。只有一片包过肉的破报纸，粘连在桌子边沿上。那条黑狗，蹲在桌子旁边，盯着木匠，眼珠子骨碌碌地转悠。木匠好恼，抓起一根棍子，对准狗头，擂了下去，狗不躲闪，正好擂在头上。木匠骂道：你这个馋东西，好不容易弄了点肉，我没吃，你先吃了。狗说：我没吃。木匠说，你没吃，谁吃了？狗说，我也不知道谁吃了，反正我没吃。木匠说，你还敢跟我强嘴，看我不打死你。木匠抄起一根大棍，对着狗头砸去。狗当场就昏倒了，鼻子里流出血来。木匠心中也有些不忍，扔掉棍子，自己喝酒。喝醉了，趴在桌子上睡了。迷蒙中，看到狗费劲地爬起来，摇摇摆摆地向着门外走去。木匠说：狗杂种，走了就不要再回来了。从此这条狗就没有了。

过了一个月光景，一个晌午头儿，木匠躺在床上午睡，朦胧中听到门被轻轻地拱开了，他猜到是狗回来了。好久不见，他还真有点想狗了。木匠装睡，眼睛睁开一条缝，看着狗的行径。狗拖着一根高粱秸，把木匠的身体丈量了一下，悄悄地走了。木匠心中纳闷，不知道这个狗东西想干什么。过了几天，没有动静，木匠就把这事淡忘了。

有一天，木匠去外地杀树归来，背着一把锯子，一个大锛。他喝了一斤酒，有八分醉，晃晃悠悠地走着，迎着通红的夕阳。到了一片荒草地，周围没人影。很多鸟儿在红彤彤的天上叫唤。一条窄窄的小路，从荒草地中间穿过。木匠走在小路上，路两边草丛中的蚂蚱，扑棱棱地往他身上碰。他看到很远的地方，有一片树林子，树林子边缘上，有一个人埋伏在草丛里，在他面前不远处，支着一面大网，网中有一个鸟儿在歌唱，千回百转的歌喉，十分动听。一群鸟儿，在网上盘旋着。木匠知道，那个藏身草丛的人，姓管行六，人称神弹子管小六，是个捉鸟的高手，杀死过的鸟儿，已经不计其数了。木匠看到，空中那些鸟儿，经不住网中那只鸟 子的诱惑，齐大伙地扑下去，然后就着了道。那个管六，从草丛中慢吞吞地站起来，到网前去，收拾那些鸟。尽管看不真切，但木匠能够想象出那些被捏死的鸟儿的惨样。木匠心中凄凄，身上感到凉意，好像有小凉风，沿着脊梁沟吹。世界就是这个样子，各人都有自己的活路。那些被捏死的鸟儿凄惨，但那些被你杀死的树呢？树根被砍断，树枝被锯断，往外流汁水，那就是树的血啊。木匠叹一声，继续往前走。走不远，就看到在小径的右边，草丛深处，有一颗枯死的树。在这个地方，长出这样一棵孤零零的树，是件怪事。这棵树枯死，也是一件怪事。世上的事，仔细琢磨起来，都是怪事。琢磨不透彻的，不如不琢磨。木匠看到，树下草丛中，起了动静。有一个油滑的黑影子，从草中跃起来。他马上就知道了，那是自己的狗。他心中感到有些不妙，但还是没往坏处想。狗在草丛中蹿了几下，就到了自己眼前。他还以为狗会摇着尾巴讨好呢，但一看，才知道事情不好了。狗龇出白牙，发出呜呜的叫声。狗眼闪烁，放着凶光。这样的声音和表情，让木匠心中凛然。他知道这条狗，已经不是过去那条狗。这条狗过去是自己的亲密朋友，现在，是自己的冤家对头。狗步步逼近，木匠步步倒退。木匠一边倒退一边说：老黑，那天的事，是我过分了。你跟了我这么多年，偶尔嘴馋，偷一块肉吃，按说也不是什么大错，我不该用棍子打你。狗冷笑一声，说：你现在才说这些话，晚了，伙计。狗后腿蹬地，猛地往前一扑，身体凌空跃起，嘴巴里尖利的白牙，对着木匠的咽喉。木匠跌倒，狗扑上来，就要咬到木匠的脖子时，木匠抬胳膊挡了一下，袖子被撕下来。经了这一吓，身体里的酒，都变成冷汗冒了出来。木匠四十岁出头，身手还算利索，打了一个滚，滚到路边草丛中。狗又扑上来，不给木匠站起来的机会。木匠把背后的带子锯抡起来，往前一甩，锯条铮然一声弹开，打在狗的下巴上。狗一愣，往后跳了一下。趁着这个机会，木匠跳起来，同时把大锛抓在手里。手中有了家什，木匠镇静了许多。锛是木匠的利器，也是最常使用的工具。狗自然知道主人是个使锛的高手，手上既有力气又有准头，也就有了忌惮之心，不敢像适才那样猖狂进攻。狗和人僵持着。狗耸着脖子上的毛，龇着牙，呜呜的低鸣。人持着锛，还在说理，骂狗。看看红日西垂，已经挂在了林梢，红光遍地，正是一个悲凉的黄昏。木匠慢慢地倒退，狗亦步亦趋地跟随。这种状态对木匠不利。木匠举着锛，发起主动进攻，但狗往后轻轻一跳就躲闪了过去。木匠再进攻，狗再退。木匠明白了自己的进攻毫无意义，空耗力气，而且只要手上一慢，很可能就会被狗趁机蹿上来。明智的举动，就是防守，等着狗往上扑。但狗很有耐心，只是跟随着步步后退的木匠。看看退到了树林边，木匠用眼睛的余光瞥见神弹子管小六，于是就大声喊叫：六哥啊，帮帮我，除了这个叛逆！但那管小六，好像聋子一样，对木匠的喊叫毫无反应。木匠知道，再这样拖延下去，迟早要着了这个狗东西的道儿。于是，他使出来凶险的一招：身体往后，佯装跌倒。在身体往后仰去的同时，手中的大锛也刀子朝上扬了起来。狗不失时机地扑上来，大锛锋利的宽刃，恰好砍进了狗的下巴。狗的身体在空中翻了一个个儿，半个下巴掉在地上。木匠跳起来，抡起大锛，对准负痛在草地上翻滚的狗头，劈了下去。啪地一声，狗头开了瓢儿。

　　木匠坐在地上，看着死在自己面前的狗。他看着裂开的狗头上那些红红白白的东西，和狗的一只死不瞑目的眼睛，突然感到恶心，就吐起来。吐完了，手按着地爬起来。他感到极度疲乏，浑身没有一丝力气，似乎连那个大锛也提不起来了。他看到，神弹子管小六，在距离自己五步远近的地方，怔怔地看着地上的狗。他说：小六，把这个狗东西拖回去煮煮吃了吧。管小六不说话，还是盯着狗看。木匠看到管小六腰间的叉袋沉甸甸地低垂着，里边全是死鸟。

　　木匠收拾起工具，想往家走。刚走了几步，又回头朝那棵枯死的树走去，适才，狗就是从那里蹿出来的。树下，有一个长方形的深坑。坑里有一根高粱秆。木匠明白了，知道狗是按照那天中午量好的尺寸，给自己挖好了葬身之地。

　　木匠来到狗的尸体旁边，对依然站在那里发愣的管小六说：跟我来看看吧，看看它干了些什么。木匠拖着狗的后腿，来到树下。对尾随着的管小六说：他量了我的身高，然后给我挖了坑。管小六摇摇头，似乎是表示怀疑。木匠突然激奋起来，大嚷着：怎么？你不相信吗？难道你怀疑这条狗的智慧吗？这个狗东西，就因为我打了它一下，然后就和我结了仇。趁着我午睡时，用高粱秆丈量了我的身体，然后，就给我挖了坑。它知道我要去蓝村杀树，这里是我的必经之路，它就在这里等我。管小六还是摇头，木匠益发愤怒起来，说：你以为我是撒谎骗你吗？我'风箱李'耿直了一辈子，从来没有撒过谎。但你竟然不相信我，我怎么才能让你相信呢？这个狗东西和我战斗时的样子你亲眼看到了，你知道它的凶猛，但你不知道它的智慧。要不我就躺到这个坑里，让你看看，是不是合适。木匠说着，就把背上的锯和锛卸下来，跳到坑里，躺下，果然正合适。木匠在坑里，仰面朝天，对管小六说：你现在相信了吧？管小六笑着，不说话，把那条死狗，一脚踢到坑里。木匠大喊：管小六，你干什么？你要把我和它埋在一起吗？管小六把那把大肚子锯抖开，一手握着一个把子，锯齿朝下，猛地插在土里，然后往前一推，一大夯土就扑噜噜地滚到坑里去了。小六，木匠大声喊，你要活埋我？木匠挣扎着想爬起来，但身体被狗压住了。管小六用大锯往坑里刮土，只几下子，就把木匠和狗的大半个身体埋住了。木匠喘息着说：小六，也好，也好，我现在想起来了，知道你为什么恨我了。

10

草鞋窨子

　　隔着十几根柳树槐树的树干、一层厚厚的玉米秸子和一层厚厚的黄土，在我们头上，是腊月二十八日乌鸦般的夜色。我踩着结了一层冰壳的积雪从家里往这里走时，天色已经黑得很彻底，地面上的积雪映亮了大约有三五尺高的黑暗，只要是树下，必定落有一节节的枯枝，像奇异的花纹一样凸起在雪上。我说的"这里"是草鞋匠工作的地方，我们把这地方叫"草鞋窨子"。我们这个窨子是我跟父亲、袁家的五叔、六叔挖成的，窨子是"凸"字形的，凸出那地方是进出窨子的通道，那儿用秫秸搭成一个三角形的棚子，棚子罩着窨子口，窨子口上盖着蒲草编成的厚席。窨子顶上留了一个天窗，天窗上蒙着一层灰蒙蒙的塑料纸。我们的窨子很大，招了一些闲汉来取暖，闲汉中有一个叫于大身的，当年曾在青岛拉过洋车，练出两条飞毛腿，能追上飞跑的牛犊子。还有一个张球，是个会锢锅锔盆的小炉匠，外号"轱辘子"——我们这儿把锢锅锔盆的小炉匠统叫做"轱辘子"，前面冠以姓氏什么的，张球个小，大家都叫他"小轱辘子"，"轱辘"二字是否对，我不知道，我刚上到四年级就被教师撵了。我那个老师是个大流氓，人称"大公鸡"，我在他床单下撒过一把蒺藜，他就为这点小事把我撵了，后来我看过一本小人书，知道该往老师的茶壶里撒尿，可惜没有这种机会了。我从家里往地窖子走，踩得积雪嘎嘎吱吱响。

在地窖子背后，我淅淅沥沥地小便，模模糊糊地看到焦黄的水落到雪上，把积雪砸出一些乌黑的大洞小洞。扎好腰带时，我抬头看了一眼天，天上的星斗绿得像鬼火一样，我没见过鬼火，小轱辘子说他见过，他串街走巷回来晚了，走到野地里，一群群鬼火就围着他转。想要追上它们？小轱辘子说，人必须脱下鞋来，鞋跟朝前用脚尖顶着跑，鬼火上当，迎着你飘来，你一脚把它踩住了。是什么呢？破布、烂棉花、死人骨头什么的。小轱辘子长年串四乡，见多识广。他说他还见过"话皮子"，形状比黄鼠狼略小一点，嘴巴是黑的，尾巴是白的，会说人话，声音不大，像个小喇叭一样。后来，我让他详细讲讲"话皮子"的事，他又说没亲眼见过。但他爹亲眼见过，他爹有一年去赶集，碰上一个知己，下酒馆喝醉了，晃晃悠悠往家走，走到村头时，已是掌灯时分，远远地看着那截要倒不倒的土墙上有一个小"话皮子"，身披一件蜡那么红的小棉袄，在墙头上像人一样站起来，来来回回地走，一边走一边喊：张老三、张老三，我会走了，我会走了!小轱辘子的爹名叫张老三。张老三人醉心不醉，他知道这是"话皮子"挂号(由人做鉴定的意思，人说：你会走了。它就真会走了)，就弯腰捡了一块半截砖，猛地摔过去，骂道：会走娘的×!一砖头把那堵墙给打倒了。"话皮子"叫一声亲娘，四条腿着地跑了。后来每逢傍晚，那个"话皮子"就带着一群"话皮子"在断墙那儿喊："哎哟地，哎哟天，从西来了张老三；哎哟爹，哎哟娘，一砖打倒一堵墙……"袁家五叔说，他小时候好像唱过这个歌。

我下了窨子，袁家五叔、六叔都来了。五叔在打草鞋底，扒了棉袄，穿一件夹袄，腰里扎根绳子，双脚蹬着木棍，结扎着草辫。六叔耳聋，跟人说话爱起高声，有时候别人作弄他，见了面对他把嘴唇张几下，他就连连说："吃啦吃啦!"他以为别人问他吃过饭没有呢。六叔在把一捆蒲草疏成细蒲丝。准备编鞋脸子。

袁家五叔六叔，是乡里有名的草鞋匠，当然是编得又快又好。他们能编各种各样的鞋，还能在鞋面上编出"江山千古秀"的字样来。他们编草鞋赚了一点钱，几年前娶了一个女人，起初好像说是给六叔娶的，可是后来听说五叔也在女人炕上睡，生了一个女孩，见到年轻一点的男人就追着叫爹。我叫过这个女人一段六婶，又叫过一段五婶。小轱辘子说五六三十。村里人嘴坏，因女人姓年，就叫她年三十了。我呼她三十婶，三十婶长得身高马大，扁扁的一张大脸，扁扁的两扇大腮，村里的年轻人都说她心肠好。她家的炕上炕下每到晚上就坐满年轻人，三十婶在他们中间像个火炉子一样，年轻人围着她烤火。五叔六叔也习惯了，吃过晚饭就下窖子编草鞋，一直编到鸡叫头遍才回家，五叔回六叔就睡在窖子里，六叔回五叔就睡在窖子里，兄弟两个几乎不说一句话。

我父亲编草鞋的手艺不行，就让我跟五叔和六叔学。我的位置在五叔六叔对面，一抬头就能看到他们善良的脸，稍低头就看到他们密密麻麻的手指飞动。我上学不认字，学编草鞋却灵，只一个冬天，就超过了父亲，无论是在速度上还是在质量上。父亲准备改行蘸糖葫芦或是捏泥孩子泥老虎，他好像不愿意败在儿子手下。我刚刚十一岁。

一线寒光从窖子顶上那块塑料薄膜上透下来，一滴滴晶亮的水滴挂在白霉斑斑的玉米秸子上，永远也不下落。父亲白天去集上探了探行情，发现蘸糖葫芦和捏泥孩都比编草鞋赚钱更容易。他决定我们爷俩一起改行，不编草鞋了。我舍不得离开温暖的地窖子，舍不得地窖子里的热闹劲儿。但父亲已决定了，我没有说话的权利。父亲去集上遭了风寒，发热头痛。奶奶用白面生姜大葱熬了一盆疙瘩汤，让他喝了发汗。汤上漂着绿葱叶和铜钱大的油花。我盼望着父亲胃口不好，不要把汤喝光。父亲胃口好极了，喝得呼噜呼噜噜响。父亲喝完了汤，还用舌尖舔光了盆。他满脸通红，让我下窖子去把那双尖脚鞋拾掇完，明儿个逢马店集，让我把已有的三十双鞋背到集上卖了。我一声不吭出了家门。

我坐在我坐惯了的位置上，背倚着潮湿的土壁，看着一缕缕黑烟从灯火上直冲上去，五叔六叔瘦瘦的脸上都涂了一层蜡黄。我拿起那只编了一半的草鞋，感到手拙笨得很。这是最后一夜在窨子里编草鞋了。明天之后，我就要挑着鲜红的糖葫芦或是背着花花绿绿的泥玩具跟着父亲串街走巷高声叫卖了。我认为这新的职业下贱卑鄙，是靠心眼子挣饭吃，不是像草鞋匠一样靠手艺挣饭吃。父亲因为无能才改行，我本来希望成为最优秀的草鞋编织家，却被父亲这个绝对权威给毁了。

窨子口的草帘子响动，我知道一定是小轱辘子来了。隔了一会儿帘子又响，我知道是于大身来了。

小轱辘子是个光棍，有人说他快四十岁了，他自己说二十八岁。有人说他挣的钱有一半花在西村一个寡妇身上，他也不反驳。有人劝她把那寡妇娶了，他说：偷来的果儿才香呢。一入冬，他不出远门，白日里挑着家什在周围的村里转转，夜里就来蹲窨子。他没有窨子不能活，窨子里没他也难过。我真怕白天，白天窨子里只有严肃的爹、羞怯的五叔、聋子六叔，有时也许有几个闲汉来，都不如小轱辘子和于大身精彩。我盼望着天黑。

于大身是个虾酱贩子，身上总带着一股腥味。他有一条扁担，又长又宽，暗红的颜色，光滑得能照人影。于大身贩虾酱全靠着拉洋车练出来的好腿和这条好扁担。他身个中等，人也不是太结实的样子，但传说他挑着二百斤虾酱一夜能走一百五十里路。好汉追不上挑担的。于大身的扁担颤得好，颤得像翅膀一样，扁担带着人走不快也得快。于大身下窨子不如小轱辘子经常，他卖完一担虾酱，必须赶夜路再去北海挑。他的虾酱从不卖给本乡人，有人要买，他就说："别吃这些脏东西，屎呀尿呀都有。"有人说他一百斤虾酱能卖出二百斤来，一是加水，二是加盐。本乡人吃不到他的虾酱，大概是他不愿坑骗乡亲吧？其实一样，他不在本乡卖，本乡人就买外乡虾酱贩子照样加水加盐的虾酱吃。

于大身五十多岁了，年轻时在青岛码头上混，什么花花事儿都经过。他有时在窨子里讲在青岛逛窑子的事，讲得有滋味，小轱辘子听得入神，口水一线线地流出来。我低着头听，生怕漏掉一个字，生怕别人知道我也在听，而且还听得很懂。父亲有时也加入这种花事的议论中去，出语粗秽；我心中又愧又恶心，好像病重要死一样。我不敢承认某些严酷的事实。想象别家的女人时，有时是美妙的，但突然想到自家的女人时，想到所有的人都是按着同样的步骤孕育产生，就感到神圣和尊严都是装出来的。

我想得出神入化的时候，父亲在我身旁就会厉声喝一声："心到哪里去了？快编！"

于大身还说过一件趣事呢，他说他有一年去夏庄镇卖虾酱，从木货市南头宋家巷子里，出来一个吊眼睛高身条的半大脚女人，脸上搽胭脂抹粉，衣裳上灰尘不染，一看就知道不是个善物。那女人要买虾酱，他把挑子挑过去。女人揭开桶，舀了点虾酱闻了闻，说："卖虾酱的，你往桶里撒尿了吧？怎么臊乎乎的？"旁边几个人哧哧地笑。于大身不知厉害，骂道："臭娘儿们，我往你嘴里撒了尿。"女人白粉里涨出张紫脸来，紫脸上镶着蓝眼，破了口大骂。巷子里涌出一群群看热闹的人，没人敢上去劝那女人。于大身知道碰上难缠的角色了，想软下来又怕丢面子，就紧一句慢一句地与那女人对骂。看客愈多那女人愈精神。精神到热火头上，于大身说，可了不得！只见那女人把双手往腰里抄去，唰地抽出裤腰带，搭在肩膀上，把裤子往下一褪，世上的人都不敢睁眼。女人翘着屁股，在两个虾酱桶里各撒了半泡尿。女人走了，于大身傻了眼。后来，过来一个人，拍拍他的肩头，说："小伙子，你闯下大祸了！你知道她是谁吗？她就是有名的'大白鹅'啊，这个镇上有头有脸的人物都上她的炕，她要是想毁你，歪歪嘴巴就行了。"于大身大惊失色，那人说："伙计，不要慌，我这里有一条计，只要你豁出去面皮，保你平安无事，还要交上好运。"那人把嘴附到于大身耳上，如此这般地说了一番。

那天于大身说到这里时，就像猛醒似的说："哟，光顾了说话了，忘了时辰，我今天夜里还要去北海挑虾酱哩！"

众人拉着他不让走。

小轱辘子说："老于头，你别卖关子，快说快说。"

五叔不紧不慢地说："老于，说完吧，一条什么计？"

于大身挣脱小轱辘子扯着他的衣服的手，求饶似的说："小轱辘子，行行好，放了我吧，这件事麻缠多着呢，没有半夜说不完，走晚了我就赶不上时辰了，你不知道北海那边的规矩，贩虾酱的人多着呢，日头冒红时我要是撵不进去，就得在北海待三天。那边，可不是人能多待的地方。"

六叔停下手中的话，用震破天的嗓门问："你们，争什么？跟我说说。"

大家都被惊住了，以为他发了火，但一看他脸上那表情，马上就明白了，于是都懒手懒脚地笑笑。聋六叔不甘心，把耳朵送到我嘴边，大声问："你们争什么呢？"我大声喊："往虾酱里撒尿！"不知他听清了没有，大概是听清了，我把嘴从他耳朵上摘下来，他连连点头，满脸是笑，土黄色的眼珠子在灯火下发出金子般柔和的光芒。他说："老于这家伙，一肚子坏水，这家伙……"

小轱辘子说："老于，放你走，下次回来可要接着说。"

老于说："一定一定。"

老于弯着腰往窨子口走，走几步又回头说："小轱辘子，把你跟西村小寡妇那些玩景说给老五他们听听，长长的大冬夜。"

小轱辘子说："老臊棍子，到北海去找你的相好的吧。"

爹咳嗽着说："轱辘子，那小寡妇家产不少，你可紧着点去，别让别人把她弄了去。"

小轱辘子长叹一声，说："老爹，你侄子我尖嘴猴腮，不是个担福气的鬼，人家要改嫁了。"

"嫁给谁？"爹问。

"还不是老柴那个狗杂种！"

"老柴五十多岁啦，能娶二十五岁的小寡妇？"爹有些疑惑。

"这有什么稀罕。她也是被她那些大伯小叔子欺负怕了，嫁给老柴就没人再敢动她，老柴的儿子升了县长了。"小轱辘子说。

爹说："她也有她的主意。儿子升了县长，老柴就是县长的爹，她嫁给老柴，就是县长的娘，不管亲不亲，都在那个份上。"

五叔说："就是。女人就是狗，谁喂得好她就跟谁走。"

爹说："轱辘子，老辈子说'劝赌不劝嫖'，但还是要提你个醒。你跟那女人有交情，一个被窝里打过滚，乍一离了，心里不会死。要是她嫁了个平头百姓，你尽可以去吃点偷食，她嫁了县长的爹，就是有身份的人了，你去偷她就是偷县长的娘，县长知道了……你加着点小心，小伙子！"

小轱辘子低了头。

五叔安慰他："你才二十八呢，总有合适的女人，这种事儿着急是不行的，这种事儿不是编双草鞋，要是编草鞋，手下紧着点，熬点夜也就编完了。"

小轱辘子说："没有女人也好，无牵无挂，一人吃饱了全家不饿。"

爹说："都像你这样，世界不就完了么！"

小辖辘子说："完了还不好？我盼着天和地合在一起研磨，把无论什么都研碎了。"

五叔说："那我们在窨子里就活下来了。"

小辖辘子说："活？想得好！天上对着窨子这儿正好凸出一块来，正好榫在窨子里，叫你活！"

五叔说："也是，天真要你死，你跑到哪儿也逃脱不了。"

爹笑了。六叔见大家笑也跟着笑了。

后来小辖辘子情绪上来，又给我们说鬼说怪，说高密南乡有一个四十多岁的老婆，去年伏天里，带着两个十七岁的闺女在河堤上乘凉。这对闺女是双生子，长得一模一样，双眼皮大眼睛，小嘴插不进根葱白去。两个闺女累了一天，躺在河堤上，铺着凉席子，小风吹得舒坦，娘用扇子给赶着蚊子，两个闺女呼呼地睡着了。老婆扇扇子的手也越来越慢，马马虎虎的似睡不睡。这时候，就听到半空里有两个男人说话。一个说："有两朵好花！"一个说："采了吧。"一个说："先去办事，回来再采。"老婆听到两阵风从空中往正北去了。她吓坏了，急忙把两个闺女摇醒领回家。那老婆鬼着呢，她找了两把扫帚放在凉席上，扫帚上蒙一床被单子。老婆就躲在远处偷偷看着，过了一个时辰，听到半空中"嗞啦嗞啦"两声响，然后，什么动静也没有了。到了第二天早晨那老婆去河堤一看，我的亲天老爷！那床被单子上，两大摊像米粒那么大的小蜘蛛。要不是那老婆机灵，这两个闺女就毁了……

小轱辘子和于大身一下窨子，我马上就有了精神，五叔也停下手，掏出纸、烟荷包卷烟。卷好了一支，他戳了戳六叔，六叔愣愣怔怔地抬起头，感激地对哥哥点一下头，接了烟，用嘴叼着，凑到灯上吸着。六叔依次对于大身和小轱辘子点头。五叔自己也卷好一支烟点着吸。小轱辘子和于大身也各自卷烟吸。我跟五叔要烟吸。五叔说："一离开你爹的眼你就不学好。"我说："吸烟就是不学好吗？那你们不是都不好了吗？"五叔说："小孩吸烟呛得不长个儿了。"小轱辘子说："听他胡说，越呛越长，吸吧！"五叔把纸和烟荷包递给我。我不会卷，烟末撒了一地。五叔说："有多少烟够你撒的？"他夺过烟和纸，替我卷了一支。我就着灯吸了一口，一声咳嗽就把灯喷灭了。五叔把灯点亮。六叔大声说："使劲儿往肚里咽就不咳了。"我把烟猛劲往肚里吸，果然不咳了，但立刻就头晕了。一盏灯在烟雾中晃动，人的脸都大了。

　　父亲不在，我感到像松了绑一样，大声喊："大身爷，你那条妙计还没讲呢！"

　　大身说："这孩子，你爹不在身边就敢大声吵吵，你爹在这儿，你老实得像懒猫一样，你爹呢？"

　　五叔说："他爹要去发大财啦！"

　　大身说："噢呀，发什么大财？"

　　我说："俺爹要去蘸糖葫芦球，不编草鞋了。"

　　我感到挺丢人的，我认为爹不是个好样的。

大身说："也好，一个人一辈子不能死在一个行当上，就得常换着。树挪死，人挪活。"

我说："你快说你的妙计吧，那女人在你桶里撒了尿后又怎么着了？她往虾酱里撒尿，不怕把虾酱溅到腚上？"

大身说："小杂种，不敢把你放在炕上困觉了。"

小轱辘子说："他问的也是，女人尿粗，真要溅到那玩艺里，那可就鲜了。"

"鲜个×！"大身骂道。

"就是要那儿鲜呢！"小轱辘子眼珠骨碌碌地说。

五叔说："当着孩子的面。别太下道了。你快接着那天的茬口往下说吧！"

大身说："那天说到一个人对我面授妙计，其实简单着呢，那个人说：'小伙子，你把虾酱挑子找个地方先放放，去店里买上两斤点心提着，到了她家，你跪下就磕头叫干娘。她就愿意认小伙子做干儿呢！'我一想，叫句干娘也少不了一块肉，就去店里买了两斤点心，提着，打听到'大白鹅'的家。一进门，把点心往桌上一放，我扑通下了跪，脆生生地叫了一句干娘。她正在那儿抽水烟。一见我跪地叫干娘，咯咯咯一阵笑，扔了水烟袋，双手扶起我来，在我下巴上摸了一把，说：'亲儿，快起来，等会儿干娘包饺子给你吃。'吃完了饺子，她就让我去把那两桶虾酱挑来，她说，'儿，不用愁，干娘帮你去卖虾酱。'她领着我，在镇上那些有头有脸的人家转，到一家她就喊，'快点找家什，我干儿从北海送来了鲜虾酱，分给你们点尝尝。'哪个敢不买？两大桶虾酱，一会儿就分光了。卖完虾酱她说，'儿，有什么事只管来找娘。'那天我可是发了个小财。'

"完了？"小轱辘子问。

"没呢，后来，她见了那些买虾酱的就问：'虾酱滋味怎么样？'被问的人都说好。都说鲜，她就笑着说：'都喝了老娘的尿啦！'"

大家都怪模怪样地笑了。

小轱辘子说："吃完了饺子就去卖虾酱了？不对不对，这中间一定还有西洋景。说说，老于说说，你干娘没拉你上炕？"

于大身说："这不是明摆着的事儿嘛！"

五叔说："老于，这趟去北海又碰上什么稀罕事儿没有？"

老于说："有啊，渤海里有一条大船翻了，死了无数的人。海滩上有一条大鲸鱼搁了浅，是一个捡小海的小闺女先看到的，她回家去叫来人，人们就用刀、斧、锯把那条大鱼给抢了，剩下一条大骨架子，像五间房子那么高，那么长。"

五叔惊叹地伸伸舌头，说："真不小。"

小轱辘子说："你没掰根鱼刺回来？"

老于说："我想掰，可是等我去时，骨头架子旁边已经派上了岗哨，四个兵站着个四角，枪里都上了顶门火儿。"

"当兵的要那鱼骨干什么？"五叔问。

"用处大着呢！"于大身说，"飞机上有一个零件，必须得用鲸鱼骨头做，换了金子也不转，全世界都在抢呢！"

"噢，怪不得哩！"五叔恍然大悟地说。

"得了，你别瞎吹了！"小轱辘子站起身来说。

五叔问："还没多大工夫呢，这就要走？"

小轱辘子说："不走，去撒尿呢。"

小轱辘子出窨子时，一股冷风从窨子口灌进来，吹得灯火前俯后仰。我已把半只草鞋编好了。在父亲的座位后，放着我们爷俩半个月来的劳动成果，三十几双大大小小的草鞋。父亲让我明儿去赶马店集，不知五叔去不去，我心里不愿跟五叔一块去，我一个人去，可以"贪污"几毛卖鞋钱。今年过年，我一定要买一些大"炸炮"，这种炮摔、挤、压、砸都会响，插在熟地瓜里扔给狗，狗一咬，啪一声就炸了，就把狗牙全炸掉了。李老师家的儿子李东，家里有钱，口袋里满满的都是炸炮。去年冬天，我还在学校里，下了课冷啊，我们几十个男孩都贴在墙边，排成一行"挤大儿"，从两头往中间拼着命挤，一边挤一边叫："挤挤挤，挤挤挤，挤出大儿要饭吃。"挤得满身是汗。中间的人被挤出来，赶紧跑到两头再往里挤。破棉袄在砖墙上磨得嗞棱嗞棱响。大人们最反对小孩"挤大儿"啦。挤呀挤，挤呀挤，只听得中间呼通一声响，李老师的儿子李东的衣袋里先冒烟后冒火，李东被炸翻在地。挤完了大儿再接着上课，教室里像冰一样凉，我们的棉袄上都快出霜了。

又一阵冷风灌进来，灯火照样动乱一阵。小轱辘子结扎着腰带走进来，嘴里哧哧地响着，说："冷，真冷。"

盖窖子口的草帘子又响了，冷气又灌进窖子，老于喊："是谁？快盖好帘子，就这么点热乎气，全跑光了。"

弯着腰走进来一个人，两只小眼像黑豆似的，下巴上稀稀拉拉地生着十几根黄胡子。

"老薛，又来刮我们？"五叔说。

是卖花生、烟卷的薛不善，他提着一个竹篮子，篮子里有半篮炸花生，三五盒皱巴巴的烟。篮子里放着一杆小秤，他说："给你们送点点心来，光赚不花，活着还有什么劲？五哥六哥轱辘子老于，每人称上半斤，香香口，再有一天就过年了，该吃点了。"他说话尖声尖气，像个女人。

薛不善把花生用手抓起，又让花生慢慢地往篮里落，花生打得花生噼噼地响。

"多少钱一斤？"五叔问。

"老价，五毛。"薛不善说，"今夜里刘家的窖子里、二马家的窖子里都买了不少，连王大爪子那个铁公鸡都买了半斤花生一盒烟，要是信着卖，早就卖光了。这半篮花生几盒烟，我是给你们留的。全村的窖子里，都比不上这窖子里有钱，五哥六哥是快手，一个顶一个半，老于钱来得顺，小轱辘子更甭说了。"

于大身说："你甭油嘴滑舌啦，压压价，就买你点。"

薛不善说了半天，终于同意四毛五一斤花生，老于掏出五毛钱，薛不善称出一斤花生，倒在老于的帽子里。薛不善说没零钱找，找给五根烟卷，每人一根。我第一次受到这种待遇，心里感到兴奋，吸着烟，强忍着咳嗽。老于端着帽子头，把花生分了，大家珍惜地吃着，不知说点什么好。

老于说："薛不善，你老婆的雀盲眼还没治好吗？"

老薛说："四十岁的人啦，治什么。"

小轱辘子问："老薛，雀盲眼到了夜里什么都看不清吗？"

老薛说："影影绰绰地能看清人影，分不清楚就是了。"

五叔说："那夜里也做不成针线活了？"

老薛说："有什么针线活做！"

老于说："薛不善，你夜里出来放心？要是有人摸进去，学着你这女人嗓子，还不把你老婆给弄了？"

老薛说："弄了？我老婆隔十里就能闻出我的味来。"

五叔说："你去买两套羊肝给她吃吃看，羊肝养眼。"

老薛说："那是庄户人吃的东西吗？"

五叔说："你别不信，偏方治大病。我听俺爹说，那一年郭家官庄郭庄主脚背上生了一个疮，百药无效，后来来了一个串街郎中，那郎中说，你去抓十只蚂蚱来，捣成酱，糊到疮上，包你好。郭庄主半信不信的，去草里抓来十只蚂蚱，用两块石片捣烂了，糊到疮上，第二天就消了肿，第三天就收了口。第四天那郎中又来了，郭庄主请郎中到家里喝酒，喝着酒，那郎中说，这是个百草疮，蚂蚱吃百草，一物降一物，所以灵了。"

我从前还听五叔讲过一个类似的故事，说一个人脖子上生了一个疮，奇痒难挨，百药无效，后来来了个郎中，抓了一摊热牛屎糊到那人脖子上，从疮里立刻钻出了成百上千的小"屎壳郎"，那是个"屎壳郎疮"。五叔是轻易不讲故事的，除非特别高兴的时候。

薛不善尖声尖气地说："你们忙着，忙着，我去别家的窨子里转转去。"

花生还没吃完，大家都紧着吃。一会儿就吃完了，大家用手捏着花生皮，用眼瞅着花生皮，久久不愿离开。余香满口。灯火直挺挺的，格外明亮地照着湿漉漉的洞壁。秫秸上的水珠像眼泪一样挂着，总也不落下来。从头上传来冬夜静寂的风声，一阵大一阵小，河里冰层给冻裂了，喀喇喇一片响声。

小轱辘子说："我刚才上去撒尿时，碰见一只白貉子……"

碰到过白貉子的人在我们乡里是那么多，它大概是小绵羊或小白兔样子的动物，行踪神秘，法力很大。在暗夜里往往白得耀眼。你如果要想追它，你就追吧，你跑快它也跑快，你跑慢它也跑慢，永远也追不上。

小轱辘子开了头，五叔也破天荒地讲了个故事，我猜测着五叔这故事是讲给出钱买花生的于大身听的。五叔说，我们村里刚死去的老光棍门圣武家住着"阴宅"，门圣武胆大极了，他每天夜里喝醉酒回家。就看到有一个穿一身红缎子的女人在门口站着等他，还能听到女人的喘气声，门圣武想扑上去搂她，一扑，必定撞到门上。那女人就在他身后叽叽嘎嘎地笑。门圣武睡下后，还能看到一个小黑孩赶着匹小毛驴在屋里格登格登地走。五叔说，前几年我们这里邪魔鬼祟多啦，后河堤上有一个大奶子鬼，常常在半夜三更嘿嘿地冷笑。

于大身说："我倒是亲身经历过一件事，有一年我劈木头把中拇指弄破了，就把血抹在一个苔帚疙瘩上，随手扔了。过了几个月，有一次夜里我出去撒尿，是个月明天，地上像下霜一样，看有个小东西在墙根上跳，我寻思着是个黄耗子，几步扑上去，一脚踩住，你猜是什么？是那个抹过我中指血的苔帚疙瘩！我点起火来烧它，烧得它吱吱啦啦地冒血沫子。记住吧，中指上的血千万不能乱抹，它着了日精月华，过七七四十九天，就成了精了。"

于大身讲了好几件亲身经历的事，他讲完，一看小轱辘子没了。我说："轱辘子被邪邪去了吧？"

于大身说："这鳖羔子，什么时候溜走的？"

五叔："也该他倒霉，他满可以把寡妇娶来的，老柴又从中插了一杠子。"

于大身说："走啦。明日去赶马店集？老五！"

五叔说："去趟吧，明日会发市的，这么冷的天。"

"还不走？"于大身问。

五叔看了六叔一眼，收拾好身边的东西，拍拍身上的土，站起来。六叔埋着头干活，一气也不吭。我知道六叔今夜要在窖子里睡啦。

我说："五叔，我在这儿跟六叔一块睡，你明早赶集时叫我一声，俺爹让我去卖鞋。"

五叔答应着和于大身一块走了。

窖子里的天地一下子大了，我和六叔对面坐着，灯光照进六叔眼里，六叔的眼珠子又黄得像金子一样了。

六叔大声说："困吧!我日他姥姥!"

六叔说完就站起来，大声唱道："骂一声刘表你好大的头，你爹十五你娘十六，一宿熬了半灯油，弄出了你这块穷骨头……"

我憋了一大泡尿，小肚子胀得发痛，但就是不敢出去尿。六叔唱完戏就钻进了被里去。我壮着胆子，脑瓜子嗡嗡响着往出口走。咬着牙掀起帘子钻出窖子，就像光屁股跳进冰水里一样，头皮一乍一乍的，眼睛不敢往四外看，耳边却听到小毛驴的蹄声，大奶子女人的冷笑声，苕帝疙瘩的蹦跶声，"话皮子"的说话声……我掏出来撒尿。脖子后冰冷的风直吹过来。我用尽力气撒尿，偶一抬头，就见一个乌黑的大影子滚过来，雪地上响起一片踢踏之声。我惊叫一声，转身就跑，不知道怎么跌进窖子里，油灯被我扇得挣扎着才没熄。我大声叫六叔，六叔像死了一样，我拼命喊："六叔，鬼来了!"

鬼真的来了。从黑暗出口那儿。那个大东西扑了进来，他满头满脸都是血，一进窨子就跌倒了，我的惊叫终于把六叔弄醒了。六叔起来，端灯照着窨子里跌倒的东西，虽然蒙了一头血，但还是认出来了，是小钻辘子。

后来才听说，小钻辘子冒充薛不善钻进了雀盲眼女人的被窝，刚动作了几下，那女人就猛省了，她伸手从炕席底下抄起剪子，没鼻子没眼就是一下子，正戳在了小钻辘子额头上。

高密民間藝術，有撲灰年
畫、剪紙、泥塑。這三種玩藝兒、
對我的小說創作產生了深刻的影響。
我童年時，每逢春節，便到集市上去湊熱鬧。
那買賣年畫的，抖著畫兒，扯著嗓子喊：
來一張吧，'狀元遊街'；來一張吧，
'麒麟送子'……

賣泥塑的，嘴裡吹着泥叫鸐，
手上撮着泥叫虎或是 搓着泥猴儿，
吸引着那些衣衫襤褸、
耳朵和腮上生着凍瘡、
但眼睛閃、發光的孩子們 ------

                    莫言
            辛卯年二月初二日

高密半印半画年画《八仙》四条屏　民国

遊街

同順泰記

高密半印半画年画《状元游街》清代

状元

高密半印半画年画《状元游街》 清代

高密扑灰年画《状元及第》　现代　王树花绘制　苑利摄影

高密扑灰年画《状元及第》 现代 王树花绘制 苑利摄影

進寶

高密半印半画年画《狮童进宝》 清代

童獅

高密半印半画年画《狮童进宝》 清代

高密扑灰年画《榴开百子》　清代

高密扑灰年画《榴开百子》 清代

高密東北鄉有一個名叫公婆廟的村莊,是撲灰年畫的發源地之一。此郡地處高密、膠縣、平度三縣交界處,村里人的口音,混雜了三縣的腔調,悠長悅耳,韻味十足。

所谓"扑灰年画"，其实就是一种原始的复印绘行：（由画师）用柳木炭棒将画稿起在白纸上，然后将线条拓扑到另纸上，家中的妇婴皆可照线描画涂色。

人谷言曰："公婆庙画小孩儿，老婆孩子一起来。"

这是真正的草根艺术啊！

莫言

辛卯年惊蛰日记

11

罪过

　　我带着五岁的弟弟小福子去河堤上看洪水时，是阴雨连绵七天之后的第一个晴天的上午。我们从胡同里走过，看到一匹单峰骆驼正在反刍。我和弟弟远远地站着，看着骆驼踩在烂泥里的分瓣的牛蹄子，生动地扭着的细小的蛇尾巴，高扬着弯曲的鸡脖子，淫荡的肥厚的马嘴，布满阴云的狭长的羊脸。它一身暗红色的死毛，一身酸溜溜的臭气，高高的瘦腿上沾着一些黄乎乎的麦穰屎。

　　"哥，"弟弟问我，"骆驼，吃小孩吗？"

　　我比小福子大两岁，我也有点怕骆驼，但我弄不清骆驼是不是吃小孩。

　　"八成……不会吃吧？"我支支吾吾地对弟弟说，"咱们离着它远点吧，咱到河堤上看大水去吧。"

我们眼睛紧盯着阴沉着长脸的脏骆驼，贴着离它最远的墙边，小心翼翼地往北走。骆驼斜着眼看我们。我们走到离它的身体最近时，它身上那股热烘烘的臊气真让我受不了。骆驼怎地就生长了那样高的细腿？脊梁上的大肉瘤子上披散着一圈长毛，那瘤子里装着些什么呢？这是我第二次看到骆驼。我第一次看到骆驼那是两年之前，集上来了一个杂耍班子，拉着大棚卖票。五分钱一张票。姐姐不知从哪里弄了一毛钱，带我进了大棚看了那场演出。演员很多。有一匹双峰骆驼，一只小猴子，一只满身长刺的豪猪，一只狗熊装在铁笼子里，一只三条腿的公鸡，一个生尾巴的人。节目很简单，第一个节目就是猴子骑骆驼。一个老人打着铜锣镗镗响，一个年轻的汉子把猴子弄到骆驼背上，然后牵着骆驼走两圈，骆驼好像不高兴，浪当着个长脸，像个老太婆一样。第二个节目是豪猪斗狗熊。狗熊放出铁笼，用铁链子拴着脖子，铁链子又拴在一根钉进地很深的铁橛子上。豪猪小心翼翼地绕着狗熊转，狗熊就发疯，嗥叫，张牙舞爪，但总也扑不到豪猪身边。第三个节目是一个人托着一只公鸡，让人看公鸡两腿之间一个突出物。大家都认为那不是条鸡腿，但杂耍班子的人硬说那是条鸡腿，也没有人冲出来否认。最后一个节目最精彩。杂耍班子里的人从幕布后架出一个大汉子来，那汉子蔫蔫耷拉的，面色金黄，像桔子皮一样的颜色。敲锣的老头好像很难过，一边镗镗地、有板有眼地敲着锣，一边凄凉地喊叫着：

"大爷大娘，大叔大婶子们，大兄弟姊妹们，今儿个开开眼吧，看看这个长尾巴的人。"众人都把目光投到黄脸汉子身上，但都是去看他黄金一样的脸，他目光逡巡，似乎不敢下行。杂耍班子的人停住脚步，把那个死肉般的汉子扭了一个翻转，让他的屁股对着观众的脸。一个杂耍班子里的人拍拍汉子的背，汉子懒洋洋地弯下腰去，把屁股高高地撅起来。他反穿了一条蓝制服裤——我明白了他为什么迈不开步子——屁股一撅起，裤子前襟的开口在屁股上像张大嘴一样裂开了。杂耍班子的人伸进两根指头去，夹出了根暗红色的、一拃多长、小指粗细的肉棍棍。它好像充了血，鲜红鲜红，像成熟辣椒的颜色。它还哆哆嗦嗦地颤动呢。我感觉到姐姐的手又粘又热。姐姐被吓出汗来啦。锣声镗镗地响着，老头凄凉地喊叫着："大爷大娘们，大叔大婶子们，大兄弟姊妹们，开开眼吧，天下难找长尾巴的人。"

这是我第二次看到骆驼。

骆驼被我们绕过去了，弟弟又怕又想看地回头看骆驼，我也回头看骆驼；它那条蛇样的细尾巴使我联想到那条嗦嗦抖动的人尾巴。

那时侯我和弟弟都赤条条一丝不挂，太阳把我们晒得像湾里的狗鱼一样。

走上河堤前，我们还贴着一道篱笆走了一阵，我在后，弟弟在前。篱笆上攀满牵牛和扁豆。牵牛花都把喇叭合拢了，扁豆花一串一串盛开着。一只"知了龟"伏在扁豆藤上，我跳了一下把它撕下来，撕下来才知道是个空壳，知了早飞到树上去了。

弟弟的屁股比他的脸还要黑，它扭得挺活泛。弟弟没生尾巴，我也没生尾巴。

河水是浑浊的，颜色不是黄也不是红。河心那儿水流很急，浪一拥一推往前跑。水面宽宽荡荡，几乎望不到对岸。其实能望到对岸。枯水时河滩地里种了一些高粱，现在被洪水淹了，高粱有立着的，有伏着的，一些亮的颜色，亮的雾，在淹没了半截的高粱地里汩汩漓漓地闪烁着，绿色的燕子在辉煌湍急的河上急匆匆飞行着。水声响亮，从河浪中发出。沙质的河堤软塌塌的，拐弯处几珠柳树被拦腰砍折，树头浸在河水里，激起一簇簇白色的浪花。

我和小福子沿着河堤往东走。河里扑上来的味道又腥又冷，绿色的苍蝇追着我和小福子。苍蝇在我身上爬，我感到痒，我折了一根槐枝轰赶苍蝇。小福子背上、屁股上都有苍蝇爬动，他可能不痒，他只顾往前走。小福子眼珠漆黑，嘴唇鲜红，村里人都说他长得俊，父亲也特别喜欢他。他眯缝着眼睛看水里水上泛滥的黄光，他的眼里有一种着魔般的色彩。

近堤的河面水势平缓，无浪，有一个个即生即灭的漩涡，常有漂浮来的绿草与庄稼秸子被漩涡吞噬。我把手持的那截槐枝扔进一个漩涡，槐枝在漩涡边缘滴溜溜转几圈，一头就扎下去，再也不见踪影。

我和小福子从大人们嘴里知道，漩涡是老鳖制造出来的，主宰着这条河道命运的，也是成精的老鳖。鳖太可怕了，尤其是五爪子鳖更可怕，一个碗口大的五爪子鳖吃袋烟的功夫就能使河堤决口！我至今也弄不明白那么个小小的东西是凭着什么法术使河堤决口的，也弄不明白鳖——这丑陋肮脏的水族，如何竟赢得了故乡人那么多的敬畏。

小福子把眼睛从漩涡上移出来，怯怯问我："哥，真有老鳖吗？"

我说："真有。"

小福子斜睨了一眼浩浩荡荡的河水，身体往南边倾斜起来。

一条白脖颈的红蚯蚓在潮湿的沙土上爬动着。小福子险些踩到蚯蚓上，他叫了一声，跳到一边，手抚着屁股说："哥，蛐蟮！"

我也悚然地退一步，看着遍体流汗的蚯蚓盲目地爬动着。它爬出一道弯弯曲曲的痕迹。

小福子望着我。

我说："撒尿！用尿滋它。"

蚯蚓在我们的热尿里痛苦地挣扎着。我们看着它挣扎。我感到嗓子眼里痒痒的。

"哥，怎么着它？"小福子问我。

"斩了它吧！"我说着，从堤下找来一块酱红色的玻璃片，把蚯蚓切成两半。

蚯蚓的肚子里冒出黄色的泥和绿色的血。切成两段它就分成两段爬行。我有些骇怕了。小虫小鸟都是能成精的，成了精的蚯蚓也是能要了人命的，我总是听到大人们这么说。

"让它下河吧。"我用商量的口吻对小福子说。

"让它下河吧。"小福子也说。

我们用树枝夹着断蚯蚓，扔到堤边平静的浑水里。蚯蚓在水里漂着，蚯蚓放出一股香喷喷的腥气。我们看到水里一道银青的光辉闪烁，那两截蚯蚓没有了。水面上擎出一群尖尖的头颅。我和弟弟都听到了水面传上来的吱吱的叫声。弟弟退到我身后，用他的指甲很尖的手抓着我腰上的皮。

"哥，是老鳖吗？"

"不是老鳖，"我观察了一会儿，才肯定地回答，"不是老鳖，老鳖专吃燕子蛤蟆，它不吃蚰蟮。吃蚰蟮的是白鳝。"

河水中闪一阵青光，翻几朵浪花，便什么都看不见了。

我和小福子继续往东走，快到袁家胡同了，据说这个地方河里有深不可测的鳖湾。河水干涸时，鳖湾里水也瓦蓝瓦蓝，不知道有多少深，更没人敢下鳖湾洗澡。我想起一大串有关鳖精的故事了。

我听三爷说有一天夜里他在河堤上打猫头鹰，扛着一杆土枪，土枪里装着满药。那天夜里本来挺晴的天，可一到袁家胡同，天忽噜就黑了，黑呀黑，好吗呀黑，乌鱼的肚子洗砚台的水。猫头鹰在河边槐树上哆嗦着翅膀吼叫。三爷说他的头皮一炸一炸的，趴在河堤上一动也不敢动。他知道一定有景，什么景呢？等着瞧吧。那时侯是小夏天，槐花开得那个香啊！多么香？小磨香油炸斑鸠。一会儿，河里哗啦哗啦水响，一通盏红的小灯笼先冒出了水面，紧接着上来一个傻不棱登的大黑汉子，挑着小灯笼，呱哒呱哒在水皮上走，像走在平地上一样。走了三圈，大黑汉子下去了，鳖湾里明晃晃的，水平得连一丝皱纹都没有。三爷耐住心性，趴着不动，约摸过去了吃袋烟的工夫，就见到那大黑汉子又上来了，站在鳖湾边上，像根黑柱子一样，一动不动——当时我问：还挑着灯笼吗？三爷说：挑着，自然是挑着的——又见一张桃花木八仙桌子，从鳖湾正中慢悠悠地升上来。几个穿红戴绿的丫头子，端着七个盘八个碗，碗里盘里是鸡鸭猪羊，奇香奇香。丫头下去了，上来两个白胡子老头，头顶都光溜溜的，一看就知道满肚子学问。两个老头子坐在那儿推杯换盏，谈古道今，三爷都听得入了迷。后来槐树上的猫头鹰一声惨叫，三爷才清醒过来。三爷把土枪顺过去，瞄准了八仙桌子。枪筒子冰凉冰凉，三爷的心也冰凉冰凉。刚要搂火，那个红脸的白胡子老头把举到嘴边的酒杯停住，大声说：明枪易躲，暗箭难防！三爷大吃一惊，迷迷糊糊地就把枪机搂倒了，只听得震天价一声响，河里一片漆黑，天地万物都像扣在锅里，三爷听到了铁砂子打在水里的声音。紧接着狂风大作，风是白色的，风里裹挟凉森森的河水，哗啦哗啦淋到槐树上。三爷紧紧地搂住了一棵大槐树，才没被风卷到鳖湾里去。大风刮了半个时辰方停，三爷满身是水，冻得直打哆嗦。这时星星现出来了，蓝色的天压得很低，槐树上的白花像一团团毛茸茸的乱毛，附着在黑魆魆的叶芽里，放着浓烈的香气。猫头鹰在花叶间愉快地歌唱。三爷起身想回家，但十个手指都像套了环，怎么也解不开。三爷着急得啃树皮，嘴唇都被槐树皮磨破了。后来好不容易松了扣。三爷到家后喝了半斤酒，还是一阵阵地打寒颤，从心里往外颤。第二天早晨，三爷到鳖湾那儿看。风平浪静，湾水乌黑，白雾稀薄如纱幔，一股血腥味直冲上河堤。三爷看到一条大黑鱼在鳖湾里漂着。那条大黑鱼有五尺长，有二百斤重，头没有了还那么长，那么重，有头时就更长更重了。三爷记得自己的枪口是瞄着白胡须老头的，大黑汉子站在湾边上离着很远呢。噢，三爷说，想了半天才明白：大黑鱼是鳖精们的侦察员，它失职了，因此被老鳖们斩掉了头。我那时方知地球上不止一个文明世界，鱼鳖虾蟹、飞禽走兽，都有自己的王国，人其实比鱼鳖虾蟹高明不了多少，低级人不如高级鳖。那时候我着魔般地探索鳖精们的秘密，我经常到袁家胡同北头去，站在河堤上，望着鳖湾里瘆人的黑水发呆，鳖湾奇就奇在居河中央而不被泥沙掩埋，洪水时节，河水比黄河水还要浑浊，一碗水能沉淀下半碗沙土，可洪水消退后，鳖湾依然深不可测，清亮的河水从鳖湾旁、从鳖湾上软软地漫过去，界痕分明，鳖湾里的水与河里的水成分不同。鳖们不得了。鳖精们的文化很发达。三爷说，袁家胡同北头鳖湾里的老鳖经常去北京，它们的子孙们出将入相。有一个富家女嫁与一个考中进士的大才子，结婚三日，回娘家诉苦，说夫婿身体冷如冰块，触之汗毛倒立，疑非同类。其母嘱其回去用心观察。女归，发观这个大才子每日都在一个静室沐浴两次，且需水量极大。大才子沐浴时戒备森严，任何人不许窥测。这一日，大才子又去沐浴，女抱一套干净衣服，走至沐浴处，被一仆人拦住，女怒骂：是夫婿唤我送衣！仆人诺诺而退。愈近，听到室内水声响亮。女窥牖，见一鳖大如筐箩，甲壳灿烂，遍被文章，正在一大池中踊跃戏水，欢快活泼如孩童。女骇绝，惊叫，弃衣而走，金莲交错，数次倒地。女归室，想千金之躯，竟被鳖精玷污，遂解腰中带，自缢。这些文字不是三爷说的，故事是三爷的。三爷还说过，北京有条精灵胡同，寒冬腊月也出摊卖西瓜，皇宫里没有的东西在精灵胡同里也有。有一个人回故乡，精灵胡同里托他捎一封信，信封上写"高密东北乡袁家湾"，这个人找遍了东北乡也没找到个袁家湾。他爹说，八成是鳖湾里的信，你去那儿吆喝吆喝看看吧。那人找了辆自行车骑着，到了袁家胡同北头，车子扔在河堤上人站在河堤下浅水边，对着那潭黑水，高叫：家里有人吗？出来拿信！喊了三声，水里没动静，这人骂一句，刚要走，就见水面豁然开裂，一个红衣少年跳出来，说：是俺家的信吗？那人把信递过去。少年接了信，瞄了一眼，说：噢，是俺八叔的信，你等着，我告诉俺爷爷去。红衣少年潇洒入水。那人退后一步，坐在河堤漫坡上，心中嗟讶不已。俄顷，水又中分，红衣少年引出一白衣老者。老者慈眉善目，可敬可亲，少年说：爷爷，就是这人带来的信。那人毕恭毕敬地站起来，不知说什么好。老者说：多谢啦，家里去坐坐吧。那人瞅瞅那潭绿水，心里发毛，口里赶紧推辞。老者也不十分邀请，一拂袖，对红衣少年说：家去拿点礼物。少年应声入水。那人似乎听到水中门扃哗唧，石阶橐橐。少年出水，提着一只柳条编织的小篮子，篮里盛着半篮绿豆芽。老者接过篮子，说：乡亲，烦你千里传信，感激不尽，无甚稀罕物赠你，现有自家生的绿豆芽一篮。您拿回家炒炒吃了吧。那人接了篮子，与老者点头哈腰一阵。老者携着红衣少年入水。那人捧着那篮子，心里鄙夷起来，心想水中精怪，定有珍宝，竟送我一篮绿豆芽！我花两毛钱到集上买一筐子，要你的干什么！想到此，他把篮子一翻，将绿豆芽倒进水中，嘴里还唠叨着：留着您自己吃吧。绿豆芽飘飘摇摇地沉下水去。那只柳条篮子编得实在是精巧，他舍不得丢，挽着回家里去。回家去把送信经过对他爹说了。他爹只说了一句话：你是个天生的穷种！那人不解，他爹指着篮子说：你看看，那是什么？那人低头去看，只见篮子沿上，挂着一根闪闪发光的金绿豆芽。鳖湾里的神奇事儿多着呢，哪能说得完！

我和小福子在袁家胡同头上停下来，面北看河水。河水澎澎湃湃，不舍分秒向东流。大鳖湾就埋藏在汹涌的浊水里，我知道洪水消退后它又要蓝汪汪地露出来。

袁家胡同里，有我们生产队几个青年在推粪，粪乌黑，发散着一股子酸溜溜的臭水味。

"哥，真有老鳖吗？"小福子又一次问我。

小福子的眼睛闪闪烁烁的，好像他心里藏着什么奇怪的念头。

我说："当然有老鳖，就在水里藏着呢。"

小福子不说话了。我们静静地看水。

太阳很毒辣，我肩上的皮滋滋地响。河水开始消退了，退出来的倾斜河堤上汪着一层脂油般的细泥。

我和小福子同时发现，在我们脚下，近堤的平稳河水上，漂着一朵鲜艳的红花。只有花没有叶，花瓣儿略微有些卷曲，红颜色里透出黑颜色来。

"哥，一朵红花……"小福子紧盯着水中的花朵说。

"一朵红花，是一朵红花……"我也盯着水中的红花说。

河水东流，那朵红花却慢慢往西漂，逆流而上，花茎激起一些细小的、洁白的浪花。阳光愈加强烈，河里明晃晃一片金琉璃。那朵花红得耀眼。

我和小福子对着眼睛，我想他跟我一样感觉到了一种强烈的颜色的诱惑。

后来发生的事情就极其简单了。小福子狠狠地盯我一眼，转身就朝着那朵红花冲去。河里金光散乱，我似乎听到小福子的脚板拍打得水面呱唧呱唧响，他好像奔跑在一条平坦的、积存着浅浅雨水的沙石路上。

那朵红花蓬松开来，像一团毛茸茸的厚重的阴云，把小福子团团包裹住。

我甚至想喊一句："小心，别弄毁了那朵花！"

细想起来，小福子在扑向河中红花那一刹那——他摇摇摆摆地扑下河，像只羽毛未丰的小鸭子——我是完全可以伸手把他拉住的，我动没动过拉他的念头呢？我想没想过他跳下河去注定要灭亡呢？

在袁家胡同里推粪的四个青年，都赤脚、赤膊、满身汗水、满身粪臭。他们走上河堤。他们一齐看到我站在河堤上发愣。

叫春季的青年在我头上拍了一掌，说："大福子，站在这儿望什么？跟我下河洗澡去！"

我看着他流汗流得雪白了的脸，说："小福子跳到河里去啦！"

他说："什么？"

我重复道："小福子跳到河里去啦！"

其余三个青年都把脸对着我看。

我看着河水。河水更加辉煌了。金光银光碰碰撞撞，浩淼无边；浪潮在光的影里铿铿锵锵地奏鸣着，河里的燠热鱼腥扑面涌起。我的心一阵急跳，寒冷如血，流遍全身。

我牙齿打着颤说："小福子……跳到河里去啦……"

那朵诱人的红花早已无影无踪，红花曾经逗留过的那片平静的水面上，急遽旋转着一个湍急的大漩涡。

春季搡了我一把，骂道："傻瓜蛋！为什么不早喊？

四个青年人抬起手掌罩着眼，努力往河面上瞭望着。

"在哪里？"叫子平的青年吼一声，纵身扑入水中，他的身体砸起几簇水浪花，在阳光下开放，十分艳丽。

春季他们三个也紧随着子平跳下河去。他们砸得河水哐当哐当冲撞河堤。

我看到了，在十几米外的河心里，小福子的光头像块紫花西瓜皮一样时隐时现。四个青年快速地挥动着胳膊往河心冲刺，急流冲得他们都把身体仄棱起来。一串串的透明的水珠，当他们举起胳膊时，噗噜噜地，闪烁着光彩，不失时机地，滚到河的浪峰上，流到河的浪谷里。

我起初是站着，站累了就坐着。我坐在生产队宽大的打谷场边颓唐的土墙边，一个高大的麦秸垛投下一块阴影，遮住了我平伸在地上的两条腿。我的腿又黑又瘦，我的腿上布满伤疤，我也不知道我的腿上为什么会有这么多伤疤。左腿膝盖下三寸处有一个铜钱大的毒疮正在化脓，苍蝇在疮上爬，它从毒疮鲜红的底盘爬上毒疮雪白的顶尖，在顶尖上它停顿两秒钟，叮几口，我的毒疮发痒，毒疮很想迸裂，苍蝇从疮尖上又爬到疮底，它好像在一座顶端挂雪的标准的山峰爬上爬下。被大雨淋透了的麦秸垛散发着逼人的热气，霉变、霉气，还有一丝丝金色麦秸的香味儿。毒疮在这个又热又湿的中午成熟了，青白色的脓液在纸薄的皮肤里蠢蠢欲动。我发现在我的右腿外侧有一块生锈的铁片，我用右手捡起那块铁片，用它的尖锐的角，在疮尖上轻轻地划了一下——好像划在高级的丝绸上的细微声响，使我的口腔里分泌出大量的津液。我当然感觉到了痛苦，但我还是咬牙切齿地在毒疮上狠命划了一下子，铁片锈蚀的边缘上沾着花花绿绿的烂肉，毒疮迸裂，脓血咕嘟咕嘟涌出，你不要恶心，这就是生活，我认为很美好，你洗净了脸上的油彩也会认为很美好。其实，我长大了才知道，人们爱护自己身上的毒疮就像爱护自己的眼睛一样，我从坐在草垛边上那时候就朦朦胧胧地感觉到世界上最可怕最残酷的东西是人的良心，这个形状如红薯，味道如臭鱼，颜色如蜂蜜的玩艺儿委实是破坏世界秩序的罪魁祸首。后来我在一个繁华的市廛上行走，见人们都用铁钎子插着良心在旺盛的炭火上烤着，香气扑鼻，我于是明白了这里为什么会成为繁华的市廛。

　　我在那道矮墙边上坐着，没人理我，场上散布着几百个人，女人居多，女人中上了年纪的老女人居多，也有男人，也有孩子。我看到了他们貌似同情，实则幸灾乐祸的脸上的表情。我弟弟小福子淹死了——也许淹不死，抢救还在继续进行。他们都是来看热闹的，就像当年姐姐带我去看那个长尾巴的人一样。

　　春季用双手托着小福子穿过胡同，绕过骆驼——骆驼对着我冷笑——走到我家，我家门上挂锁。春季气喘吁吁地问我："大福子，你爹和你娘呢？"

　　我什么话也没说，我没有话可说，我愿意跟着小福子走。

　　村里人嗅到了死孩子的味道，一疙瘩一疙瘩地跟在小福子的后边。

　　有人建议赶快把小福子抱到生产队的打谷场上，队里的男女劳力都在那里编织防洪用的麦草袋子。我想起了，爹和娘确实是去编织防洪用的麦草袋子了。

　　没走到打谷场就听到了娘的哭声，接着就看到娘从街上飞跑过来。娘哭得很动情，声音尖尖的，像个小姑娘一样。

　　娘身后也跟着一群人，爹十分显眼地混杂在那群人中，我一眼就看到了，爹高大的身体摇摇晃晃，好像喝醉了酒。

　　春季抱着小福子径直往前走，小福子仰在春季臂膊里，胳膊腿耷拉着，好像架上的老丝瓜。

　　娘跑到离小福子两步远时，突然止住了哭声，她往前倾了一下身体，脖子猛一伸，像触了雷电一样。身后有人扶了她一把。她往后一仰，那人就着劲一拖，娘闪到一侧去。

春季托着小福子，庄严肃穆地往前走，人们都闪到两边去，等一下，又伺机加入了小福子身后的队伍。爹没表示出半点特殊性，他跟随在我身后，我不用回头就知道爹摇摇晃晃地走着，好像喝醉了酒。

走到打谷场上，娘又开始哭起来，这时的哭声已不如适才清脆，听着也感到疲乏。

打谷场边上有三排房子，一排是生产队的饲养室，一排是生产队的仓库，还有一排是生产队的记工房。

夏天从不穿上衣和鞋子的方六老爷担任了抢救小福子的总指挥。他让人从饲养棚里拉出了一头黑色的大牛。这头牛眼睛血红，斜着眼看人。它的僵直的角上闪烁着钢铁般的光泽，后腿上、尾巴上沾满了尿屎混合成的泥巴。

"攥紧鼻绳！"方六老爷威严地吩咐那个拉牛的中年汉子。

中年汉子一脸麻子，也是赤膊赤脚，背上一大串茶碗口大的疤瘌，是生连串毒疮结下的，我要呼他四大伯。四大伯把凶猛的黑牛鼻绳攥紧，黑牛焦躁地扭动尾巴，呼哧呼哧喘着粗气。四大伯也呼哧呼哧地喘着粗气

"把他搭到牛背上！"方六老爷吩咐春季大哥。

春季把小福子扔到尖削的牛背上，牛扭着腰，斜着眼睛往后看，它的眼睛红得像辣椒一样，喘气声像鹅叫一样。小福子在牛背上折成两段，嘴啃着那侧牛腹，小鸡巴戳着这侧牛腹。他的屁股上和背上的皮肤金光闪烁。

"牵着牛走！"方六老爷说。

四大伯一松牛鼻绳，黑牛昂着头，虎虎地往前冲去，小福子在牛背上颠簸着，看看要栽下去的样子。

方六老爷吩咐两个人去，一个卡着小福子的腿，一个托着小福子的头。

"松开缰绳！"方六老爷说，"由着牛走，越颠越好！"

四大伯闪到牛头左侧。方六老爷在牛腚上拍了一掌。黑牛迈着大步，走得风快，牛两侧扶持小福子的两个汉子，仄着身子走得艰难，脸上都咧着一张嘴，嘴里都是黑得发亮的牙齿。场上沙土潮湿，黑牛的蹄印像花瓣一样印出来。

娘忘记了哭，蓬头散发，随着牛一溜小跑。爹弓着腰，依然十分显眼地掺杂在牛后骚乱的人群里。

黑牛沿着打谷场走了两圈，小福子的腹中响了一阵，一股暗红色的水从他嘴里喷出来。

"好啦！吐出水来了！"人群里一声欢呼。

娘跑到牛的近旁，梦呓般地说："小福子，小福子，娘的好孩子，醒醒吧，醒醒吧，娘包粽子给你吃，就给你吃，不给大福子吃……"

我的心里一阵冰凉。

黑牛继续走着，但小福子已不吐水，有几根白色的口涎在他唇边垂着，后来连口涎也没有了。

方六老爷说："行啦，差不多啦！"

四大伯拢住牛，那两个傍在牛侧的汉子把小福子从牛脊梁上揭下来，抬着，走到场边一棵红杨树下。红杨树投在地上一片炕席大的斑驳阴影，阴影里布满绿豆粒大小的黑色虫屎，因为树上孳生着成千上万只毛毛虫。

有一个聪明人拎来一只刚编织好的草垫子，刚要把小福子放上去时，父亲从人堆里挤出来，脱下湿漉漉的褂子，铺在草垫子上。父亲没有忘记把黑烟斗和牛皮烟荷包从褂子口袋里摸出来，别在腰带上。

小福子仰面朝天躺在父亲的褂子上了。我看到了他的脸。小福子依然比我要俊得多但是他分明地变老了。他的耳朵上布满了皱纹，他的眼睛半开半阖，一线白光从他眼缝里射出来，又阴又冷。我觉得小福子是看着我的，他要告诉我关于那朵红花的秘密，它是从哪里来的，它又到哪里去了。老鳖与人类是什么关系……从小福子睥睨人类的阴冷目光里，我知道他什么都明白了，我当时就后悔，为什么不跟着小福子跳到河里去追逐那朵红花呢？真是遗憾真是后悔莫及。小福子的腮上凝结着温暖的微笑，我的牙齿焦黄他的牙齿却雪白，他处处比我漂亮，任河一个细微末节都有力地证明着"好孩子不长命，坏孩子万万岁"的真理。小福子双唇紫红，像炒熟了的蝎子的颜色。

"等一会儿，等一会儿，"方六老爷安慰着焦灼的人群，

"很快就会喘气的，肚里水控净了，没有不喘气的道理！"

大家都看着小福子瘪瘪的肚子，期待着他喘息。娘跪在小福子身边，含糊不清地祷告着。我一点不可怜她，甚至觉得她讨厌！我甚至用灰白色的暗语咒骂着她，嘲弄着她；从她迷眬的眼珠子里流出来的眼泪我认为一钱不值。你哭吧！你祷告吧！你这个装模作样的偏心的娘！你的小福子活不了啦！他已经死定了！他原本就不是人，他是河中老鳖湾里那个红衣少年投胎到人间来体验人世生活的，是我把他推到河里去的！

我永远不可能成为一个孝子啦！

所有在场的人，都汗水淋漓，都把眼睛从小福子腹肚上移开，转而注视着方六老爷红彤彤的大脸。

红杨树上的毛毛虫同时排便，黑色的硬屎像冰雹一样打在人们的头上。

方六老爷秃亮的脑门上也挂上了一层细密的小汗珠，他举起手，用一群豆虫般的手指搔着鬓边那几十根软绵绵的头发，说：

"不要着急，不要着急，待我看看。"

他弯下腰去，用厚厚的手掌压压小福子的心窝。他站起来时，我看到他的两颗大黄眼珠急遽眨动着，好像两只金色的蝴蝶在愉快地飞舞。

"六老爷……"娘奴颜婢膝地求告着，"六老爷，救救我的孩子……"

方六老爷沉思片刻，说："去，去，去找口铁锅来。"

两个男人抬来一口搅拌农药的大铁锅。方六老爷命令他们把铁锅倒扣过来。

那口铁锅在阳光下晒得一定滚烫了。

六老爷亲自动手，把小福子拎到铁锅上。小福子的肚脐端端正正地挤在锅脐上，嘴啃着锅边，脚踢着锅边。

六老爷捋两下胳膊，吃力地弯下腰，用肥厚的手，挤压着小福子的背。六老爷把全身的重量都压到小福子身上了。我听到小福子的骨头啪哽啪哽地响着。我看到小福子的身体愈来愈薄，好似贴在锅底上的一张烙饼。六老爷猛一松手，小福子的身体困难地恢复着原样，他的胸膛里发出了"噢噢"的叫声。

"喘气了！"有人惊呼一声。

连娘都停了唠叨，几百只眼睛死盯着烙在锅上的小福子。寂静。黑色的毛毛虫屎冰雹般降落，虫屎打着小福子的背，打着浸透剧毒农药的锅边，打着方六老爷充满智慧的脑壳……都砰砰啪啪地响着。大家屏住呼吸，祈望着小福子能从锅上蹦起来。

等了半袋烟的工夫，小福子一动不动。方六老爷怒气冲冲地弯下腰，好像揉面一样，好像捣蒜一样，对着小福子的腰背，好一阵狂捣乱揉。一股臭气弥散开来。有人喊："六老爷，别折腾了，屎汤子都挤出来了！"

六老爷直起腰，握两个空心拳头，痛苦地捶打着左右腰眼，两滴大泪珠子从他眼里噗噜噗噜滚下来。

"我没有招数了！"方六老爷沮丧地说："用了黑牛，用了铁锅，他都不活，我没有招数了！"

我看着从小福子嘴里流出来的褐色的粥状物，在阳光下蒸腾着绿色的臭气。

"谁还有高招？"方六老爷说，"谁还有高招请拿出来使，死马当成活马医吧！"

父亲说："六老爷，让您老人家吃累了。"

六老爷说："哎，惭愧，惭愧！"一边说着，一边交替捶打着左右腰眼，摇摇摆摆地走了。

父亲弓着腰，端详着贴在锅底上的小福子，迟疑片刻，好像不晓得该从哪里下手。一滴清鼻涕从父亲鼻尖上垂直下落，打在小福子的脊椎上。父亲哼了一声，伸出一双鲁莽的大手，卡住小福子的腰，用力揉起来，小福子皮肤与铁锅剥离时，发出一阵哗哗叭叭的声音。这声音酷似在灯火上烧头发的声音，伴随着声音迅速弥散的味道也像烧头发的味道。

小福子的身体折成两叠，几乎是垂直地悬挂在父亲颤抖不止的胳膊上。我想起了悬挂在房檐下木橛子上的腌带鱼。我的小弟弟四肢柔软地下顺着，他能把身体弯曲到如此程度，简直像个奇迹。

父亲把小福子放在地上，理顺了他凌乱的胳膊和腿。小福子的肚脐被锅脐挤出了一个圆圆的坑，有半个茶碗深。

娘跪在地上，我认为她很无耻地哀求着："救救我的孩子！救救我的孩子！"

父亲懊丧地说："行啦！别嚎了！"

我钦佩父亲的态度。娘不说话了，只是嘤嘤地哭，我又可怜她了。

父亲一手托住小福子的脖颈，一手托住小福子的胳窝，跟跟跄跄地往前走。围观的乡亲们匆匆闪开一条道路，都毕恭毕敬地立着。

我跑到父亲前面，回头仰望着父亲脸上的愚蠢的微笑，我忽然觉得，我应该说句什么，到了该我说话的时候了。

"爹，河里有一朵红花……"父亲脸上的微笑抖动着，像生锈的废铁皮索落落地响，我继续说："小福子跳到河里去捞那朵红花……"

我看到父亲的腮帮子可怕地扭动着，父亲的嘴巴扭得很歪，紧接着我便脱离地面飞行了。湛蓝的天空，破絮般的残云，水银般的光线。黄色的土地，翻转的房屋，倾斜的人群。我在空中翻了一个斤斗，呱唧一声摔在地上。我啃了一嘴泥沙。趴在地上，我的耳朵里翻滚着沉雷般的声响。那是父亲的大脚踢中我的屁股瓣时发出的声音。

我自己爬起来，干嚎了一声。本来满肚子的干嚎要一连串地喷出来，但是，我看到人们的像鬼火一样的、毒辣的眼睛，所以，我紧紧咬住嘴唇，把干嚎压下去。于是，我感觉到胃里燃烧起绛紫色的火焰。

我当然听到了人们在背后叽叽喳喳地说着什么，我却径直地往前走了，我用力分拨着阻挡着我的道路的人群，他们像漂浮在水面的死兔子一样打着旋，放着桂花般的臭气漾到一边去。我恍惚觉得娘扑上来拉住我的胳膊，我回头一看，她的眼竟然也像鬼火般毒辣，她的脸上蒙着一层凄凉的画皮，透过画皮，我看到了她狰狞的骷髅，"放开我！"我愤怒地叫着。娘拉着我不松手，娘说："大福子，我的儿，小福子去了，娘就指望着你啦……"半个小时前，你不是说：包粽子，不给大福子吃吗？我看透了！我用力挣扎着，娘的手像鹰爪子一样抓着我不放松。我低下头，张开嘴，在娘的手脖子上，拼出吃奶的劲儿，咬了一口。我感觉到我的牙齿咬进了娘的肉里，娘的血又腥又苦。

娘惨叫一声，松开了手。

我头也不回往前走，一直走到打谷场的土墙边上，面壁十分钟，我专注地看着土墙上的花纹。我回过头去，打谷场上空无一人，刺鼻的汗臭味还在荡漾。这么说打谷场确曾布满了人，我的弟弟小福子确实是淹死了。我的屁股上当真挨过父亲一脚吗？娘的手脖子上当真被咬过一口吗？

屁股似乎痛又似乎不痛，口里有血腥味又似乎没有血腥味。我很惶惑，便坐在了土墙边，我的身左身右都是浅绿色的新鲜麦苗儿，我坐着，无聊，便研究髌骨下的毒疮。我用锈铁片划开疮头，脓血四溢时，我感到希望破灭了。人身上总要有点珍奇的东西才好。后来，我用锈铁片在左膝髌骨下划开一道血口子，我用锈铁片从右膝髌骨下的毒疮上刮了一些脓血，抹到血口子里。

等到右膝下的毒疮收口时，左膝下一个新的毒疮已经蓬蓬勃勃地生长起来。

癞蛤蟆蹦到餐桌上，不会咬人也要硌硬你一下。

因为腹中饥饿，傍晚时我溜回家。小福子永远地消失了，我感到了孤独。爹和娘对我的自动归家没表示半点惊讶或愤怒。他们对坐着，在两根门槛上，爹抽烟，娘流泪。

我坐在堂屋的门槛上，从我坐的地方到娘坐的地方和从我坐的地方到爹坐的地方距离相等。

娘没有心思做饭，爹抽烟抽饱了。我饥饿，站起来，到饭笸笼里拿了一个涂满苍蝇屎的高粱面饼子，找了两棵黑叶子大葱，从酱坛子里挖了一块驴粪蛋子那么大的黑豆酱，依然坐回到堂屋门槛上，喀喀唧唧地吃起来。

爹冷冷地看着我，娘惊愕地看着我。

我非常明白他们心里想的是什么。

你们没有什么了不起。

总有一天，你们会知道大福子不是盏省油的灯。

我打着饱嗝，摸上炕去睡觉，成群的蚊虫围着我旋转，有咬我的，也有不咬我的。我不惊吓它们，我的血多极了，由着它们喝。

后半夜时，蚊虫都喝饱了血，伏到墙壁上休息去了。我听到了河水的喧哗。爹和娘在各自占据的门槛上坐着，他们对话。

"别难过了，"爹说，"他是该死，你我薄命，担不上这么个儿子。"

"就剩下一个大福子啦，他偏偏又是个傻不棱登的东西……"娘说。

"要不怎么说你我薄命呢？"

"他可千万别再有个好歹……"娘担忧地说。

爹冷笑着说："放心吧，这样的儿子，阎王爷都不愿意见他！"

爹和娘的对话并没使我难过，如果他们不这样说才是怪事。

河里涛声澎湃，天上星光灿烂，蚊虫偃旗息鼓，爹娘窃窃私语。我没有任何理由难过，我不哭，我要冷笑。

我知道我在黑暗中发出的冷笑声把爹和娘吓懵了。

娘又怀孕了。看来她和爹一定要生一个优秀的儿子来代替我。我看着娘日日见长的肚子，心里极度厌恶。

小福子淹死之后，我一直装哑巴，也许我已经丧失了说话的机能，我把所有的话对着我的肠子说，它也愉快地和我对话。

"你看到那个女人那个丑陋的大肚子了吗？"

"看到了，非常丑陋！"

"你说她还像我的娘吗？"

"不像，她根本不像你的娘！"

"你看到我爹了吗？"

"看到了，他像一匹老骆驼。"

"他配做我的爹吗？"

"不配，我说了，他像一匹老骆驼！"

我每天都跟我的肠子对话，它的声音低沉，浑浊，好像鼻子堵塞的人发出的声音。

娘从怀孕之后就病恹恹的，她的脸色焦黄，皮肤下流通着黄色的水。爹买来了一只碗口大的鳖，为娘治病、滋补身体。

我问肠子："这是袁家湾里的鳖羔子吗？你看，只有袁家湾里的鳖种才能生出这样一颗圆圆的鳖头。"

爹把鳖放在水缸里养着，要养一个逢到九的日子才能杀。为了防止它逃跑，爹在缸上加了一个木盖，木盖上压着一块捶布石。

爹不在家的时候，我就搬掉捶布石，掀开木盖，观赏老鳖的泳姿和老鳖伏在水下时的静态。

每当我掀起木盖时，它就从水底奋勇地浮上来，它四条笨拙的短腿灵巧地划着水，斜刺里冲上水面。青黄鳖壳周围翻动着一圈肉蹼，好像鳖的裙子。浮上水面后，它就沿着水缸的内壁转圈，鳖指甲划得缸壁嚓嚓地响。从它的绿色的眼睛里我看出了它的愤怒和它的焦灼，缸里只有半缸水，缸壁上涂着赭红色的光滑釉彩，鳖无法冲出囚牢。

游一阵后，鳖乏了，它收缩起四肢，无声无息地、像影子一样沉下水去。

缸里的水渐渐平静，鳖搅起来的渣滓沉淀在缸底，青黄色的鳖壳上也蒙上了一层灰白的渣滓。如果不是那两只秤星般的鳖眼，很难发现缸底埋伏着一只鳖。

鳖安静的时候，也是我看鳖入神的时候。它那两只咄咄逼人的眼睛具有极大的魅力，它向我传达着一种只可意会不可言传的信息。有一种暗红色的力量，射穿水面，侵入我的身体，我一方面努力排斥着它，又一方面拼命吸收着它。我感觉到了鳖的思想，它既不高尚，也不卑下，跟人类的思想差不多。

杀鳖的日子终于到了，其实并没杀，但比杀还残酷。

父亲倒在锅里两瓢水，扔进水里一把草药，然后，用一把火钳，从水缸里把鳖夹出来。在从水缸到锅灶这段距离里，鳖在空中、在火钳的夹挤下痛苦地鸣叫着。父亲毫不犹豫地把它扔进锅里。鳖在锅里扑棱着，鳖边上的肉蹼像裙子一样漂动着。

灶下的火哗哗叭叭地燃烧着，锅沿上冒出了丝丝缕缕的蒸气，我还听到鳖在锅里爬动着。鳖指甲划着锅，嚓啦——嚓啦——嚓啦啦——

父亲把煮好的鳖舀到一只瓦盆里，逼着娘吃。

娘抄起筷子，戳戳鳖盖，鳖盖像小鼓一样嘭嘭响。

娘只吃了一口鳖，就捏着脖子呕吐起来。

父亲严厉地说："忍着点，吃下去！"

娘满眼是泪，用筷子夹着一块颤颤巍巍的鳖裙子，放到唇边，又送回盆里。

我伸手抓过那块鳖裙，迅速地掩进嘴里。

从口腔到胃这一段，都是腥的、热的。

我的肠子在肚子里为我的行动欢呼。

父亲用筷子敲击着我的光头，我的光头也像小鼓一样嘭嘭响。

那天早晨，孙二老爷家那峰骆驼跑了。孙二老爷说他清晨起来喂骆驼时，槽头柱子上只剩下半截缰绳。这匹怪物的逃跑在村子里激起了很大的风波，就像三年前二老爷把它从口外拉回来时一样。骆驼耕地不如牛，拉车不如骡子，但二老爷一直喂养着它。

骆驼跑了！一听到这个消息我的心里就涌起一阵按捺不住的狂喜，我知道这一定要有什么事情发生了。究竟要发生什么事情我也说不清楚。

吃午饭时，街上响起一阵锣声。我扔下筷子就往外走，即将生产的娘在后边唠叨了一句什么，我连头也没回。我从草垛后摸出我的宝贝——那扇磨得溜滑的鳖甲、一快豆绿色的鹅卵石（鹅卵石的形状像个心脏，尖上缺了一块），我用鹅卵石敲击着鳖甲，往响锣的地方跑去。

在家里时，听到锣声在街上响；走到街上，又听到锣声在生产队的打谷场上响。

我远远地就看到了一匹单峰骆驼，没看到骆驼的形影之前我先嗅到了骆驼的气味。我兴奋得快要昏过去了。

看到单峰骆驼我才明白，多少年了，我一直在盼望着它们。

场上已经围了一群人。人圈里，一个似曾相识又十分陌生的老头子敲着锣转圈。他很苍老，说不清七十岁还是八十岁，嘴里没有一颗牙齿，嘴唇噏进去，好像个松弛的肛门。他的胳膊上挂着一个皮扣子，皮扣子连着铁锁链，铁锁链连系着一个一尺多高的绿毛瘦猴子。猴子跟着老头绕场转圈，时而走时而爬，样子古怪滑稽。

老头念经般地哼哼着："你快快地走来你慢慢地行……给你的叔叔大爷先鞠一个躬……要你的叔叔大爷为咱把场捧……挣几个铜板咱去换烧饼……"

猴子并不给人鞠躬，但不停地龇牙咧嘴扮鬼脸。

有一辆木轱辘大车停在场子边上，骆驼拴在车辕杆上。车上装着一个木箱子，箱子盖掀开了，露出了一些花花绿绿的道具。一个二十多岁的大姑娘扶着车栏杆站着，她穿着一条红绸裤子，裤脚肥大；穿一件绿绸子褂子，一排蝴蝶样黑扣子从脖颈排到腰际。她脑后垂着一条粗辫子，脸盘如满月，眉毛很黑。睫毛很长，牙齿很白，神情很悒郁。

车上还有两个孩子，年龄与我相仿佛，一个男孩，一个女孩。两人都又瘦又白，倦倦地坐在地上。

没有狗熊，没有遍身硬刺的豪猪，没有三条腿的公鸡，没有生尾巴的男人。

不是我思念着的杂耍班子。

人愈来愈多。两个孩子同时站起来，紧紧腰带，走进场子，一个追着一个翻起斤斗来。女孩和男孩把他们的身体弯曲成拱桥形状时，往往露出绷紧的肚皮。

穿红裤子的大姑娘耍了一路剑，耍到紧密处，看不清她的模样，只看到一团红光在下，一团绿光在上，好像两团火。

我看到展现在我面前的人生道路。

道路弯弯曲曲，穿过低洼的沼泽，翻上舒缓的丘陵。我追赶着木轱辘大车在胶泥地上压出来的深刻辙印，我踩着单峰骆驼的蹄印走。鳖甲和心状鹅卵石装在兜里，它们是我的护身符。

洼地里野生着高大的芦苇，风滚过去，芦苇前推后拥，像煞翠绿色的海浪。我闻到了一股熟悉的味道，骆驼！骆驼！孙二老爷家丢失的双峰骆驼从芦苇丛里慢吞吞地走出来，站在狭窄的泥泞道路上。我好像从来没对这匹骆驼有过畏惧之心，我好像一直亲爱着这匹骆驼，我与它的关系好像放牛娃与牛的关系。如同他乡遇故交，如同久别重逢的情人，我扑上去，跳一下，抱住了它高扬着的、弯曲着的、粗壮结实的脖子。

我的眼睛里涌出了灼热的液体，不是眼泪。

12　　飞艇

　　母亲总是一大早就把我和姐姐喊起来，腊月的早晨，地都冻裂了，院子里杏树上的枯枝咔叭咔叭响着。风从墙壁上的的裂缝里尖溜溜地灌进来，我的脸上结着霜花，我的腮上溃烂的冻疮每天夜里渗出一些粉状物，极像白色的霜花。

　　"起来吧，起来吧，兰嫂，金豆，"母亲烦恼地叫着，"早去早回，赶前不赶后。"

　　母亲催促着我和姐姐去南山讨饭。我忘记那是什么年月了。我六岁，姐姐十八岁。姐姐带着我去南山讨饭，是我过去的生涯里最值得回味的事情。飞艇从天上掉下来，一头扎在我们村东河堤上的时侯，是腊月里的一个早晨——想起那时侯比现在这时侯格外寒冷的气侯，我就思维混乱，说话，写文章，都是前言不搭后语，头上一句，腔上一句，说着东又想着西，这是小时侯冻出来的毛病，怕是难治好了。

那时侯我们村的孩子们都去南山讨饭，不仅仅是孩子去，老婆也去，大闺女也去。太阳刚冒红，我们村里的讨饭大军就向南山进发，一出村时结成一簇，走出半里路就像羊拉屎一样，稀稀拉拉，遍路都是了。我和姐姐总是跑在最前头。我们跑，我们用跑来抵御寒冷；我们一旦不跑，汗水就晞了，空心棉袄像铁甲一样嚓啦嚓啦响，冰凉啊冰凉！我们冻急了，我们对寒冷刻骨仇恨。我大骂："冷，冷，操你的亲娘！"同行的人都被我逗笑了。

方七老爷的老婆龇牙一笑，说："这孩子，好热的家伙，操冷的亲娘，把鸡巴头子给你冻掉了！"

众人更笑，都唏溜唏溜的，鼻尖上挂着清鼻涕。

一群和我差不多大的孩子跟我一起齐声喊叫："冷冷冷，操你的亲娘！"

我们叫骂着，向无边无际的寒冷宣战。我们跟一群对月亮狂叫的狗差不多。但寒冷毕竟是有些退缩，金红色的阳光照在我们冻僵的面颊上，耳朵上，像无数根烧红的针在温柔地扎着。

我曾经多次领略过融化的痛苦。寒冷先让我的脸、耳朵结成冰坨子，阳光又来晒融这些冰坨子。我不怕冻结最怕融化。冻结，刚开始痛一点，也就是十分钟吧，十分钟过后就不痛了，我感觉不到自己的耳朵和面颊是否存在。融化可就不好受了，痛当然是有一些了，最难受的是痒，奇痒奇痒，比痛难受百倍。后来我曾经想过，世上的酷刑，刖足、车裂、指甲缝里钉竹签、走烧红的铁鏊子、子弹头撅肋巴骨、活剥皮……听来令人咋舌，不寒而栗，但似乎都可忍受，痛，只要能忍住第一拨，后边的都可忍受；但痒就不同了，痒是一场持续不断的神经战，能令人发疯。当年中美合作所的特务们发明了那么多种酷刑，但唯独没发明使人奇痒难挨的刑法，这真是个遗憾！

在阳光下我的脸、我的手、我的耳朵一齐融化，黄水汩汩流淌，腐肉的气息在清凉的空气中扩散，几千只蚂蚁在我的冻疮的溃面上爬着、钻着。我想要是有一把锋利的刀子，把我头颅上的皮肉剔除得干干净净，一定会非常舒适，当然，手背上的皮肉也应该剔除干净，脚趾脚边上应该扎针放血。我的手自己抬起来去搔脸。姐姐厉声喊：

"金豆，不许搔脸，搔毒了结紫疤！"

姐姐的脸上也有冻疮，但尚未溃烂，一个红豆豆，一个紫豆豆，几十个红豆豆紫豆豆分布在姐姐的腮上，姐姐的脸像个开始变坏的红薯。

奇痒，又不能搔，不用姐姐提醒我也知道我的脸已经不能搔了。它已经跟烂茄子、烂西红柿差不多了。我像一匹活泼的小猴子在地上蹦跳着。我本来可以哭，但哭给谁看呢？我们那儿的俗谚曰：看男人流泪不如看母狗撒尿。

在我们这支讨饭的队伍里，头脸上生疮的并非我一人。一群男孩子都像我一样，在化冻的痛苦中，跳嚷成一群活泼的小男猴。

我们刚刚骂退了寒冷，现在又要骂温暖了。

依然是我先草创，然后大家共同发展。

"热热热，操你的亲爹！"

"热热热，热热热，操死你的亲爹！"我的朋友们与我一起高呼。

"冷冷冷，操你的亲娘；热热热，操你的亲爹！"我们高呼着，迎着那轮火红的太阳，向着南山跑去。

方家七老妈瘪着嘴说："这群破孩子，冷，你们骂；热，你们还骂。当个老天爷也真是不容易！"

方家七老妈那时就有五十多岁，去年我探家时，听母亲说她不久前死了。这时离飞艇扎在河堤上已有二十多年。

在我的印象里，方家七老妈永远穿着一件偏襟的黑色大袄，袄上明晃晃地涂抹着她的鼻涕和她的孩子们的鼻涕。她的棉袄是件宝物，冬遮寒风，夏挡雨水。而且，在我的印象里，七老妈的怀里，永远抱着一个吃奶的孩子。好像我们家乡的泥玩具里的母猴子永远扛着一只小猴子。七老妈吃不饱穿不暖，但保持着旺盛的繁殖能力。她一辈子生过多少个孩子，她自己是否说得清楚也值得研究。这也许是一种工作的需要。抱着孩子讨饭更能让人同情。俗话说：行行出状元，七老妈是讨饭行里的状元。她是吃百家饭长大的，她是吃百家饭长老的。她一辈子没生过病。

一九六九年，生产队里开诉苦大会。天上布满星，月芽儿亮晶晶，生产队里开大会，诉苦把冤伸。万恶的旧社会，穷人的血泪仇，千头万绪，千头万绪涌上了我的心，止不住的辛酸泪，挂满胸。我们高唱着这支风靡一时的歌曲，等着吃忆苦饭。我特别盼望着开忆苦大会吃忆苦饭。吃忆苦饭，是我青少年时期几件有数的欢乐事中最大的欢乐。实际上，每次忆苦大会都是欢声笑语，自始至终洋溢着愉快的气氛，吃忆苦饭无疑也成了全村人的盛典。

究其根本是，忆苦饭比我们家里幸福饭要好吃得多。

每逢做忆苦饭，全村的女人，除地、富、反、坏、右的家属外，几乎都一齐出动。她们把秋天晒出来的干胡萝卜缨子、干红薯叶放在河水中洗得干干净净，用快刀剁得粉碎。保管员从仓库里拿出黄豆、麦子、玉米，放在石磨上混合粉碎。杂粮面与碎菜搅拌，撒上咸盐，浇上酱油——有时还淋上几斤豆油，上大锅蒸熟。我们唱着忆苦歌曲就闻到大锅里逃逸出来的忆苦饭的香气啦。

歌唱声停，队长走上台，请方家七老妈上台忆苦。七老妈抱着她的活猴般的孩子，用一只袖子掩着嘴，嚎天哭地地上了台。

七老妈的诉苦词是天下奇文：

"乡亲们呐，自从嫁给方老七，就没吃过一顿饱饭，前些年去南山要饭，一上午就能要一篓子瓜干，这些年一上午连半篓子也要不到了……"

队长在台下咳嗽了一声。

"要饭的太多了，这群小杂种，一出村就操着冷的娘，操着热的爹，跑得比兔子还快，等我到了那儿，头水鱼早让他们拿了。"

队长说："七老妈，你说说解放前的事儿。"

七老妈说："说什么呢？说什么呢？解放前，我去南山要饭，天寒地冻，石头都冻破了。天上下着鹅毛大雪，刮着刀子一样的小东北风，我一手领着一个孩子，怀里抱着一个孩子，一步步往家里走。腊月二十二，眼见着就过小年啦。长工短工都往家里奔。孩子们冻得一个劲儿地哭，我也走不动了。走到了一个村庄，寻了个磨屋住下来。破屋强似露天地。孩子们不哭了。从面口袋里摸出地瓜干子来，咯嘣咯嘣地吃。后半夜，我觉得肚子不大好，就让两个大孩子到人家草垛上拉把干草，孩子拉草没回来，俺那个小五就落了地。孩子们见我满身的血，吓得叫哭连天。有一个好心的大哥进来看了看，回家端了一盆热汤来，让俺娘儿们喝了。我说，好心的大哥，俺一辈子忘不了你……"

方家七老妈每逢说到磨房生孩子这一段时，必定要掩着鼻子哭。台下心软的娘们儿也跟着唏嘘。

队长振臂高呼："不忘阶级苦！牢记血泪仇！"

人们杂七拉八地跟着呼叫："不忘阶级苦，牢记血泪仇。"

方家七老妈一说起她在磨屋里生孩子的事就没完没了。反过来说一遍，正过来又说一遍。忆苦饭香气扑鼻，勾得我馋涎欲滴。我不知道别人，我只知道我恨不得有支枪把唠叨起来没完没了的方家七老妈从台上打下去。

队长也分明是不耐烦了，他打断七老妈的车轱辘话，说："七老妈，说说以后的事吧！"

七老妈抬起袄袖子擦擦眼睛，把怀里的孩子往上撮撮，迷茫着眼说："后来怎么样呢？后来怎么样啦？后来就好了，后来共产党来了，共产党来了，共产共妻，共房子共地……"

队长跑上台，架着方家七老妈的胳膊，说："老妈老妈，您下去歇歇吧，歇歇就吃忆苦饭。"

方家七老妈横着眼说："就是为这顿忆苦饭，要不谁跟你唠叨这些陈谷子烂芝麻的破事！盼星星盼月亮，就盼着这顿忆苦饭啦！"

大锅揭开了，人们都围上去。

队长和保管员每人手持一柄大铲子，往人们的碗里铲忆苦饭。队长的眼被蒸气烫得半睁半闭。队长说："受苦受难的穷兄弟们，多吃点，多吃点，吃着忆苦饭，想起过去的苦……"

根本不用队长嘱咐。队长也知道，要不还用他亲自掌勺分配。

方家七老妈生着两只蓝色的眼睛，像天真的小狗一样的蓝眼睛。她有两个癖好，一是吮头发，二是舔煤油。

飞艇扎在河堤上那天早晨，母亲很早就把我和姐姐喊起来了。我们去南山讨饭必须早走。"南山"，是我们对我们村南四十里外一系列村庄的统称。那里鬼知道为什么富俗，与我们这里相比那里好像天堂。南山的人能吃上地瓜干。

姐姐去南山讨饭前，进行着复杂的准备工作。

她梳头，洗脸，照镜子。她对着镜子用剪刀刮着牙齿上的黄垢，刮得牙龈上流红血。她还往脸上抹雪花膏。我承认姐姐经过一番收拾是很好看的大姑娘。母亲每每训她："拾掇什么，是去讨饭，又不是让你去走亲戚！"我同意母亲的观点。姐姐反驳道："讨饭怎么啦？蓬头垢面，谁愿意施舍给你！"我同意姐姐的观点。

我们一出村头，就看到飞艇从南边飞出来了。太阳刚出，状如盛粮的大囤，血红的颜色，洇染了地平线和低空中的云彩。遍野的枯草茎上，挂着刺刺茸茸的白霜。路上龟裂着多叉的纹路。飞艇在很远的地方发出过一阵如雷的轰鸣，在原野上滚动。临近我们村庄时，却突然没有了声息。那时侯我们都站在村头那条通向南山的灰白道路上，我们挎着讨饭篮，挂着打狗棍（吓狗棍，绝对不能打人家的狗），看到银灰色的飞艇从几百米的空中突然掉下来，掉到离地五六十米高时，它斜着翅膀子，哆哆嗦嗦往前飞，不是飞，是滑翔！我听到飞艇的肚子里噼哩咔啦地响着，两股浓密的黑烟从飞艇膀后冒出来，拖得很长，好像两条大尾巴。飞艇擦着路边的白杨树梢滑过去，直扑着我们的村庄去了。虽然机器不响，但仍然有尖利的呼啸，白杨树上的枯枝嚓啦啦响着。树上的喜鹊和乌鸦一齐惊飞起来。强劲的风翻动着我们破烂的衣衫。方家七老妈前走走，后倒倒，好像随时要倒地。飞艇的巨大的阴影从地上飞掠而过。我们都胆战心惊，每个人都表现出了自己的最丑陋的面容。连姐姐的搽过雪花膏的脸蛋也惨不忍睹。姐姐惊愕地大张着嘴巴，额头上布满横一道竖一道的皱纹。我是期望着飞艇降落到我们村庄里去的，但是它偏不，它本来是直冲着我们的村扎下去了，它的肚皮拉断了方六老爷家一棵白杨的顶梢，一颗像轧场的碌碡那么粗的、乌溜溜闪着蓝光的、屁股上生着小翅膀的可爱的玩意儿掉在我们生产队的打谷场上。后来才知道那是颗大炸弹。飞艇拉断了一棵树，又猛地昂起头，嘎嘎吱吱地拐了一个弯，摇摇晃晃，哆哆嗦嗦，更像个醉鬼，掉头向东来了。飞艇的翅膀上涂满了阳光，好像流淌着鲜血。这时它飞得更低了，速度也更快，体形也更大，连飞艇里的三个人都能看清楚，他们的脸都是血红的。飞艇的巨翅像利剑一样从我们头上削过去，我们都捂住脑袋，在这样的情况下，没有一个人感到自己的头颅是安全的。

方家七老妈双腿罗圈，一屁股坐在地上。她怀里的孩子像老猫一样叫起来。我也许是带头，也许是跟随着众人抱头鼠窜。我们的嘴里都不由自主地发出怪声，准确地形容应该是：一群衣衫褴褛的叫花子在黑色的机翼下，在死神的黑色翅膀下鬼哭狼嚎。我们有的挎着讨饭篮子，有的扔掉了讨饭篮子；有的拖着打狗棍，有的扔掉了打狗棍。这时，我们听到身后一声巨响。

方家七老妈是眼睁睁地看到飞艇扎到河堤上去的。我们村东二百米处就是那条沙质的高大河堤，河堤上生着一些被饥民剥了皮的桑树。飞艇一出村庄就低下了头，尖锐的风声像疯狼的嚎叫，卷扬起地上轻浮的黄土。飞艇半边是蓝色半边是红色。七老妈亲眼看到飞艇的脑袋缓缓地钻进河堤。河堤猛地升高一段，黑色的泥土像一群老鸹飞溅起来。

飞艇的脑袋是怎样缓缓地钻进河堤里去的，方家七老妈亲眼看见了但无法表述清楚。根据她说的，根据她描绘飞艇的脑袋缓缓钻进河堤里去时她脸上表现出的那种惊愕的、神秘的色彩，大概可以想象到就像我亲眼看到一样：飞艇的粗而圆的脑袋，缓慢地、但却非常有力地钻进河堤上，好像气功大师把运足了气的拳头推在一摊稀泥上。当时太阳很大很红，飞艇的粗大的头颅上涂着一层天国的庄严光辉，它一钻进河堤，河堤立刻就拱起了腰，在那一瞬间河堤上起了一个沙土的弧桥。河堤像一条巨蛇猛地拱起了背。后来大块小块的泥沙用非常快的速度、但看起来非常缓慢地飞到空中去，直线飞上，弧线落下。

飞艇爆炸的情景我是亲眼看到的。我们听一声巨响时都紧急地回头或抬头看河堤，这时飞艇尚未爆炸，艇头撞起来的泥沙正在下落，飞艇的两扇巨翅和飞艇翘起来的尾巴疯狂地抖动着。紧接着飞艇就爆炸了。

我们首先看到一团翠绿的强光在河堤上凸起，绿得十分厉害，连太阳射出的红光都被逼得弯弯曲曲。随着绿光的凸起，半条河堤都突然扭动起来。成吨的黑土翻上了天。这时候我们才听到一声沉闷的轰响，声音并不是很大，好像从遥远的旷野里传来的一声狮吼。我后来才知道"大音稀声"的道理。这一声爆炸方圆四十里都能听到，不知有多少人家的窗户纸都给震破了。几乎与听到轰响的同时，我感到脚下的道路在跳动。路边的白杨树枝哗啦啦地响着，方家七老妈像神婆子跳大神一样跳跃着。

我们扔掉的要饭篮也在地上翻滚着。我看到我们的叫花子队伍像谷个子一样翻倒了，我在感觉着上边那些景象的同时，胸前仿佛被一只无形的巨掌猛推了一下子。我恍恍惚惚地看到无垠的天空上流动着鸢尾花的颜色，漂亮又新鲜，美好又温柔。

几分钟后，我从一丛一丛紫穗槐后爬起来。地上撒着一层黄土，黄土里搀杂着一些乌黑的、银灰的、暗红的飞艇残骸，黄土和飞艇残骸碰撞树枝打击土地的唰唰声还在空中飞舞不愿消逝。飞艇那儿已经燃烧起一团数十米高的大火。火光中间白亮，周围金黄，黑色的烟柱奋勇冲起，直达高天。空气中弥散开扑鼻的汽油味道和烧烤动物尸体的焦香。太阳变得又薄又淡，像一片久经风霜颜色褪尽的剪纸。

我们都灰溜溜地爬起来，怔怔地看着这堆大火，河堤都燃烧起来，我闻到了焦土的味道。堤上的桑树在炽亮的火幕上抖动着，好像舞拳张狂的鸡爪。我们这些生有冻疮的男孩子，比往日提前进入融化期，腮上、耳上，黄水汩汩流淌，不似眼泪，胜过眼泪。但我们都顾不上解冻的痛苦。我们没有人想到去侮辱热的爹。

大火过后，不，飞艇钻进河堤之后，我们这些小叫花子编出了我们的进行曲，我们高唱着进行曲向南山飞跑，飞跑到南山讨饭。事情过去了数十年，我依然一字不漏地记着曲词，儿时的创作更加刻骨铭心吧！

冷冷冷，操你的亲娘，
飞艇扎在河堤上！
热热热，操你的亲爹，
飞艇扎在河堤上！
飞艇扎在河堤上，

烧死了一片白皮桑。

飞艇扎在河堤上，

方家七老妈好心伤，

一块瓦灰铁，

打死了怀中的小儿郎，

流了半斤红血，

淌了半斤白脑浆，

七老妈好心伤！

飞艇飞艇，操你的亲娘！

我们远远地站着，无人敢向前多走一步。火苗子猎猎作响，灼人的热气一浪连一浪逼过来，把我们脸上的黄水都快烘干了。

后来，村里的所有人都跑到村头来了。独腿的狗皮老爷虽说是拄着双拐悠来，但他的心也是在向着村头飞跑。

队长站在人堆的最前头，火光刺激得他的眼睛泪水花花。半个小时过去，火势不见缓减，队长招呼了两个年轻人，弓着腰向前走，人们都胆战心惊地看着他们。

他们到达离火堆七八十米远近时，便停住脚，仔细地观看。他们的头发像细软的牛毛在头上飘扬。

火堆又努力膨胀几下，地皮又在颤抖。空中响起刀子刮竹般的瘆人的声响。我身后的白杨树干上铮然一声，响亮刺耳。众人急忙回头，见一块巴掌大的瓦蓝的钢片，深深地楔进树干里去。钢片是灼热的，杨树的干燥粗皮被烫出一缕缕雪白的烟雾。后来才知道这是炸弹皮子。飞艇肚皮下挂着两枚大炸弹，一枚掉在生产队的打谷场上，一枚被烧爆了。炸弹把飞艇的残骸炸得飞散四方八面。有的远点，有的近点；有的大点，有的小点；有的扎在越冬的麦苗地里，麦苗上白霜粲然，黑色的麦叶僵着，麦垄上冻土铿锵，是被飞艇残骸砸的；有的砸在堤里青绿色的坚冰上，烫得冰板吱吱地鸣叫，滋滋地融化。

究竟是第一次爆炸还是第二次爆炸崩出瓦灰色的钢铁击中了方家七老妈怀中婴孩橄榄般的头颅，至今是个疑案。千方百计地去证明这个问题是出力不讨好的营生。炸弹爆炸后，钢铁碎片像飞蝗一样漫天飞舞，大家都跌倒在地，队长趴在两垄麦苗之间，捂着脑袋，撅着屁股宛若一只偷食麦苗的鸿雁。大家都长久不动，大家伏在地上，听到死亡的灰鸟在蓝得凄凉的空中啾啾地鸣叫，听到庞大的星球沿着缺油的轴咯咯吱吱旋转，大家战战兢兢地从地上爬起来时，一个眼尖的人才看到方家七老妈那件铁甲般的破棉袄上沾着一层红血和白脑浆。

"七老妈，你的孩子！"那人指着七老妈怀里的婴儿说。

七老妈一低头，哇啦一声叫，扯着棉袄大襟一抖擞，那个瘦猫般的赤条条的婴孩就像树叶般飘到地上。七老妈棉袄大襟耷拉着，斜过腿胯，半个漆黑的胸脯裸露出来，三十公分长的袋状乳房垂到肚脐附近。她咧着嘴，瞪着眼，干嚎一声，骂道："飞艇，飞艇，操死你亲娘。"

扔在地上的孩子已经死得很彻底，那么块大铁，对付那么颗小头。七老妈跪在地上，把瓦灰铁从婴孩头上拔出来，然后试图捏拢婴儿豁开的脑袋，捏拢了也是个空壳，何况捏不拢。方家七老妈看样子也不是十分悲痛。她一面捏着婴儿的脑壳，一边继续咒骂飞艇。

大团的火焰已被炸灭，只有一簇簇的小火苗在田野里燃烧。队长他们三个大胆的汉子爬起来，腰依然弓着，继续往飞艇钻堤处靠拢。这时我们看到了河堤上那个乌黑的大洞，飞艇的一扇巨翅斜插进堤里去，青烟从翅翼的斜面上袅袅上升。

队长他们从河堤边走回来，正颜厉色地说："乡亲们，回家躲着去吧，没事别出来转悠，飞艇上的东西，谁也不许动，这是国家的财富，谁动谁倒霉。"

方家七老妈说："队长，我的孩子找谁赔？"

队长说："你愿意找谁赔就去找谁赔。"

有人提醒说："方家七老妈，这飞艇是马店机场的，你去找机场的空军赔，保险比你跑一趟南山要的多哩！"

方家七老妈抱起孩子，眨巴着两只蓝眼睛，拿不定主意。

方家七老爷不知从什么地方钻出来，淡淡地说："你还站在这儿干什么？抱回家去找块席片卷卷埋了吧。一岁两岁的孩子，原本就不算个孩子。"

七老妈木偶般地点点头，跟着七老爷往村里走去。

人群懒洋洋地蠕动着，多半回家去，少半还停留在村头上，想着看新鲜光景。

姐姐说："金豆，家去不？"

我当然不愿意回家，这时已日上两竿高，飞艇扎在河堤上，耽误了我们去南山讨饭，家去看什么？在村头上可以看飞艇上冒出的绿烟，看飞艇翅膀斜指着天空好像大炮筒子一样，家去看什么？

日上三竿时分，几辆绿色的大卡车从南边开过来，车上跳下一群穿黄棉袄戴皮帽子的空军。他们不避生死地往飞艇翅膀那儿扑。

村里人听到汽车声，又一齐跑到村头。

一个军官模样的人找到队长，跟队长说了几句话。

那军官大概是询问飞艇失事时的情况，队长说不清。队长把我拖出来，说："这个小孩看到了。"

那军官和气地问我："小同学，你看到飞艇扎到河堤上的情景了吗？"

我看到他嘴里那颗灿灿的金牙，一时忘了开口说话。

军官又一次问我。我说："我看到了，我们去南山讨饭的人都看到了。"

姐姐从后边打了我一掌，说："金豆，不要多说话！"

队长说："你让他说嘛！"

我就把早晨见到的情景对军官说了一遍。

军官若有所思地点点头，转身向一个更胖更大的军官汇报去了。

待了一会儿，镶金牙的军官又找到队长，说首长希望社员同志们能帮助回收一下飞机的残骸。队长爽快地答应了。

几十个男人由队长带领着，把分散在麦田里的、冰河里的飞机残骸捡回来，噼哩咔啦地扔到卡车上。那根插进河堤里的飞艇翅子费了好大的劲才拔出来，又费了好大的劲抬到卡车上。

据说飞艇上共有三个人，但我们从飞艇残骸里只找到一个肥大的人屁股。这个屁股烧得黑乎乎的，散发着一股扑鼻的焦香。

军官跟队长商量了一下，决定由队长派八个精壮男人，绑扎一副担架，把那块烧焦的人屁股抬到机场去。队长又爽快地答应了。

方家七爷参加过淮海大战的担架队，很知道担架是怎么个绑法。

两辆大卡车缓慢地开走了，担架也绑好了。男人们小心翼翼地把那块屁股抬到担架上，担架上又蒙上了一条被单子。

担架队跟着车辙印走去。镶金牙的军官跟在担架后边。

我们一群小叫花子恋恋不舍地跟着担架走，好像一群眷恋烤人肉味道的饿狼崽子。

临近墨水河石桥时，队长把我们统统轰了回来。

我们站在墨水河堤上，一直目送着汽车和担架走成野兔般的影点子。汽车和担架走在我们去南山讨饭的土路上。

送屁股的人傍晚才回来，一个个满脸喜洋洋，打着连串的饱嗝，肚子吃得像蜘蛛一样，走路都有些艰难了。我们酸溜溜地听他们说如何吃掉一笸箩白面馒头，如何吃掉一盆豆腐炖猪肉，恨不得把他们的肚子豁开，让那些馒头、豆腐、猪肉唏哩哗啦流出来。我从队长的饱嗝里闻到了猪肉的香味——跟那块屁股上的香味差不多。

队长说："乡亲们，机场的首长说了，凡是捡到飞艇上的东西，都给他们送去，一顿犒劳是少不了的。"

我突然想起了飞艇直扑村庄时，在打谷场上空掉下来的那个碌碡那么粗的、乌溜溜闪着蓝光的、屁股上生小翅膀的那个可爱的玩意儿。我的心激动得发抖。

我喊："队长，我看到了！"

队长说："你看到了什么？"

我说："你带我去吃馒头豆腐猪肉，我就告诉你。"

队长说："带你去，你说吧！"

我说："可不兴坑骗小孩。"

队长说："你这个孩子，被谁骗怕啦？快说吧！"

我说："有一个碌碡那么粗的蓝东西掉在打谷场上了！"

人群像潮水般往打谷场上涌去。

打谷场边上确实躺着十几个轧场用的碌碡，但并没有我说的那个蓝玩意儿。人们都怀疑地瞅着我。

我说："我亲眼看到它落下来了。"

人们继续寻找。

打谷场西边上耸着几百捆玉米秸子，人们一捆捆拉开玉米秸子，拉着拉着，那个蓝汪汪的大家伙轱辘辘滚出来。心急者刚要扑上去抢，听到方家七老爷高叫一声："趴下！别动！是颗炸弹！"

人们齐齐地卧倒，静等着炸弹爆炸。等了半天，也没个动静。刚要抬头，就听到草丛里窸窸窣窣地响，又赶紧死死地俯下头去。又是半个时辰，那草丛里还是响。有大胆的抬头一看，见一只耗子在玉米秸里爬动。

众人爬起来，纷纷往后退。

刚吃过馒头豆腐肥猪肉的一个汉子问："也许是个臭弹吧？"

方家七老爷说："不是，玉米秸子垫住了它，它才没响。"

队长说："七老爷，怎么办？"

七老爷说："你愿意怎么办就怎么办！"

队长说："咱们把它抬到机场去吧？"

七老爷说："谁愿意抬谁就抬，反正我不抬。我在淮海战役中见过这种炸弹，美国造的，一炸就是一个大湾，湾里的水瓦蓝瓦蓝的。"

队长说："咱们小心点抬。"

七老爷说："怎么个小心法？美国炸弹十颗里必有一颗是定时的，炸弹肚子里装着小钟表，一到时间就炸，防都没法防！"

一听这话，大家都感到阎王爷向自己伸出了生满绿毛的手，每个人身上的汗毛都乍煞了起来，起初大家都慢慢地后退，退到场边上，不知谁发了一声喊，便一齐跑起来，生怕被炸弹皮子追上。

这一夜全村里都响着一种类似钟表跑动的咔嚓声，大家都忐忑不安，又满怀希望地等待着一声巨响。

13

枣木凳子摩托车

父亲的枣木凳

　　农历正月十五是公认的耍日子，但十五岁的失学少年张小三，一大早就被母亲叫起来，与他的父亲一起，在院子里，用一张大锯，分解一根粗大的枣木。张小三的父亲是高密东北乡有名的细木匠，他制作的最有名的产品就是那种像元宝形状的枣木小凳子。这种小凳子不是用来坐的，而是用来枕的。在过去的许多年里，高密东北乡的人，基本上不枕枕头，只有几户从外地迁移来的人家枕那种用谷糠或是麦秆草填充的布枕头。对他们的软枕头，本乡的人从内心里瞧不起。因为从小就枕这种坚硬如铁的枣木凳子，张小三们的脑袋的后边和左右两侧都很平坦，有点像某些异想天开的日本农民试种的方型西瓜。父亲的出名，是在张小三的爷爷去世之后——张小三的爷爷也是一个出名的细木匠——而张小三爷爷的出名，是在张小三的老爷爷去世之后——张小三的老爷爷也是一个出名的细木匠——这就是说，张小三家是一个木匠世家。想当年，张小三的老爷爷跟随着他的父亲流落到高密东北乡时，这里的人们是逮着什么枕什么：有枕蒲草捆的，有枕麦草墩子的，有几户极穷的人家枕砖头。后来张小三的老爷爷发明了这种元宝型的枣木小凳子，才渐渐地结束了高密东北乡人逮着什么枕什么的混乱局面。可以这么说：张小三家从表面上看是个木匠世家，实际上是雕塑世家，高密东北乡许许多多的方型头颅就是张小三家的杰作。张小三的一个在上海教书的叔叔回来说，每年都有几个家乡的孩子考到他们学校里去，而他总是能根据他们的方头从满校园乱窜的新生群里把他们一眼认出来。那种枣木的小凳子，经过多年的头皮摩擦和头油浸润，颜色变成鸡肝色的深红，温润如玉，光可鉴人，其实就是一件宝物。枣木是一种品质优良的硬木，如果它不干裂，就永远不会坏，用头油浸润了的枣木根本就不可能干裂，所以这样的枣木小凳子，几乎没有损坏的可能。幸好这里的老人死后，生前枕过的枣木小凳子要随着下葬，这才使张小三家的产品有了源源不断的销路。改革开放以来，随着人们眼界的开阔和文化的提高，枣木小凳子的地位受到了海绵芯枕头、荞麦皮芯枕头的严重挑战，年轻人结婚，谁也不会再像过去那样买上两个枣木小凳子摆在炕头上，现在摆的都是绣花枕头，上面还蒙着丝光毛巾。而最赶时髦的青年，结婚已经不在热炕头上而是挪到了席梦思床上，席梦思床上摆上两个枣木小凳子也的确不像话。所以，张小三家的辉煌事业，到了张小三父亲这一代，从鼎盛到衰落，眼下基本上是癞蛤蟆垫桌子——硬撑。从此之后，方型西瓜一样的头颅，将在高密东北乡的土地上逐渐地减少直至灭绝。从某种意义上说这也是一种遗憾，但遗憾归遗憾，灭绝还是不可避免。张小三的父亲是一个执迷不悟的老家伙，他不但不能审时度势，及时地转产，或者干脆放弃木匠手艺，去干一些赚钱容易的事，当然，张小三也知道，这个世界上干什么都容易，就是赚钱不容易，但哪怕是走街串巷收破烂也比做小凳子赚钱容易。父亲是一个不用钉子和水胶的木匠，张小三爷爷传他手艺时，顺便也把他对于那些使用钉子和水胶的劈柴木匠的鄙视传给了他。不用水胶和钉子，那就要求你在卯榫上的功夫非同一般，那就要求你对各种木材的特性了如指掌。张小三的父亲经常跟张小三讲他的父亲教他手艺时的情景。第一课不是拉锯也不是刨板，当然更不是烘板子打眼。第一课就是认木头。你只有练到能闭着眼从一大堆杂木里把一根枣木摸出来，才具备了学徒的资格。张小三的父亲天生就是个做木匠的材料，他不但能闭着眼仅凭着手的感觉把一根枣木从一大堆杂木里挑出来，他还能闭着眼，不动手，用鼻子把一根枣木从一大堆杂木里嗅出来。当然，他凭着嗅觉，更可以把气味大的松木、柏木、槐木、榆木从一大堆杂木里挑出来。尽管张小三家有如此光荣的历史，但张小三对继承祖业丝毫不感兴趣。木匠活儿实在是太累了。尤其是专做小枕凳的张小三家，基本上都是跟坚硬如铁的枣木打交道，那更是苦上加苦。张小三的父亲是一个保守的人，对这些年层出不穷的电动木工机械坚决抵制，坚持着彻底的手工操作，当村子里的新派木匠叼着烟卷，优哉悠哉地在电锯上、电刨床上干活时，张小三的父亲还是挥汗如雨地使用着他的锛、凿、斧、锯与枣木搏斗。当大多数木匠都仿照着外国家具的样子制造时髦木货时，张小三的父亲还是一丝不苟地制作着枣木小凳子。不久前的一天，连向来把父亲的话当成圣旨的母亲，也趁着父亲心情好的时候，委婉地劝他去置几件木工机械。父亲一听这话，恼怒的脸色，就像厚重的门帘一样，"呱嗒"一声放了下来。

"呸！"父亲几乎把唾沫啐到了母亲脸上，然后愤愤地说："你想让我当劈柴木匠？木匠是什么？木匠就是卯榫！那些小杂种，别说让他们分清红松和白松，他们连柳木和榆木都分不清，竟然也敢当木匠！他们连凿子都不会握，竟然也敢当木匠！他们只会用那些狗娘养的三合板子五合板子钉那些洋鬼匣子，也能算做木匠？！"

母亲望望墙角里堆着的和房梁上挂着的那几百个小凳子，大着胆子嘟哝着："你骂人家做得不好，可人家能卖出好价钱；你做得再好，卖不出去才真是一堆劈柴……"

父亲更加愤怒地骂："这些杂种，这些杂种，生生地把这个行当给糟蹋了……"

母亲道——张小三感到母亲也是一不做二不休了——"那些家什，不置也罢，要置也得去借钱——但咱能不能不做小凳子？我连着赶了五个集，连一条也没卖出去。别说没有买的，连个问价的都没有。现如今不是以前了，现如今的年轻人，谁还会枕着一个硬板凳睡觉？再这样下去，别说翻盖房子，"母亲仰脸望望破旧的房顶，绝望地说，"只怕连锅都要揭不开了！"

母亲的眼圈红了，然后就用破烂的衣袖去沾脸上的泪。

"我还没死呢，你就给我哭起丧来了！"父亲恼怒地说。他的口气尽管还是很硬，但脸上的肌肉已经松弛了，喷吐着火焰的眼睛也黯淡了，悲哀的表情从他的脸上浮现出来。他从墙上撕了一块破报纸卷了一支叶子烟，用一个绿色的一次性气体打火机点燃，然后白色的烟雾就笼罩了他的脸。

母亲那天真好像吃了豹子胆了，竟然指着那个打火机说："按说这个玩意儿你也不能用，你应该用火镰火石打火点烟！"

张小三坚决地站在母亲一边，他壮起胆子，运用小学里学到的科学知识，对父亲发起了攻击："爹，你连火镰火石都不能用，你应该钻木取火！"

"杂种，"父亲望着挂在墙上的木钻，说，"知道钻木取火，还不枉为了木匠的儿子。看在这个份上，今天就不揍你了。"父亲抚摸着炕头上那个枕了五十多年的油光闪闪的紫红色枣木凳子，感慨万端地说，"多么好的东西，多么好的东西啊，怎么说没人枕就没人枕了呢？"

"枕这破玩意，把圆头都枕成了方头！"张小三摸着自己的脑袋，愤然地说。

父亲瞪圆眼睛，冷冷地说："方头有什么不好？你看看那些大人物，哪个不是方头？"

父亲是一家之长，他顽固不化，张小三和母亲毫无办法。母亲偶尔还敢嘟哝几句，张小三连嘟哝都不敢了。父亲是体面人，不愿背上打老婆的恶名。但父亲打儿子，却是天经地义的事。再者，张小三已经打定了主意学两个哥哥的样子，瞅个空子，跑到县城，爬上火车，往东北流窜。张小三的两个哥哥就是在他们十四岁的时候，为了逃避跟着父亲学木匠的苦难，跑到东北当了盲流。听说他们两个在东北都混得很好，大哥在煤矿里挖煤，二哥在金矿里淘金，张小三去投奔他们，肯定可以过上幸福的生活。因为有了主意，张小三最近一个时期一直伪装积极，干活很卖力，而且还装出对做枣木凳子很感兴趣的样子，故意地向父亲讨教。张小三还煞费苦心地制造了一个谣言，对父亲说："爹，我听学校里王老师说，报纸上登了我们这里不枕枕头枕枣木凳子的消息，说这个习惯很有科学道理。报纸上说许多大科学家和大政治家就是枕着木头长大的。王老师说，用不了多久，就会有联合国的人到咱们这里来研究这个问题，一旦研究出结果，就会向全世界推广，到了那时候，咱们家就该发大财了……"

父亲听了张小三的连篇鬼话，停下手里的活儿，眼睛里放着光彩，问道："真的？王老师真这样说了？"

张小三想反正过了正月十五就要逃跑，而他还知道，学校的王老师已经调到县里去了，等到父亲戳穿了谎言，自己已经跟着大哥或是二哥，当上了煤矿工人或是金矿工人了。所以张小三就用斩钉截铁的口吻说："我怎么敢骗您？不信的话您这就去问王老师，如果我说了假话，您就把我的嘴巴搧肿！"

"我会去问的，"父亲说，"如果你说了谎，我不但要把你的嘴巴搧肿，我还要把你的舌头割掉！"虽然从表面上看父亲杀气腾腾，但张小三知道他心中十分高兴。张小三的谣言，简直就像给犯了烟瘾的大烟鬼点了一个大烟泡。接下来父亲继续干活，从他的嘴里，竟然哼出了一支抒情小调：十八岁的大姐要把兵当，当兵实在强，去了就吃粮，喧腾腾的大馒头外带着白菜汤……

张小三心中暗想：爹，您就喝您的白菜汤吧，您的儿子俺就要远走高飞了！

但张小三的谣言也带来了一个很坏的结果，那就是，父亲不顾母亲的强烈反对，把圈里那两头大肥猪卖掉一头，将老聂家那根在院子里放了五年的大枣木买了回来。

正月十四日，父亲亲手把枣木的皮剥干净，然后，手里拿着绷线用的牛角墨斗子，耳朵上夹着铅笔，在张小三的帮助下，往枣木上绷墨线。这根大枣木有两米多长，水桶般粗，父亲当然想把它解成做小凳子的板料。张小三手里扯着墨线，心中暗暗叫苦：老天，这个正月里就要被拴在这根枣木上了！这根王八蛋的枣木不知道是怎么长的，大疤连着小疤，——打井怕沙，割锯怕疤——而且这是它姥姥的杏树疤！杏树疤不是钢铁跟钢铁也差不了多少，无论多么锋利的锯条，碰到了枣木疤，也得火星子乱窜。想到此张小三就胳膊发酸头皮发麻，但父亲却喜气洋洋，嘴里小曲不断。他当然高兴，枣木的疤越多，做出的小凳子越好看，尤其是枕过多年的有疤的枣木凳子，更是美丽如画，光滑似蜡。

父亲昨天夜里没怎么睡觉，张小三在痛苦的梦里，还听到他用铁锉磨锯条时发出的那种刺耳的怪声。

现在，那根绷好了墨线的大枣木，已经被绑在圆木支架上，仿佛一门准备发射的大炮。张小三和父亲已经各就各位：父亲割上锯，居高临下地站在一条长凳上；张小三割下锯，垂头丧气地坐在一条短凳上。父亲用拇指甲比着锯条轻轻地起了锯，然后，爷儿两个，一上一下，一来一往地割起来了。

哧——嗤——哧——嗤——

哧——嗤——哧——嗤——

舅舅的摩托车

邻居家的大嫂把她的胖头大脸探过张小三家的土墙，大声地说："哎呀大叔，大正月十五的，还干？"

父亲连眼角都没斜一下，只是从鼻子里发出一声嗤哼，算是回答。

大嫂对着正在搅拌猪食的母亲说："大婶子，没去赶集？"

母亲不冷不热地说："没有什么好买的……"

"去看热闹啊，今天可是十五大集，人多得挤不动。"大嫂说，"吕家庄上舅舅也在集上……"大嫂鬼鬼祟祟地扫了母亲一眼，然后就兴高采烈地说，"吕大舅骑着一辆新摩托，锃明瓦亮，听说是新买的，嘉陵牌的，值好几千呢！人们围着他，就像看马戏似的，我费了吃奶的劲才挤进去。大舅满头汗水，在那里拉着胡琴给人唱他的摩托呢！大舅唱道，'俺的摩托实在是好，不喝水不吃草，驮着老吕满街跑'，西村小曹夸他：'老吕，你真是好样的，泰山压顶不弯腰，死了儿子不流泪！'大舅一拍摩托车，说什么：'人固有一死，谁能不死？连毛主席都要死，我的儿子死了算什么？'然后又拉着胡琴唱起来，'人活百岁也得死，不如早死早脱生……'大家一齐给大舅鼓掌，夸他拉得好唱得也好……"

张小三盯着大嫂唾沫横飞的嘴巴，眼前出现了大舅那副红彤彤的、像灯笼一样的面孔，耳边回响起大舅那副底气十足、仿佛电喇叭一样的嗓门。张小三把手中的锯子忘记了，直到父亲的怒吼把他惊醒："心到哪里去啦？"

大嫂对着张小三吐了一下红舌头，然后她故意地压低了嗓门，仿佛是单说给母亲一个人听似的："听说大舅的摩托车是用他儿子的抚恤金买的……"

大嫂招人厌烦的脑袋从土墙后隐退了。母亲长叹了一声。父亲恼恨地哼了一声。院子里恢复了方才的宁静，只剩下张小三与父亲割枣木的声音：咻——嚓——咻——嚓——

张小三多么希望父亲能放自己一马，到大集上去，看看舅舅的摩托车。但张小三知道这样的要求提出来，等待着自己的只会是一顿臭骂。张小三只能机械地拉着锯子，想一些与舅舅有关的事情。舅舅是母亲唯一的弟弟，大概也五十多岁了吧？他的头秃得几乎没有一根毛了，头皮的颜色与他的脸色一样红，所以他的头在张小三的心目中就像一个纸糊的、上了明油的红灯笼。舅舅原本有四个儿子，依次叫做吕忠、吕孝、吕仁、吕义。他家每生一个儿子，张小三家就送去一个小板凳，因此他家的四个儿子都被塑成了特别端庄的方头。张小三很小的时候，舅舅的大儿子吕忠就被生产队的马给踢死了。母亲背着张小三前去探望。母亲与舅母抱头痛哭，舅舅不耐烦地说："哭什么？死了一个，还有三个！"然后他就从墙上摘下一把胡琴，吱吱呀呀地拉起来，拉着拉着就唱了起来。舅舅有副好嗓子，铜声铜气。他边拉边唱，得意洋洋，满面红光，像个灯笼。舅舅这样高兴，母亲和舅母也就哭不上劲儿了。母亲在背着张小三回家的路上对张小三说："嗨，你舅舅这人，心真是大！活蹦乱跳的一个儿子死了，亏他还唱得出来。"前年，舅舅家要盖新房，两个儿子，吕孝、吕仁，开着拖拉机去拉砖，过桥时，拖拉机一头栽到河里，翻了个四轮朝天。吕孝当场不喘气了。吕仁还会喘气，送到医院抢救了半天，到底也不喘气了。舅母当时就昏了。在邻居们用筷子撬开舅母的牙关往她的嘴里灌热水时，舅舅从墙上摘下了那把胡琴，吱吱呀呀地拉了起来，他还是一边拉一边唱，嗓子洪亮，满面红光，仿佛一个灯笼。张小三牵着母亲的手回家的路上，母亲一边走，一边哭，一边唠叨："你舅舅这人……他怎么还能唱得出来……两个儿子，两个虎头虎脑的好孩子啊……你舅母这一下子够了戗了……"一个月后，舅母死了。舅母死了，直挺挺地躺在炕上，好像一根枣木。村子里的老娘们在舅舅家的院子里哭成一团，舅舅愤怒地说："要哭滚回你们自己家里哭去，在这里哭什么？！真是丧气！"张小三扶着母亲回家的路上，母亲喘息着问："小三，你舅舅还是个人吗？……"这年的正月里，舅舅村子里的野戏班子到张小三家村子里演出，舅舅是他们的琴师。舅舅唯一没死的儿子吕义跟着混饭吃。舅舅在土台子上摇头晃脑地拉琴，一边拉琴，嘴巴一边开合，红光满面，像个灯笼。吕义站在舅舅的身后，手里提着一面小锣，时不时地敲一下：镗——！张小三在台下看戏，听到看戏的人在议论舅舅，有人夸奖他是钢铁汉子，有人骂他是狼心狗肺。尽管有人骂，张小三的心里还是充满了对舅舅的敬佩，张小三感到舅舅是个非同一般的人物。吕义比张小三大四岁，方头，浓眉，大眼，四肢修长，两只大手，就像小蒲扇一样。母亲对她这个仅存的内侄宠爱有加，不顾父亲的冷眼，将家里最好的东西拿给他吃。他却懂事地把美好的食物放到父亲面前，自己抢着吃粗劣的食物。这是他最后一次到张小三家来做客的情景。从张小三家离开后，他就参军当武警去了。母亲抱怨舅舅，说不该让吕义去当武警。舅舅说："姐姐，我明白您的意思，人哪，该死怎么着也得死，不该死枪子儿碰上都会绕弯！"看来吕义是该死，当了武警不到一年，在一次巡逻时，经过一座桥，那桥竟然塌了。桥塌了，吕义死了。这次母亲没去探望舅舅；张小三想去，父亲不让。几天后有人传过话来，说舅舅接到了吕义的骨灰和遗物的当天晚上，就跑到镇上去看了一场吕剧，看戏又不好好看，愣窜到台上去，批评人家琴师拉得不对，要砸人家的琴，幸亏有认识他的人，好说歹说把他劝下来，要不非吃个大亏不可。舅舅是民间艺术家，能拉会唱，如果他年轻时能得到名师指点，肯定会在音乐戏曲方面大有作为。嗨，贫穷落后的农村，耽搁埋没了多少可塑之材啊……

　　张小三正想着舅舅的事儿，就听到胡同里一阵摩托声响。张小三大喊一声："舅舅来了！"扔了锯，跳起来，不顾后果，往外跑去。恍惚听到父亲在身后吼叫，但张小三已经站在胡同里。果然是舅舅来了。舅舅骑着一辆红色的摩托车来了。摩托车屁股后喷着青烟，沿着狭窄的胡同，箭一般地冲了过来。张小三大喊一声："舅舅！"鼻子竟然一阵发酸，眼泪啪嗒啪嗒地落了下来。舅舅在张小三的面前，也就是在张小三家门前停了车，摩托还没熄火，从那根银灰色的排气管里，喷出"啵啵"的响声和一股汽油味儿。舅舅穿着一套不合身的武警制服，腰里扎着一根红色的皮带，身后斜背着一把胡琴。舅舅没戴帽子，秃头上冒着热气，像个蒸笼；舅舅满面红光，像个灯笼。舅舅伸出大手，摸摸张小三的头，说："你哭什么？大老爷们，动不动就流淘菜水，没出息！"

父亲已经站在门口，准确地说父亲是堵住了门口。舅舅亲热地问："姐夫，没去上集？"

父亲哼了一声，道："我以为是哪里来了个大干部呢！"

舅舅搔搔秃头，说："姐夫，穷亲戚来了，也不能堵着门口不让进啊！"

父亲冷冷地说："骑着这样的大摩托，怎么敢说穷？！"

这时，母亲浑身打着颤，急忙忙地走过来。她的腰弯着，宛如一个黑色的秤钩。

"姐姐……"舅舅低声说。

母亲瞟了一眼那辆崭新的摩托车，就把目光移到舅舅的脸上，定定地看着。

舅舅在母亲的注视下，慢慢地垂下头。

张小三怯生生地伸出手，抚摸着舅舅的摩托车。

舅舅脸上的悲伤顿时一扫而光，他拍着摩托车的皮革座子，喜气洋洋地说："姐姐，我置了一个小马驹！好东西，真是好东西！让它怎么着它就怎么着，灵性得很，简直是一把小胡琴！"

"他舅啊……"母亲悲哀地说："让我说你什么好呢？"

舅舅望望张小三家门前宽广平坦的打谷场，说："小三，上来，舅舅带着你兜两圈！"

"小三！"父亲喊。

"小三！"母亲喊。

"放心吧你们就！"舅舅把张小三拖到摩托车上，对着父亲和母亲说，"碰掉他一块皮，我割下一块肉给他贴上！"

舅舅骑上摩托车，将胡琴摘下来，探身放在墙角，说："小三，搂住我的腰！"

舅舅载着张小三在打谷场上转了一圈又一圈。张小三感到不是摩托车围着打谷场转，而是打谷场边上的树木和土墙围着摩托车转。

舅舅说："搂紧，我要加速了！"

摩托车轰鸣着，父亲的脸和母亲的脸还有许多的赶来看热闹的人的脸在张小三的面前一闪而过，紧接着又是一闪而过……

张小三听到有人在场边大声喊："老吕，听说你也要去飞越黄河？"

舅舅大声说："飞越黄河算什么本事，老子要飞越长江！"

"老吕，给我们表演一个特技！"

"表演一个！"

……

舅舅将车停在张小三家门口，一条腿着地，一条腿还在车上。他侧过身，把张小三抱下来，说："姐夫，姐姐，验收一下！"

舅舅扶正摩托，往前飞驰。他在车上说："今天，让你们开开眼！"

舅舅的一只手离开了车把，摩托速度不减，往前飞蹿。

舅舅的两只手都离开了车把，摩托速度不减，往前飞蹿！

人群中爆发了一阵欢呼。

母亲大喊："他舅舅，我求你了，别作死了……"

"放心吧，姐姐！"舅舅喊。

舅舅在飞驰的摩托上，开始脱他的武警制服。制服脱下来了，随手往空中一抛。人群中一片喝彩。

舅舅继续脱，脱下了那件墨绿色的满头套的绒衣抛到空中。众人几乎是齐声喊：

"老吕，好样的！"

"老吕，再露一手绝的！"

舅舅高举双臂，好像迎风展翅的鸟，潇洒地转了一圈，然后一个急刹车，停在了刚才让张小三上车的地方。张小三看到舅舅满面红光，像个灯笼。舅舅对着张小三微微一笑，探身就把放在墙角那把胡琴提了起来。

母亲说："真是个不知死的鬼！"

父亲冷笑着说："这就是你娘家出的英雄好汉！"

张小三激动万分地看到，舅舅端坐在飞驰的摩托车上，拉起了胡琴。拉了一个小过门，舅舅放开喉咙唱道：

"六月里三伏好热的天，二姑娘骑驴奔阳关——"

在众人的喝彩声里，舅舅的摩托车像头瞎了眼的毛驴，一头撞在了土墙上。张小三看到舅舅的身体从摩托上飞起来，然后落在了地上。张小三看到母亲缓缓地坐在了地上。张小三看到父亲大声咳嗽着，转身往院子里走去。张小三看到众人愣了一会，然后便一窝蜂般地朝着舅舅和他的摩托车跑过去。张小三也跟着人们跑过去。

舅舅双手按着地，艰难地爬起来，一瘸一拐地向摩托车走去。舅舅上身只余一件背心，背心上印着'武警'两个红色的楷体大字。没了宽大外衣的遮掩，舅舅的驼背和两块高耸的肩胛骨全都显了出来。张小三看到那辆适才还神气得像个年轻乡长的摩托车，转眼间就成了一个大残废。银光闪闪的车灯破了。耀眼明亮的车把弯了。滴溜溜儿圆的前轮龙了……舅舅站在摩托车前，身体前仰后合，好像一根随时都会倒下去的枣木。舅舅的嘴唇打着哆嗦，眼睛直直的，像个痴巴似的。两股眼泪从舅舅的眼睛里突然地奔涌而出。舅舅一屁股墩在地上，干嚎了一声："我的摩托啊……"然后就张开大嘴，哇哇地哭起来。众人仿佛吃了一惊，相互打量着，愣了片刻，然后一起围上去，七口八舌地劝解：

"老吕，别哭了，想开点嘛！"

"老吕，您这是小灾大福，摩托毁了，人是好的嘛！"

……

舅舅不听众人劝，大哭不止。他的脸上沾满了汗水泪水和污泥，好像一个掉在雨水中又被人踢了一脚的破灯笼。

14　三匹马

　　小镇新近开拓加宽还没来得及铺敷沥青的大街上空空阔阔，没有一个活物在行走。六月的毒日头火辣辣地烘烤着大地，黄土路面在阳光下反射着刺目的褐色光芒。空气又粘又烫，到处都炫目，到处都憋闷。小镇被酷暑折磨得灰溜溜的，没有了往常那股子人欢牛叫的生气。十几个汉子穿着裤衩子，趿着拖鞋，半躺在新近从城里兴过来的尼龙布躺椅上，在镇西头树荫里闲聊。一个挺俊俏的小媳妇儿在当街的一个小院里的一棵马缨树下愁眉苦脸地坐着。树下草席上睡着一个女孩。几只老母鸡趴在墙根下的脏土里，耷着翅膀喘气。镇东几里远的一条小河，河水又浑又热，十几个鼻涕英雄在洗澡掏螃蟹。他们剃着清一色的光葫芦头，身上糊满了黄泥巴。大街笔直地从镇上钻出来，就变成大路，延伸到辽阔的原野里。大路两旁是绿油油的玉米，玉米长得像树林一样密不透风。在小镇与田野的边缘，有几十间蓝瓦青砖平房，一个绿漆脱落、锈迹斑斑的大铁门，大门口直挺挺地立着一个全副武装的士兵，隔老远就能看到他那满脸汗珠儿。哨兵站的位置极好，向东一望，他看到海洋一样的青纱帐和土黄色的大路；向南一望，他看到远处黛青色的山峦；向西一望，就是这条凹凸不平但很是宽阔的大街。

就在镇子西头躺在老柳树下躺椅上的十几个男人热得心烦意乱、闲得百无聊赖、不知如何度过这漫长的晌午头的时候，一辆杏黄色的胶皮轱辘大车，由三匹毛色新鲜、浑身蜡光的高头大马拉着"轰轰隆隆"地进了小镇。赶车的是个三十七八岁的车轴汉子，他满腮黑胡茬子，头上斜扣着一顶破草帽，帽沿儿软不拉塌地耷拉着，遮住了他半边脸，桀骜不驯的乱发从破草帽顶上钻出来。他走起路稍稍有点罗圈，但步伐干净利落，脚像铁抓钩似的抓着地面。他骨节粗大的手里捏着一杆扎着红缨的竹节大挑鞭，鞭梢是用小牛皮割成的，又细又柔韧。这样的鞭梢像刀子一样锋利，可以齐齐地斩断一棵直挺挺地立着的玉米呢。这个人迈着罗圈腿快步疾行在车左侧，大挑鞭在空中抡个半圆，挫出一个很脆的响，鞭声一波催一波在小镇上荡漾开去。十二只挂着铁钉的马蹄刨着路面，腾起一团团灰尘。满载着日用百货的马车引人注目地冲进小镇，使树荫下的男人一下来了精神。

"刘起，原来是你小子！火爆爆的大晌午头儿，干啥去了？"一个中年汉子从躺椅上欠起身来，大声招呼着赶车的汉子。

　　"黄四哥，好长时间没瞅着你，自在起来了，躺在这儿晾翅呐。"刘起喝住牲口，回答着发问的中年人。

　　"大热天的，过来吃袋烟，喘口气，凉快凉快再走。"

　　"可我的马呢？这新买的三匹马……"

　　"这是新买的马？三匹大马，还有这挂车？咦，小子，神气起来喽。"黄四惊诧地站起来说，"快把车赶过来，让你的马歇歇，咱也见识见识这三匹龙驹。"

　　刘起拖着悠长宏亮的嗓门轰着马，把车弯到树荫下。他支起车架，减轻了辕马的重负，又撑起草料笸箩倒上草料，再到压水井边压上桶凉水，自己先"咕咚咕咚"灌了一阵，然后，"哗"倒进笸箩，拌匀了草料，便走进人堆里，从破破烂烂的褂子里抠索出一包带锡纸的烟来，慷慨大方地散了一圈。几个男人站起来，围到马车前，转着圈儿端详那三匹马。

　　"好马！"

　　"真是好马！"

　　刘起眯缝着一只眼睛，另一只眼睛圆睁着，左手两个指头夹着烟卷儿，右手抓着破草帽向胸膛里扇着风，满脸洋洋之气。他瞅着自己的三匹马，眼睛一会儿变大一会儿变小，目光迷离恍惚又温柔。好马！那还用你们说，要不我这二十年车算白赶了，他想。我刘起十五岁上就挑着杆儿赶车，那时我还没有鞭杆高。几十年来，尽使唤了些瘸腿骡子瞎眼马，想都没敢想能拴上这样一挂体面车，车上套着这样漂亮健壮、看着就让人长精神头儿的马。您看看那匹在里手拉着梢儿的栗色小儿马蛋子，浑身没一根杂毛，颜色像煮熟了的老栗子壳，紫勾勾的亮。那两只耳朵，利刀削断的竹节儿似的。那透着英灵气的大眼，像两盏电灯泡儿。还有秤钩般的腿儿，酒盅般的蹄儿，天生一副龙驹相。这马才"没牙"，十七八岁的毛头小伙子，个儿还没长够哩。外手那匹拉梢的枣红小骒马，油光水滑的膘儿，姑娘似的眉眼儿，连嘴唇都像五月的樱桃一样汪汪的鲜红。黑猿马还能给我挑出一根刺儿？不是日本马和伊犁马的杂种，也是蒙古马和河南马的后代，山大柴广的个头儿，黑森森的像棵松。也说是我刘起的运气，做梦也不敢想能在集市上买上这样三匹马。老天爷成全咱，这三匹宝贝与咱有缘分。三匹马，一挂车，花了老子八千块。为了攒钱买这马，我把老婆都气跑了。我刘起已经光棍了一年多，衣服破了没人补，饭凉了没人热，我图的什么？图的就是这个气派。天底下的职业，没有比咱车把势更气派的了。车轴般的汉子，黑乎乎的像半截黑铁塔，腰里扎根蓝包袱皮，敞着半个怀，露出当胸两块疙瘩肉，响鞭儿一摇，小曲儿一哼，车辕杆上一坐，马儿跑得"嗒嗒"的，车轮拖着一溜烟，要多潇洒有多潇洒，要多麻溜有多麻溜……娘儿们呐，毛长见识短，就为着这么点事你就拍拍腚尖抱着女儿牵着儿子跑回娘家，一走就是一年，什么玩艺儿！今儿个老子把车赶回来了，就停在你娘家大门口向西一拐弯儿，不信你不回心转意，找着我也算你的福气。

"行喽！刘起，这几年政策好了，你马是龙马，车是宝车，你这会儿算是可了心喽。"

"有什么可心的？"刘起悲凉地长叹一声说，"我老婆不懂我的心，三天两头跟我闹饥荒，我揍了她一顿，她寻死觅活地要跟我离婚，我不答应，她拾掇拾掇，一颠腔跑回娘家，不回来了。自古以来的老规矩，'老婆是汉子的马，愿意骑就骑，愿意打就打'，他妈的她骑也不让骑，打也不让打。"

"刘起，你那规矩早过时了，现如今反过来了，她要骑你呐。"黄四逗笑地说。

"刘起哥，你也真是，那么嫩的娘们怎么舍得打？大嫂子那天在屋里擦背，我趴着后窗一浏，吸得我眼珠儿都不会转了。天爷，白生生的，粉团一样……要是我，天天跪着给她啃脚后跟也行。"镇里有名的闲汉金哥挤眉弄眼地说着。

刘起眼里像要沁出血来。他一步蹿到金哥面前，铁钳一般的手指卡住他细细的后脖颈，老鹰抓小鸡般地提拎起来，一下子摔出几步远。金哥打了一个滚爬起来，揉着脖颈骂："刘起，你姥姥的，吃柿子专拣软的捏。你老婆在娘家偷汉子哩，青天大白日和镇东头当兵的钻玉米地……你当了乌龟王八绿帽子，还在这儿充好汉。"

刘起抄起大鞭子冲上前去，金哥像兔子一样拐弯抹角地跑了。

看看刘起不真追，他又停住脚，龇着牙说："刘起大哥，兄弟不骗你，自打嫂子跑回娘家，兄弟就瞅着她哩，你要离婚就快点，别占着茅坑不屙屎。告你说吧，结过婚的娘们，就跟闹栏的马，一拍屁股就翘尾巴。"

"金哥！"一个花白胡子老头喝斥着，"你也扔了三十数四十啦，嘴巴子脏得像个马圈，快回家去洗洗那张臭嘴，别在这儿给你爹丢人。"

花白胡子老头骂退金哥，走到刘起面前，拍拍他的肩膀，劝道："年小的，去给你媳妇认个错，领回家好好过日子吧，马再灵性也是马哟。"

"刘起，弟妹来镇上也快一年了，一开春你老丈母娘和小姨子就到黑龙江看闺女去了，听说老太太在那儿病了，回不来了，两个人的地扔给弟妹种着，一个女人家，带着俩孩子，天天闲言碎语的，顶着屎盆子过日子，要真是寡妇也罢了，可你们……林子大了，什么鸟也有啊，兄弟！"黄四同情地说。

刘起像霜打了的瓜秧，无精打采地垂下头，嘴里唠叨着："这个臭婆娘，还是欠揍，我一顿鞭子抽得你满地摸草，抽得你跪着叫爹，你才知道我刘起是老虎下山不吃素的。"

"行了，后生，别在这儿嘴硬了。汉子给老婆下跪，现如今不算丑事，大时兴咧。我那儿子天天给他媳妇梳头扎辫子哩。"

众人一齐大笑起来。黄四说："车马放在这儿，我替你照应着，你媳妇兴许早就听到你这破锣嗓子了，这会儿没准正把着门缝望你哩。"黄四对着镇子中央临街小院努了努嘴。

刘起抓挠了几下脖子，干笑了几声，脸上一道白一道红的，蹑蹑蹭蹭地往老丈人家挪步。

他轻轻地敲那两扇紧闭着的小门。小院里鸦雀无声。他又敲门，屏息细听，院里传来女孩的咿呀声。"柱子他娘，开门。"他拿捏着半条嗓子叫了一声，声音沉闷得像老牛在吼。院里没人理他。他把油汗泥污的脸贴在门缝上往里瞅，看见自己的女人正坐在马缨树下，背对着他，给孩子喂奶，孩子的两条小腿乱蹬乱挠。"你开门不开？不开我跳墙了！"他怒吼起来。他真的把着墙头，耸身一跳，蹿进小院里，墙上的泥土簌簌地落下来。

女人"哇"一声哭了，骂："你这个野狗，你还没折磨够我是不？你看着俺娘们活着心里就不舒坦是不？你打上门来了，你……"怀里的女孩感到奶头里流出来的奶汤变少了，变味了，怒冲冲地哭起来。

刘起手足无措，遍体汗水淋漓，木头桩子似的戳在女人面前，腮上的肌肉一阵阵抽搐。

"孩子他娘……"他说，他看着女人耸动着的肩头，白里透黄的憔悴的面容，那两弯蹙到一块颤抖着的柳叶般的眉，和袒露着的被孩子吮着抓挠着的雪白丰满的乳房，嗫嗫巴巴地说，"你去看看咱的马，三匹好马……"

"……你滚，你滚，你别站在这儿碍应我。你要还是个人，还有点人性气，就痛痛快快跟我离了……"

"你去看看那三匹马，一匹栗色小儿马，一匹枣红色小骒马，一匹黑骟马，"说到了马，他灰黯的脸霎时变得生气勃勃，雾蒙蒙的眼睛熠熠发光，"这真是三匹好马！口嫩，膘肥，头脑端正，蹄腿结实苗条，走起路来像猫儿上树，叫起来'咴咴'地吼，底气儿足着哩。柱他娘，你去看看咱的马，你就不会骂我了，你就会兴冲冲地跟我回家过日子。"

"回去跟你那些马爹、马娘、马老祖过去吧，那些死马、烂马、遭瘟马！"

"你、你他妈的，你敢骂我的马！你还不如一匹马！"刘起胸中火苗子升腾，他眼珠子充血，对着女人向前跨了一步，吼了一声，"你说，是回去还是不回去？"

"只要我活着，就不回你那个臭马圈！"

"我打死你这个……"

"你打吧，刘起，你不是打我一回了，今儿个让你打个够。你打死我吧，不打不是你爹娘养的，是马日的，驴下的……"女人骂着，呜呜地哭起来。

刘起看着女人那满脸泪水，手软了，心颤了，举起的拳头软不拉塌地耷拉下来。他摸摸索索地从破裤子里掏出烟盒，烟盒空了，被他的大手攥成一团，愤愤地扔在地上。他沮丧地蹲在地上，两只大手抱住脑袋。你这个鬼婆娘！他想，你怎么就理解不了男人的心呢？我不偷不赌不遛老婆门子，是咬得动铁、嚼得动钢的男子汉，我爱马想马买马，是一个正儿八经的庄稼人本分。不是你太嘎古，戗上我的火，我也不会揍你。揍你的时候，我打的是你屁股上的喧肉，疼是疼点，可伤不了筋，动不了骨，落不了残，破不了相，你他妈的还不知足。今天我低三下四来求你，刘起什么时候装过这种熊相？你也不去访一访。这些该死的知了，也在这儿凑热闹，"吱吱啦啦"地叫，嫌我心里还不腻味是怎么着？他仰起脸，仇视地盯着马缨树上那些噪叫的知了，知了轻轻地翘起尖屁股，淋了他一脸尿。街上传来马的嘶鸣声。是那匹栗色的小儿马在叫，他一听就听出来了。这是在盼我呢，唤我呢。人不如马！姥姥，我还在这儿扭着捏着的装灰孙子，你回就回，不回就拉倒，反正我有马。他起身想走，但脚下仿佛生了根，他好像变成了一棵树。他想来几句够味的男子汉话，煞一煞这个娘们的威风，可话到嘴边竟变了味，本想酿老酒，酿出来的却是甜醋，连他自己都感到吃惊。

"我不就是拍打了你那么几下子吗？还有什么对不住你的地方？这会儿，咱马也有了，车也有了，你凭什么不回去？"

"马，又是马！自嫁给你就跟着你遭马瘟。那一年你给马去堆坟头，树牌位，叫人赶着去游街示众，那时柱子刚生下二十天，我得了月子病，半死半活的，你不管不问，心里只想着你那死马爹。这几年，我起早摸黑，与你一起养貂，手被貂咬得鲜血直流。

我挺着大肚子下地去摘棉花，戴着星出去，顶着月回来，孩子都差点生在地里，我图的是什么？这几年，谁家的媳妇不是身上鲜亮嘴上油光？人家二林的媳妇大我五岁，比我又显年轻又显水灵。你不管家里破橱烂柜，不管老婆孩子破衣烂衫，把一个个小钱串到肋巴骨上，到头来买了这么些烂马。说你不听，你还打我，打得我浑身青紫红肿……我和你夯好夫妻一场，才没到法院去告你，你还不识相，要不你早就进了班房。"

"你没看看这是三匹什么马！你去看看……"

"你这个没有良心的畜生，滚！你只要养着这些马爹马娘，我就和你离婚。"

"我知道你为什么要和我离！"刘起一脚把一个鸡食钵子踢出几丈远，阴沉沉地说，"你这个不要脸的骚货，你……真他妈的丢人！你当我稀罕你？离就离！"刘起气汹汹地摇摇晃晃地走向门口，打开门走出去，又把门摔得"哐当"一声响。

女人像被当头击了一闷棍，两眼怔怔的，嘴唇哆嗦，嘴角颤抖，牙齿碰得"的的"响。她像尊石像一样木在那儿。从大门口扑进来的热风撩拨着她靠边蓬松的乱发，热风挟带着原野上的腐草气息呛着她的肺，使她一阵阵头晕目眩。热风吹拂着院里这棵婷婷多姿的马缨树，马缨树枝叶婆娑，迎风抖动，羽状的淡绿色叶片淬缭作响，粉红色的马缨花灿若云霞，闪闪烁烁。女人听说马缨花也叫合欢花。又是马，又是该死的马。她感到心里疼痛难忍。孩子用不愉快的牙齿在她奶头上咬了一口,她没感觉到疼。合欢,合欢,有马就合不起来,合起来也欢不了。她想着,两行泪水从面颊上滚下来。

那七八个七、八、十来岁的光腚猴子在镇东河沟里打够了水仗,掏够了螃蟹窝黄鳝洞,正带着浑身泥巴,拎着一只螃蟹或是两条黄鳝,东张张,西望望,南瞅瞅,北浏浏,沿路蹲窝下着蛋往镇子里走来。

走在队伍前面的是一个大眼睛阔嘴巴蒜头鼻子的黑小子。他左手拎着一条蟹子腿——蟹子的其他部分已被生吃掉了。他说,我爹说生吃蟹子活吃虾,半生不熟吃蛤儿。蟹子腿是留给小妹妹吃的,小妹妹刚长出两个歪歪扭扭的门牙。他右手持着一根细柳条儿,沿途挥舞着,见野草抽野草,见小树抽小树。在一片黑油油的玉米田头,他举起柳条,对准一棵玉米的一侧,用力一挥,只听"唰"一声,两个肥大的玉米叶齐齐地断了。黑小子兴奋地高叫起来:"哎,看我的马鞭!"他又一挥手,又砍断了两个玉米叶。

"这谁不会呀。"一个孩子说着,跑到机井边上一棵柳树下,"噌噌"地爬上去,折了几根柳枝,用口叼着,"哧溜"一下滑下来。粗糙的树皮把他的小肚子磨得满是白道道。"嗨嗨"他拍着肚子说,"上树不愁,下树拉肉。柱子,你吹啥?看我的马刀。"他褪干净柳枝上的叶子,对着几棵玉米"噼噼啪啪"劈起来,扔在地上的几根柳条被几个孩子一抢而光,于是,几条"马鞭",几柄

"马刀"，便横劈竖砍起来。几十棵玉米倒了大霉，缺胳膊少腿，愁眉苦脸地立在地头上，成了几十根玉米光棍儿。

"别砍了，日你们的娘！这块玉米是俺姥姥家的。"黑小子举着短了半截的柳条，对着几个光屁股抽起来。

"哎哟，柱子，是你带头砍的。"

"我砍的是俺姥姥家的，你砍的是你姥姥家的吗？"柱子的柳条又在那个犟嘴的男孩屁股上狠抽了一下，男孩痛得咧嘴，哭着骂起来："柱子，你爹死了，你没有爹……"

"你说谁没有爹？"

"你没有爹！"

"我爹在刘疃。我爹像黑塔那么高，我爹的拳头像马蹄那么大。我爹是神鞭。我爹能一鞭打倒一匹马，鞭梢打进马耳朵眼里。我爹什么都跟我说了。我爹那年去县里拉油，电线上蹲着一个家雀。我爹说：'着鞭！'那家雀头像石头子儿一样掉下来，家雀身子还蹲在电线上。我爹说：'我的儿，手刀子也割不了那么整齐哩。'过两年我就找我爹去，我爹给我说了，要买三匹好马！哼，我爹才是棒爹！"

"你爹死了！你是个野种！"

"我爹活着！"柱子朝着这个比他高出一巴掌的男孩子，像匹小狼一样扑上去。两个光腚猴子搂在一起，满地上打着滚。其他的几个孩子，有拍手加油的，有呐喊助威的，有打太平拳的，有打抱不平的。最后，孩子们全滚到了一起，远远看着，像一堆肉蛋子在打滚。螃蟹扔在路旁青草上，半死不活地吐白沫。黄鳝快晒成干柴棍了。柱子那条蟹子腿正被一群大蚂蚁齐心协力拖着向巢穴前进。

"刘起，怎么样？答应跟你一块回去吧？"花白胡子关切地问。

刘起铁青着脸，"噼里咔啦"地收拾起草料笸箩，收起撑车支架。

"老弟，看样子不顺劲，下跪赔情了吧？瞧你那小脸蛋蛋，乌鸡冠子似的。"黄四调侃地揶揄着。

刘起右手抄起鞭子，左手拢着连接着梢马嚼铁的细麻绳，大吼一声，猛地掉转车，车尾巴蹭着树干，剥掉了一大块柳树皮。

"刘起大哥，嫂子没让你亲热亲热？"金哥远远地站着，报复地戏谑着。

"我日你姥姥！"刘起怒吼一声，两滴浑浊的大泪珠扑簌簌地弹出来，落在灰尘仆仆的面颊上。他的手一直拽紧着那根连着嚼铁的细绳，坚硬的嚼铁紧紧勒住栗色小儿马鲜红的舌根和细嫩的嘴角，它暴躁不安地低鸣着，头低下去，又猛地昂起来，最后前蹄凌空，身子直立起来。这威武傲岸的造型使刘起浑身热血沸腾，心尖儿大颤，他松开嚼铁绳，没来得及调正车头，车身与大街成六十度夹角斜横着。他在两匹梢马的头顶上耍了一个鞭花，只听到"叭叭"两声脆响，栗色马和枣红马脖子上各挨了尖利的一击，几乎与此同时，粗大的鞭把子也沉重地捅到黑辕马的屁股上。这些动作舒展连贯，一气呵成，人们无法看清车把势怎么弄出了这些花样，只感到那支鞭子像一个活物在眼前飞动。

三匹马各受了打击。尖利的疼痛和震耳的鞭声使栗色小儿马和枣红小骒马慌不择路地向前猛一蹿，黑辕马随着它们一使劲，大车就斜刺里向着黄土大路冲过去。适才的停车点是一块小小的空地，空地与大路的连接处是一条两米多宽的小路。刘起的马车没有直对路面，梢马与辕马的力量很大，他没有机会在马车前进中端正车身方向，一个车轮子滑下了路沟，大车倾斜着窝车了。马停住了。马车上刘疃为供销社拉的白铁皮水桶、扫帚、苇席以及一些杂七拉八的货物也歪斜起来，好像要把马车坠翻。

"刘起，你吃了枪药了？这哪里是赶车？这是玩命。"花白胡子老头说。

"老弟，卸下车上的货吧，把空车鼓捣上去，再装上。我们帮你一把手。"黄四说。

"刘起，快让嫂子去把她相好的喊来，他最愿帮人解决'困难'。"金哥说。

"滚，都他娘的滚！"刘起眼里像要蹿火苗子，对着众人吼叫，"想看爷们的玩景，耍爷们的狗熊？啊，瞎了眼！"

他把那件汗渍麻花的破褂子脱下来，随手往车上一摆，吸一口气，一收腹，把蓝包袱皮猛地杀进腰里，双手在背后绾了一个结，一挺身，腰卡卡的，膀乍乍的，古铜色的上身扇面般的奓煞开，肌肉腱子横一道竖一道，像一块刀斧不进的老榆树盘头根。他的背稍有点罗锅，脖子后头一块拳头大的肌肉隆起来，两条胳膊修长矫健，小蒲扇似的两只大手。这是标致的男子汉身板，处处透着又蛮又灵性的劲儿。好身膀骨儿！花白胡子老头心里赞叹不已。金哥忽然感到脖子酸痛得不敢转动，忙抬起一只手去揉搓。

刘起在蓝包袱皮上擦擦手上的汗，嘴里"噢噢"地怪叫着，左手抖着嚼口绳，右手摇着鞭子，双脚叉成八字步、两目虎虎有生气，直瞪着两匹梢马。那根鞭子在空中风车般旋转，只听见激起"呜呜"的风响，可并不落下来。栗色小儿马和枣红小骒马眼睁得铃铛似的，腰一塌，腿一弓，猛一展劲，车轱辘活动了一下，又退了回去。

"刘起，别逞强了，把车卸了，先把空车拖上去，我们帮你干。"花白胡子老头说。

刘起不答话，一撤身退去三步远，抡圆鞭子，"啪啪啪"，三个脆生生的响鞭打在三匹马的屁股上，马屁股上立时鼓起指头粗的鞭痕。他重新招呼起来，三匹马一齐用劲，将车轱辘拖离了沟底，困难地寸寸上挪，但还是一下子退回去，车轮陷得更深了。

"奶奶，连你们也欺负老子。"他往手心里啐了几口唾沫，一耸身跳上车辕杆，双腿分开，歪歪地站在两根车辕杆上，挥起大鞭。左右开弓，打得鞭声连串儿响，鞭梢上带着"嗖嗖"的小风，鞭梢上沾着马身上的细毛。他左手累了换右手，右手累了换左手，哪只手上的功夫也不弱。两匹梢马的屁股上血淋淋的，浑身冒汗，毛皮像缎子明晃晃地耀眼。这是两个上套不久的小牲口，那匹栗色小儿马，满身生性，它被主人蛮不讲理的鞭子打火了，先是伴着枣红色小骒马东一头西一头瞎碰瞎撞，继而鬃毛倒竖，后腿腾空，连连尥起双蹄来。枣红马也受了感染，"咴咴"地鸣叫，灵巧地飞动双蹄，左弹右打，躲避着主人无情的鞭子，反抗着主人的虐待。四只挂着铁掌的马蹄，把地上坚硬的黄土刨起来，空中像落了一阵泥巴雨。围观的人远远地躲开了。栗色儿马一个飞蹄打在黑辕马前胸上，痛得它猛地扬起头。黑辕马目光汹汹，瞅准一个空子，对着小儿马的屁股啃了一口，小儿马疯了一样四蹄乱刨，一个小石头横飞起来，打在刘起耳轮上。刘起猛一歪脖子，伸手捂住了耳朵，鲜血沾了满手。

他的脸发了黄，眼珠子发了绿，脖子上的血管子"呼呼"乱蹦。他捂着耳朵跳下车，脚尖踮地，几步蹿到梢马前边马路中央，正对着两匹马约有三五米远。他低低嘟哝了一句什么话，轻飘飘地扬起鞭来，鞭影在空中划了个圆弧，像拍巴掌似的响了两声，两匹活龙驹就瘫倒在黄土路面上了。

刘起这一手把这一帮人全给震惊了。有好几个人伸出了舌头，半天缩不回去。花白胡子老头屏住气儿，哈着腰走近刘起。双手一拱，说：“刘师傅，您今儿个算是叫小老儿开了眼了。”他俯下身去要看马耳，刘起一鞭杆子把他拨拉到一边，对着两匹马的大腿里抠了两鞭，马儿打着滚站起来。都是俯首帖耳，浑身哆嗦地打颤。

“兄弟，怪不得你这么恋马，怪不得哟！”黄四眼窝儿潮潮地说。

“刘大哥，神鞭！”金哥嚷着。

在众人的恭维声中，刘起竟是满脸凄惶，那张黑黢黢的脸上透出灰白来。他摸着马的头，自己的头低到马耳上，仿佛与马在私语。后来，他抬起头来，大步跨到车旁，鞭子虚晃一晃，高喊一声：“嘛——”三匹马就像疯了一样，马头几乎拱着地面，腰绷成一张弓，死命拽紧了套绳。六股生牛皮拧成的套绳“吱吱”响着，小土星儿在绳子上跳动，刘起一猫腰，把车辕杆用肩膀扛起来，车轮子开始转动。栗色小儿马前腿跪下来，用两个膝盖向前爬，十几个观景的汉子一拥而上，掀的掀，推的推，马车“呼隆”一声上了大道。

刘起再也没有回头，花白胡子老头喊他重新捆扎一下车上晃晃悠悠的货物，他也仿佛没有听到。他脚下是轻捷的小箭步，手中是飞摇的鞭子，嘴里是“嘛嘛”的连声叫。那车那马那人都像发了狂。那日头也像发了狂，喷吐着炽热的白光。车马“隆隆”向前闯。路面崎岖不平，车上的货物被颠得“叮叮当当”地响。当马车从窝车的地方冲出五百步、离镇子东头那座小小的军营还有一千步的时候，车上小山般的货物终于散了架。铁桶滚下来，席捆滑下来，杈杆扫帚扬场木锨横七竖八砸下来……席捆砸在马背上，铁桶挂在马腿上，扫帚戳到马腔上。三匹马惊恐万状，腾云驾雾般向前飞奔。此时车已轻了，此时马已惊了，此时的刘起被一捆扫帚横扫到路沟里，那支威风凛凛的大鞭死蛇般躺在泥坑里。马车如出膛的炮弹飞走了。他两眼发黑，口里发苦，心里没了主张。

柳树下的男人们发了木。

刘起身腰苗条、面容清秀的小媳妇踩翻了凳子，无力地从墙头那儿滑跌下来，双目瞅着马缨树上烂漫的花朵发呆。

起初，他远远地看到一条鞭影在马头上晃动，鞭子落下去两秒钟之后，清脆的响声才传来。后来，响声连成一片，像大年夜里放爆竹。他想，噢，窝车了。我才不管哩，谁窝了谁倒霉，甭说窝辆马车，窝了红旗牌轿车我也不管。这年头，好心不得好报，真是他妈的倒霉透了。上星期天，鲁排长——山高皇帝远，猢狲称大王，你鲁排长就是这里的皇帝爷——你不问青红皂白，训了我两小时，什么大不了的事？你咋咋呼呼，刷子眉毛仄愣着。"张邦昌！"你他妈的还是秦桧呢，我叫张拳长。纠正多少次你也不改，满口别字，照当排长不误，要是我当了连长，先送你到小学一年级去补习文化，学习汉语拼音字母，省着你给八路军丢脸。我说，我叫张拳长！你说："张邦昌，你干的好事！"我干什么啦？"你自己知道。"我知道什么？"少给我装憨！"你这不是折磨人吗？给出个时间地点，我也好回忆。"上星期天中午十二点到二点半你干什么去了？"我站岗了。"离没离过岗位？""离过。""到哪儿去了？""玉米地里。""玉米地里有什么人？""一个女人一个孩子。臭流氓！你血口喷人！""我喷不了你，剧团入伍的，唱小生的，男不男，女不女，什么玩艺儿。唱戏的男的是流氓，女的是破鞋，没个好东西。""排长，不许你侮辱人，唱戏怎么了？周总理在南开中学也唱过戏，还扮演过大姑娘哩！""好了，好了，不提这个。你擅离岗位，持枪闯入玉米林，欺侮妇女耍流氓！""我抗议你的诬蔑！我以团性、人性保证。你可以去问问那位大嫂……"

那天在哨位上，我听到玉米地里有一个孩子在哭，声音喑哑，像一个小病猫在叫。我想，难道是弃婴？难道是……我是军人，我不能见死不救。再说和平时期，青天大白日，站岗还不是聋子耳朵——摆设。我去看看就回来，救人一命，胜造七级浮屠。我大背着冲锋枪，钻进了玉米林，循着哭声向前钻。我先看到了一块塑料布，又看到了一条小被子，一个小女孩在被子上蹬着腿哭，女孩旁边放着一袋化肥、一把水壶、几件衣服。我高声喊叫，没人应声。顺着垄儿向前走，猛见地上躺着一个妇女，露着满身白肉。我犹豫了半分钟，还是走上前去，扶起她，用手指掐她的人中。她醒了，满脸羞色。我不知道这是个什么人。我要送她回家。她谢绝了。她走回孩子身边，给孩子喂奶。她说谢谢我，还说天气预报有雨，要趁雨前追上化肥。我把口袋里的人丹给她扔下，转身钻出玉米地。就这么着，热得我满身臭汗，衣服像从盐水里捞出来的。

"有群众来信揭发你！"排长说。

我一口咬破中指，鲜血滴滴下落。我说，对天发誓。排长骂我混蛋，找卫生员给我上了药。他说："这事没完，还要调查！"调查个毬。你去找到那位大嫂一问不就结了。他竟打电话报到连里，连部在六十里外，连长骑着摩托车往这赶，这老兄，驾驶技术二五眼，差点把摩托开到河里去。来到这儿穷忙了几天，还是跟我说的一个样。连长还够意思，批评我擅离岗位，表扬我对人民有感情。一分为二辩证法，我在学校里学过。

今天，哪怕你窝下火车，哪怕你玉米地里晕倒了省委书记，我也不离岗哨半步。排长这个神经病，中午哨，夜哨，还让压子弹。这熊天，热得邪乎，裤子像尿了一样粘在腿上。真不该来当这个兵，在京剧团唱小生你还不满意，还想到部队来演话剧。美得你，吃饱了撑得你，话剧没演上，日光下的哨兵先当上了。这叫扒着眼照镜子——自找难看。这帮猴崽子在糟蹋那位大嫂的玉米，喊他们几声？算了，练你们的武艺去吧。这边的车没拉上来，哈，那两匹马怎么也躺了？大概也是中暑了。我的人丹给那小媳妇吃了一包，还有一包在兜里装着。马吃人丹要多大剂量？不许胡思乱想，集中精力站岗。最好来几个特务捣乱，我活捉他们，立上个三等五等的功。狗小子们滚成一团，像他们这么大小时，我也是这样，从端午节开始光屁股，一直光到中秋节，连鞋都不穿，赤条条一丝不挂，给家里省了多少钱。那时也没中过暑，那时也没感过冒。好了，不必替别人发愁，不用愁老母鸡没有奶子。我没去，这辆车也没窝在那儿过年，瞧，已经上了大路，还放了跑车，嘿，热闹……

一只铁皮水桶不知挂在马车的哪个部位了，反正车上是"咚咚咣咣"地乱响。真正高速行驶的马车是一蹦一蹦地跳跃着前进，远远看上去，像是腾云驾雾。三匹马高扬着头，鬃毛直竖着，尾巴像扫帚多煞开，口吐着白沫，十二只铁蹄刨起烟尘，车轮子卷起烟尘，一捆挂在车尾巴上的扫帚扬起烟尘，车马后边交织成一个弥漫的灰土阵。几只鸡被惊飞起来，"咯咯"叫着飞上墙头，有一只竟晕头转向钻进车轮下，被碾成了一堆肉酱。镇子西头那几个男子汉菩萨一样呆着。刘起从那捆扫帚下边爬起来，掉了魂一样站着。刘起媳妇倚在墙上，满脸都是泪水。光腚猴子们的战斗已进入胶着状态，一个个喘着粗气流着汗，身上又是泥又是土，只剩下牙齿是白的。

站岗的大兵张奉长打了一个寒颤，热汗涔涔的身上爆起一层鸡皮疙瘩。他焦躁地在哨位上转着圈，像一只被拴住的豹子。他突然亮开京剧小生的嗓门喊着："孩子们，闪开！"孩子们不理他的茬，在路上照滚不误。这时，他看到栗色小儿马疯狂的眼睛和圆张的鼻孔。他想高叫一句什么，可嗓子眼像被堵住了，一点声音也发不出来。他把冲锋枪向背后一转，一纵身，像一只老鹰一样扑到栗色儿马头上，抱住了马脖子。惯性和栗色儿马疯狂的冲撞使他滑脱了手。他凭着本能，也许是靠着运气就地打了一个滚，车轮擦着他的身边飞过去。完了！他想。马车离孩子们还有一百米。还有九十米。八十米……

孩子们终于从酣战中醒过来，他们被汗水和泥土糊住了眼，被劳累和惊恐麻痹了神经。他们呆呆地站在路上。甚至有几分好奇地迷迷懵懵地望着飞驰而来的马车。"三匹马！是我爹的三匹马！"柱子想。他很想把这想法传达给伙伴们，可小嘴唇紧张得发抖，心里像有只小兔子在碰撞，他说不出话来。

还有七十米。我到底是离开了哨位，我又犯了纪律。我尽了良心，我没有办法了。他想，再有十秒钟，根本不用十秒钟，这车快得像一颗飞蹿的子弹。他的脑袋里忽然像亮起了一道火光，他兴奋得手哆嗦。他不知道冲锋枪是怎样从背后转到胸前的，好像枪一直就在胸前挂着。他幸亏没有忘记拉动枪机把子弹送上膛，幸亏保险机定在连发位置上，他连准都没瞄，以无师自通的抵近射击动作打了半梭子弹。他眼见着那匹栗色马一头扎倒在路上，枣红马缓慢侧歪在路上，黑辕马凌空跃起，在空中转体九十度，马车翻过来扣在地上，两个车轱辘朝了天，"吱吱嘎嘎"转着。黑辕马奇迹般地从辕杆下钻出来，一动不动地站在两匹倒地的梢马面前。灰土烟尘继续向前冲了一段距离，把那七八个男孩遮住了。

枪声震动了被溽暑折磨得混混沌沌的小镇，也惊醒了镇西头那几条汉子。他们，刘起，都跌跌撞撞地冲上前来。枪声也惊醒了驻军最高首长鲁排长和全体战士。战士们穿着大裤衩子冲出营院，鲁排长一见正往这儿汇拢着的大男小女，急忙下令统统回去穿军装，他自己也是赤膊上阵，所以一边往回跑，一边怒吼："张邦昌，你这个混蛋，你等着！"

张犟长好像没听到排长的话，端着枪走到马跟前，他感到疲倦得要命，脚下仿佛踩着白云。

栗色小儿马肚子被打开了花，半个身子浸在血泊里。它的脑袋僵硬地平伸着，灰白的眼珠子死盯着蓝得发白的天，枣红马腹部中了一弹，脖子中了一弹，正在痛苦地挣扎着，脖子拗起来，摔下去，又拗起来，又摔下去。那双碧玉般的眼睛里流着泪，哀怨地望着张犟长，黑辕马浑身血迹斑斑，像匹石马一样站在路边，垂着头，低沉地嘶鸣着。

他一阵恶心，腔子里涌上一股血腥味，他想起适才拦车时胸口被儿马猛撞了一下子。他看到排长已经跑过来。他看到一大群老乡正蜂拥过来。他再次端起枪，背过脸，枪口对准枣红马的脑袋，咬着牙扣动了板机，随着几声震耳欲聋的枪响，随着枪口袅袅飘散的淡蓝色硝烟，他的眼里流下了两行泪水。

"下掉他的枪！"他听到排长在对战友们下命令。

"我的马吧！我的马……"他听到那个高大汉子哭喊着。

"这是我爹！爹！"他听到那个泥猴一样的小男孩对着伙伴们

炫耀。

　　他还听到远远地传来一个女人的哭声。这哭声十分婉转，在他耳边萦绕不绝，袅袅如同音乐。他还听到人们七嘴八舌的、七粗八细的、七长八短的、一惊一乍一板一眼一扬一抑的喝斥、辩解、叙述、补正之声。这一切也许他都没有听到，他的枪没用"下"就从手里松脱了，他口吐鲜血，倒在地上，他恍惚觉得躺在一团霓虹灯色的云朵上，正忽悠悠地向高远无边的苍穹飘扬……

　　黑马长嘶一声，抖抖尾巴，沿着玉米林夹峙着的黄土大道慢慢地极不情愿地恋恋不舍地向前走去。黄的土，绿的禾，黑的马，渐渐融为一体，人们都看着，谁也不开口说话。

天花乱坠

15

1

　　在我的童年印象里，凡是有一条好嗓子的女人，必定一脸大麻子，或者说凡是一脸大麻子的女人，必定有一条好嗓子。当然她的面部轮廓是很好的，如果不是麻子，她肯定是个美女。当然她的身体发育也是很好的，如果遮住她的脸，她肯定是个美女。

　　有一年春节前夕，青岛的歌舞团到我们这里来演出舞剧《沂蒙颂》。露天的舞台搭在一座小山下，舞台上铺上了崭新的苇席。还特意从镇上牵来了一条电线，电线上结了一个大喇叭两个大灯泡，就像一根藤上开了一朵喇叭花结了两个放光的瓜。演出定在晚上，但刚吃过午饭山坡上就钉满了人。舞台前的平地上人更多，闹闹哄哄，拥拥挤挤，活活地就是开水锅里煮饺子。晚上，电流一通，电灯就放了光，照耀得天地通明，远看还以为起了一把大火。电喇叭咪啦啦地一阵响，音乐起，像刮风一样，呜呜地响。演出开始了。先是出来几个人在舞台上蹦蹦跳跳，个个活泼，劈腿下腰，一蹿老高，男的像猿猴，女的赛花豹。他们在舞台上蹦来蹦去，打着各种各样的手势，看得我们眼花缭乱，脑袋发晕。但他们一句话也不说，有时候看到他们的嘴唇打哆嗦，好像那话就到了唇边，但最终还是什么也不说。我们起初还觉得新鲜、惊奇，但渐渐地就生出厌烦来。青年们别有关注点，馋得口水流过下巴，但老人和孩子，就齐声抱怨。说这青岛怎么派来一群哑巴，比比划划的，什么意思嘛！大老远地跑了来装哑巴，真他娘的不像话！正当我们失望到极点时，突然从舞台后边发出了惊天动地的声音。俺的个娘，可了不得了！我们兴奋无比，当然也吃了一惊。旁边那些有文化的人就说：听，幕后伴唱！在幕后伴唱的那个女高音激起了我们无穷无尽的联想。她的嗓子实在是太好了，太美妙了，我们活了十几岁，还从来没有听见过这样好听的声音。人的嗓子，怎么能发出如此美妙的声音呢？不像公鸡打鸣，也不像母鸡下蛋；不像鲜花，也不像绿草；不像面条，也不像水饺；比上述的那些东西都要好听好看好吃。难道我们听见的都是真的吗？能发出这种声音的女人会是个什么样的女人呢？她在幕后高声唱道：

"蒙山高，沂水长，俺为亲人熬鸡汤……"几句歌儿从幕后升起来，简直就是石破天惊，简直就是平地一声雷，简直就是东方红，简直就是阿尔巴尼亚，简直就是一头扎进了蜜罐子，简直就是老光棍子娶媳妇……百感交集思绪万千，我们的心情难以形容。这时候舞台上的戏也好看了，那个穿着红棉袄绿棉裤的小媳妇也活起来了，她打着飞脚，摹仿着一把把往灶里填柴的样子，后边伴唱道："加一把蒙山柴炉火更旺……"她用脚尖点着地走路，拿着个大水瓢，一趟趟地往锅里倒水，后边伴唱道："添两瓢沂河水情深意长……"

第二天，我们一到学校，议论的必然是头天夜里看到的演出，看电影是这样，看舞蹈也是这样。那时侯我们的文化生活虽然没有现在丰富，但印象极其深刻，看一次胜过现在一百次。现在的人是用皮肉看演出，当年我们是用灵魂看演出。大家议论最多的毫无疑问是那个幕后伴唱的女高音，竟然就有人说了：她是个身材高大的女人，一脸黑麻子，非常难看，但她的嗓子是一等第一的好，是无法替代的好，全青岛找不到第二个，于是就给她安排了一个幕后伴唱的角色，这也算是废物利用吧。张小涛说他到后台去看过，说那个女人坐在一把椅子上，身上裹着一件皮大衣，戴着一个大口罩，把大部分的脸都遮了，只露出两只眼，目光十分严肃，谁都不敢惹她的样子。说轮到她伴唱了，就慢吞吞地站起来，从耳朵上摘下口罩带子，露出了半个脸，脸上一片黑麻子，嘴很大——这是一个伟大发现，唱歌的或是唱戏的，绝对找不到一个樱桃小口，一个个都是血盆大口——然后她张嘴就唱，没有一点点预备动作，譬如清理嗓子运气什么的。我们学校的音乐教师唱歌之前，一般地都需要十分钟的准备时间，就像运动员上场之前的热身运动，伸伸腿，抻抻腰，呜呜啦啦，一般地还要喝上几口胖大海。那是一种中药，据说对嗓子特别地保养，即便你是个天生的公鸭嗓子，喝上几口，嗓门立刻就变得像小喇叭一样，哇哇的，特别嘹亮，特别清脆，无论唱多么高的高音，哪怕比树梢还要高，都不在话下。还是说那个女大麻子，人家张口就唱，那条嗓子，光滑得像景德镇的瓷器，连一点儿炸纹都没有，简直是绝了后了，盖了帽了，没法子治了，只能用天生地养来解释了，除此之外别无解释。后来我进了也算是文艺界，见了一些唱歌的，听了一些别人封的或者是自己吹的金嗓子银嗓子，但都比不上三十年前青岛歌舞团下来演出舞剧《沂蒙颂》时在寒冷的露天幕后披着皮大衣戴着大口罩身材高大健壮皮肤黝黑一脸大麻子的那个女人的嗓子好。那个嗓门气冲牛斗的青岛的大麻子女人，你如今在哪里？如果一个人真的有来生，我一定要去苦苦地追求你，就像资本家追求利润一样，就像政治家追求权利一样，就像那个先被财主的女儿追求后来又转过来追求财主的女儿的黑麻子皮匠一样。

2

　　所谓皮匠，就是补鞋的。这个名称有点古怪，因为在我们那里，很少有人穿皮鞋，补鞋的基本上只跟麻绳子和针锥打交道，但硬把补鞋的叫皮匠，也没人反对。我说的这个皮匠也是个黑麻子，也有一条好嗓子，他不唱歌，他唱戏。皮匠的故事大概发生在清朝末年，是我在棉花加工厂做力工时，听看门的许老头讲的。许老头说，皮匠是外地人，年纪大概三十出头，身体不错手艺也不错，如果脸上没有麻子，应该算条好汉，可惜让那一脸大麻子给毁了。他白天在街上缝补破鞋，手艺好态度好生意当然就好，生意好收益自然就好。光棍一条，不攒钱，什么好吃就吃什么。到了晚上，回到租住的小店里，要上二两黄酒，用锡壶烫了；切上半斤猪头肉，用蒜泥拌了；再要上两个烧饼，切开用肉夹了。吃饱了喝足了，靠在被窝上养神，这一刻赛过活神仙。许老头特别向往这种生活，每每说到此处，眼睛里就放出光来，但放光也白搭，二两黄酒，半斤猪头肉，两个烧饼，在我们的年代，别说没钱，有钱也不一定能买到，那时酒要酒票，肉要肉票，烧饼要粮票。皮匠酒足饭饱赛过活神仙的时候，小店掌柜的就提着胡琴来了。掌柜的是个戏迷，嗓子不行，但拉得一手好琴，从西皮到二黄，天下的调门没有他不会拉的，即便有不会拉的，只要让他听上一遍，马上就会了。他拉琴时歪着头，眯着眼，嘴巴不停地咀嚼着，好像嘴里嚼着一块没煮

烂的牛板筋。掌柜的一来，住店的客人都兴奋起来，围上来，等着
听戏。那时的店，多数都是大通铺，大家围在一起，就像一家人似
的。真正会唱戏的人其实都有瘾，胡琴一响，他的嗓子就会发痒，
你不让他唱他也要唱，只有那些半会半不会的人，才需要别人三遍
四遍的请。话说那小店掌柜在铺前一坐，把胡琴往大腿上一架，拧
着旋子，调了两把弦，然后就吱吱格格地拉了起来。皮匠起初还绷
着，眯着眼睛，装做没事人儿，但很快就绷不住了，嘴唇巴哒，眼
睛放出光来，然后就挺身坐起，放开五分嗓子，和着胡琴，唱了一
个小段子。众人习惯性地喊了一声好。其实真正好的还在后边呢。
只见那皮匠从铺上蹦下来，站在掌柜的面前，舒展了一下腰身，轻
轻地咳了一声，然后就目光流动，手指微颤，进入了大戏《武家
坡》，第一句西皮导板，"一马离了西凉界——"，正像那俗话说
的穿云裂石，气冲霄汉，众人发自内心地喝了一声彩，一个个也都
进入了状态，忘记了人世间的痛苦和烦恼。接下来转成原板，"不
由人一阵阵泪洒胸怀。青是山绿是水花花世界，薛平贵好一似孤雁
归来……"他的歌唱像一群美丽的鸟，在我的故乡一百年前的夜
空中飞翔；他的歌唱像一股明亮的水，从小店里漫出去，在我的故
乡一百年前的大街小巷里流淌。他的歌唱进入一般人的耳朵，基本
上等于浪费，所谓对牛弹琴大概就是这么个意思。所以你的嗓子再
好，要寻一个知音也不太容易。拉胡琴的小店掌柜和围着他听戏的
房客们，顶多也就是一些比较高级的戏剧爱好者，皮匠真正的知

音，是一个女人。这个女人，据许老头说是貌比天仙，好看得无法子形容，究竟有多么好看，每个人可以根据自己的需要去大胆地想象，怎么想象也不会过份。这个女人是本地最大的财主的女儿，芳龄十八，待字闺中。这个女子不但长得好看，而且还有出色的艺术鉴赏力，她精通音律，会弹琴吹萧，能赋诗填词，还喜欢听戏。那时没有电视机、录音机之类的东西，所以听戏的机会并不多，而且能到我们那地方来演戏的戏班子，水平一般地不会太高，所以说小姐对戏曲的鉴赏力基本上天生的，小姐对戏曲的爱好也基本上是天生的。话说那天夜里，小姐正在闺房里写诗，突然听到一阵美不胜收的声音，像一群美丽的鸟，像一股明亮的水，穿越了她的窗户，进入了她的房间，准确地说是直接进入了她的内心。那时侯还不兴自由恋爱，要想冲破封建礼教的束缚去夜奔不容易，就算是小姐有这个勇气，也没有那个体力。因为小姐的脚裹得格外成功，是本地最著名的小脚，这样的小姐虽然令男人艳羡令女人嫉妒，但实际上是半个残废，一行一动都要丫鬟搀扶，风稍微大一点就站立不稳。那时的道路不好，别说没有水泥沥青路，连稍微平整点的砂石路都比较难找。路边不可能有路灯，连电都没有嘛，手电筒当然也没有。那个年代里人们夜间轻易不出门，万不得已出门，富人家就点一个纸灯笼，穷人家就点一根火把，真正的穷人连火把也点不起，只好摸着黑走。我列举了这些难处，就是为了把小姐夜里偷偷地循着歌唱去找皮匠的可能性排除，然后好让这个故事沿着我设计的道路前进。当然，从根本上说，这个故事还是我在棉花加工厂当力工时听看门的老许头讲过的，老许头讲述的基本上是事实，让他造谣，他也没那才能。小姐得了相思病，这是老许头说的，不是我的编造。那时候得相思病的小姐比较多，现在得相思病的小姐基本上没有了。在那个封建落后的时代，家里有一个得了相思病的小姐，是一件很不光彩的事情。起初还不知道是什么病，财主夫妻审问丫鬟，丫鬟说，可能是被一个唱戏的给害了。到了夜里，财主夫妻注意听，果然听到了那迷人的歌唱。第二天悄悄地打听，知道了那歌者是一个外地来的皮匠。财主是个善良的人，如果是个恶霸，就会派人把皮匠杀了，或是买通官府，捏造个罪名，把他送进大狱。那年头进了大狱十有八九是活不出来的，即便能活着出来，也肯定不会歌唱了。财主知道女儿得了这样的病，感到很耻辱，很愤怒，气头上甚至产生过由她死去的念头。但年过半百，膝下只有此女，还得指靠着她招个女婿来养老，于是就悄悄请医生来治疗。医生装模作样地把了脉，说心病还得心药医，解铃还得系铃人，这样的病，靠药是不可能治好的。眼见着小姐病势沉重，财主夫妻商量，索性就把那个皮匠招来为婿吧，至于面子啦，门当户对之类的就顾不上了。财主装做修鞋，到街上去看那个皮匠，不看不知道，一看吓一跳。回家后对着妻子长吁短叹，说如果把女儿嫁给皮匠，真就把一朵鲜花插到牛粪上了。财主的妻子是个大户人家的女儿，饱读诗书，很有头脑，听了丈夫的话，她的脸上不但不愁，反而浮起了一片喜色。她问丈夫那个皮匠到底有多丑？财主摇着头说，就像咱女儿美得没法子形容一样，那人丑得也是没法子形容，说他三分像人七分像鬼都是美化了他。老夫人大喜道，好了，老爷，咱家闺女有救了。第二天，老夫人化装成一个贫妇，亲自去看了那个皮匠。回来后，她对丈夫说，老天保佑善人，闺女真的有救了。第二天，财主夫妻对女儿说：孩子，我和你爹知道你的心事，事到如今，我们也顾不了许多了，救你的命要紧。我们明天就把那个唱戏的招来家做女婿，但听说这个人长得比较难看，明天，你在帘子里，偷偷地相一相他，相中了马上就拜堂成亲，相不中再做商量。小姐兴奋无比，当天晚上就吃了两个馒头。第二天，财主撒了一个谎，说有许多破鞋，请皮匠到家里去修。皮匠高兴而来。财主让下人找来了几双破鞋，摆在大堂里，让皮匠修着，然后让丫鬟将小姐悄悄地搀扶到帘子后边。小姐心里像揣着一个兔子似的，想好好看看这个朝思暮想的心上人是个什么模样，打眼一望，顿时昏了。皮匠不知帘子后边的事，还在那里得意洋洋地补鞋。小姐的相思病就这样好了。世上没有不透风的墙，财主家发生的故事传进了皮匠的耳朵，皮匠感到好像一块到了口里的肥肉又被人抢走一样，心中无比的遗憾。这个不知深浅的人，竟然每天夜里跑到财主家院墙外边歌唱，想把小姐勾出来。小姐还是喜欢听他的歌唱，但跟他结为连理的念头彻底地没有了，有的只是纯粹的艺术欣赏。皮匠还不死心，制造了一只小弓箭，箭头上插着一些表示爱心的书信，一箭一箭地往小姐的窗户里射。小姐看了皮匠那些文理欠通、错字连篇的信，心里感慨万千，说，你这人啊，哪怕你的相貌有你的嗓子十分之一的好，俺也就狠狠心嫁给你了，可惜啊！小姐感念皮匠一片真情，也珍惜自己那一段阴差阳错的痴情，就将自己的一只绣鞋用红纸包了，并且附上了一张纸条，纸条上写着，'看人不如听声，见鞋胜过见人'，让丫鬟送给他，想用这种方式把这件风流案了结。皮匠回去打开纸包一看，见一只绣鞋玲珑剔透，俊美无比，当场就昏倒在地。醒过来后，把玩着绣鞋，爱不释手，如获至宝。自知身份地位相差太远，但一片痴心难改，很快就得了相思病。从此后，鞋也不修了，不分白天黑夜，在财主家的院墙外边，歌唱不休，歌词大概是'小姐小姐好丰采，九天仙女下凡尘。何日让俺见一面，这一辈子没白来……'歌词虽然不错，但好话说三遍狗不要听。财主夫妇烦得要命，想采取果断措施，又怕惹女儿生气，闹出个旧病复发，所以只好由着他唱。秋去冬来，寒风刺骨，大雪飘飘。皮匠被火热的爱情燃烧着，不吃不喝，如同交尾期的鸟儿歌唱不休，终于口吐鲜血，倒在雪地上死了。

他为了爱情而死。

他为了歌唱爱情而死。

地保带着两个叫花子将他抬到乱葬岗上。叫花子说这个家伙轻得像一节枯木，简直无法想象这样一个熬干了精血的身体，如何还能发出那样凄凉高亢、令全村人长夜难眠的歌唱。棉花加工厂的看门人许老头几十年前对我说，地保被皮匠的事迹感动，为了防止野狗糟蹋了这个天才歌唱家的身体，特意让叫花子在乱葬岗上挖了一个深坑，将他的身体推下去。当他的身体往深坑里跌落时，小姐的那只精巧玲珑的绣鞋从他的怀里掉出来。地保和叫花子感叹几声，便把他和害了他性命的绣鞋埋掉了。

3

自从十八世纪的英国人詹纳发明了牛痘接种法，人类就有了消灭麻子的最安全最有效的方法。但一直过了二百多年，接种牛痘预防天花才真正开始全面实行并被广大老百姓接受。从此，天花这种夺去过无数儿童生命的恶症被消灭，麻子也基本上绝了迹。那个在一百年前怀揣着绣鞋死在雪地里的麻子，他的爹娘不给他接种牛痘是可以原谅的，因为那时老百姓对新事物不理解甚至抱抵触态度。也可能是家里太穷，连接种牛痘的费用都没有；或者兄弟姐妹太多，父母照顾不过来；总之是可以原谅的。但那个在三十年前的寒夜里披着大衣在露天的幕后为舞剧伴唱的女子，她的爹娘为什么不给她接种牛痘呢？她享受着免费接种牛痘的权利，但她的父母硬是没给她接种牛痘，让她落了一脸大麻子，这样的父母是不可原谅的。当然，如果她不是一脸大麻子，她能发出那样的如泣如诉、如怨如慕、欲生欲死、似甘似苦让我三十年还忘不了的歌唱吗？进一步还可以说，那个皮匠，如果不是落了一脸大麻子，又如何能成为一个悲惨爱情故事中的主角被我们口碑相传而永垂不朽呢？

麻子被牛痘疫苗消灭了，用灵魂歌唱的人被光滑的脸消灭了。

还有一种比较粗俗的传说：说皮匠得了小姐的绣鞋之后，摩挲把玩，春心动荡，可以与《红楼梦》里得了风月宝鉴的贾瑞大爷相比。贾大爷最终死在那面镜子上，皮匠死在那只绣鞋里。还有一种对小姐名声极为不利的说法：皮匠寒冬腊月里赤着下体，将绣鞋挂在男根上，在财主家院墙外边，一边高歌一边行走，引来了许多看客，使小姐的名誉受到了极大的伤害。财主忍无可忍，只好雇来杀手，趁着一个风雪之夜，将皮匠给整死了。我在感情上不愿接受这种结局，但既然有人这样传说，只好记下，供大家参考。

16

大风

　　学校里放了暑假，我匆匆忙忙地收拾收拾，便乘上火车，赶回故乡去。路上，我的心情十分沉重。前些天家里来信说，我八十六岁的爷爷去世了。寒假我在家时，老人家还很硬朗，耳不聋眼不花，想不到仅仅半年多工夫，他竟溘然去世了。

　　爷爷是个干瘦的小老头儿，肤色黝黑，眼白是灰色，人极慈祥，对我很疼爱。我很小时，父亲就病故了，本来已经"交权"的爷爷，重新挑起了家庭的重担，率领着母亲和我，度过了艰难的岁月。爷爷是村子里数一数二的庄稼人，推车打担，使锄耍镰都是好手。经他的手干出的活儿和旁人明显的两样。初夏五月天，麦子黄熟了，全队的男劳力都提着镰刀下了地。爷爷割出的麦茬又矮又齐，捆出来的麦个子，中间卡，两头岁，麦穗儿齐齐的，连一个倒穗也没有。生产队的马车把几十个人割出的麦个拉到场里，娘儿们铡场时，能从小山一样的麦个垛里把爷爷的活儿挑出来。

"瞧啊，这又是'蹦蹦'爷的活儿！"

娘儿们怀里抱的麦个子一定是紧腰齐头麦根子，像宣传画上经常画着的那个扎着头巾的小媳妇怀里抱的麦个子一样好看，她们才这样喊。

"除了'蹦蹦'爷谁也干不出这手活儿。"娘儿们把麦子往铡刀下一送，按铡的娘儿们一手叉腰，单手握着铡刀柄，手腕一抖，屁股一翘，大奶子像小白兔一样跳了两下，"嚓"，麦个子拦腰切断，根是根，穗是穗。要是碰上埋汰主儿捆的麦个子，娘儿们就搜罗着最生动形象的话儿骂，按铡的娘儿们双手按铡刀，奶子颠得像要插翅飞走，才能把麦个子铡断。而麦根部分里往往还夹带麦穗。

干什么都要干好，干什么都要专心，不能干着东想着西，这是爷爷的准则。爷爷使用的工具是全村最顺手的工具。他的锄镰镢锹都是擦得亮亮的，半点锈迹也没有。他不抽烟，干活干累了，就蹲下来，或是找块碎瓦片，或是拢把干草，擦磨那闪亮的工具……

我带着很悒郁的心情跨进家门，母亲在家。母亲也是六十多岁的人了，多年的操心劳神使她的面貌比实际年龄要大得多。母亲说，爷爷没得什么病，去世前一天还推着小车到东北洼转了一圈，割回了一棵草。母亲从一本我扔在家里的杂志里把那株草翻出来，小心地捏着，给我看，"他两手捧回这棵草来，对我说，'星儿他娘，你看看，这是棵什么草？'说着，人兴头得了不得。夜里，听到他屋里响了一声，起来过去一看，人已经不行了……老人临死没遭一点罪，这也是前世修的。"母亲款款地说着，"只是没能侍候他，心里愧得慌。他出了一辈子的力，不容易啊……"

我眼窝酸酸地听着母亲的话，想起了很多往事——

我家房后有一条弯弯曲曲的胶河，沿着高高的窄窄的河堤向东北方向走七里左右路，就到了一片方圆数千亩的荒草甸子。每年夏天，爷爷都去那儿割草。离我们村二十里有部队一个马场，每年冬季都购干青草喂马，价钱视草的质量而定。我爷爷的镰刀磨得快，割草技术高，割下来的草干净，不拖泥带水。晒草时又摊得薄，翻得勤，干草都是很新鲜的淡绿色，像植物标本一样鲜活，爷爷的干草向来卖最高的价钱。我至令还留恋在干草堆里打滚的乐——尤其是秋天，夜晚凉凉爽爽，天上的颜色是墨绿，星星像宝石一样闪闪烁烁，松软的干草堆暖暖和和，干青草散发出沁人心脾的甜香味……

最早跟爷爷去荒草甸子割草，是我刚过了七岁生日不久的一天。我们动身很早，河堤上没有行人。堤顶也就是一条灰白的小路，路的两边长满了野草，行人的脚压迫得它们很瑟缩，但依然是生气勃勃的。河上有雾，雾很重，但不均匀，一块白，一块灰，有时像炊烟，有时又像落下来的云朵。看不见河水，河水在雾下无声无息地流淌，间或有当面泼刺的响声，也许是因为鱼儿在水里动作吧。爷爷和我都不说话。爷爷的步子轻悄悄的，走得不紧不慢，听不到脚步声。小车轮子沙沙地响。有时侯，车上没收拾干净的一根草梗会落在辐条之间，草梗轻轻地拨弄着车辐条，发出很细微的"劈劈劈劈，叮叮叮叮"的响声。我有时把脸朝着前方（爷爷用小车推着我），看着河堤两边的景致。高粱田、玉米田、谷子田。雾淡了些，仍然高高低低地缠绕着田野和田野里的庄稼。丝线流苏般的玉米缨儿，刀剑般的玉米叶儿，刚秀出的高粱穗儿，很结实的谷子尾巴，都在雾中时隐时现。很远，很近。清楚又模糊。河堤上的绿草叶儿上挂着亮晶晶的露水珠儿，在微微颤抖着，对我打着招呼。车子过去，露珠便落下来，河堤上留下很明显的痕迹，草的颜色也加深了。

雾越来越淡薄。河水露出了脸儿，是银白色的，仿佛不流动。灰蓝的天空也慢慢地明亮起来，东方渐渐发红，云彩边儿是粉红色的。太阳从挂满露珠的田野边缘上升起来，一点一点的。先是血一样红，没有光线，不耀眼。云彩也红得像鸡冠子。

天变得像水一样，无色，透明。后来太阳一下子弹出来，还是没有光线，也不耀眼，很大的椭圆形。这时侯能看到它很快地往上爬，爬着爬着，像拉了一下开关似的，万道红光突然射出来，照亮了天，照亮了地，天地间顿时十分辉煌，草叶子的露珠像珍珠一样闪烁着。河面上躺着一根金色的光柱，一个拉长了的太阳。我们走到哪儿，光柱就退到哪儿。田野里还是很寂静，爷爷漫不经心地哼起歌子来。

　　一匹马踏破了铁甲连环
　　一杆枪杀败了天下好汉

　　曲调很古老。节拍很缓慢。歌声悲壮苍凉。坦荡荡的旷野上缓慢地爬行着爷爷的歌声，空气因歌声而起伏，没散尽的雾也在动。

　　一碗酒消解了三代的冤情
　　一文钱难住了盖世的英雄

　　从爷爷唱出第一个音节时，我就把头拧回来，面对着爷爷，双眼紧盯着他。他的头秃了，秃顶的地方又光滑又亮，连一丝细皱纹也没有。瘦得没有腮的脸是木木的，没有表情。眼睛是茫然的，但茫然的眼睛中间还有两个很亮的光点，我紧盯着这两个光点，似乎感到温暖。我想，他大概把我、把他自己、把车子、把这还没苏醒的田野全忘却了吧？他的走路、推车、歌唱都与他无关吧？我听到了自己的心跳声，"咚咚咚咚"，像很远很远树上有一个啄木鸟在凿树洞……

　　一声笑颠倒了满朝文武

一句话失去了半壁江山

爷爷唱的是什么，我不知道。但我从爷爷的歌唱中感受到一种很新奇很惶惑的情绪，"小鸡儿"慢慢地翘起来，很幸福又很痛苦。我感到陡然间长大了不少，童年时代就像消逝在这条灰白的镶着野草的河堤上。爷爷用他的手臂推着我的肉体，用他的歌声推着我的灵魂，一直向前走。"

"爷爷，你唱的什么？"我捕捉着爷爷唱出的最后一个尾音，一直等到它变成一种感觉消逝在茵茵绿草叶梢上时，我才迷惘地问。

"瞎唱呗，谁知道它是什么……"爷爷说。

夜宿的鸟儿从草丛中飞起来，在半空中嘹亮地叫着。田野顷刻变得生机勃勃。十几只百灵在草甸子上空盘旋着鸣啭。秃尾巴鹌鹑在草丛中"哞——哞——"地鸣叫着。爷爷停下车子，说："孩子，下来吧。"

"到了吗？爷爷？"

"噢。"

爷爷把车子推到草地上，竖起来，脱下褂子蒙在车轱辘上，带着我向草甸子深处走去，爷爷带着我去找老茅草，老茅草含水少，干得快，牲口也爱吃。

爷爷提着一把大镰刀，我提着一柄小镰刀，在一片茅草前蹲下来。"看我怎么割。"爷爷作着示范给我看。他并不认真教我，比划了几下子就低头割他的草去了。他割草的姿势很美，动作富有节奏。我试着割了几下，很累，厌烦了，扔下镰刀，追鸟捉蚂蚱去了。草甸子里蚂蚱很多，我割草没成绩，捉蚂蚱很有成绩。中午，爷爷点起一把火，把干粮烤了烤，又烧熟了我捉的蚂蚱，蚂蚱满肚子籽儿，好香。

迷蒙中感到爷爷在推我，睁眼爬起来一看，已是半下午了。吃过蚂蚱后，爷爷支起一个凉棚让我钻进去，我睡了一大觉，草甸子里夹杂着野花香气的热风吹得我满身是汗。爷爷已经把草捆成四大捆，全背到河堤上，小车也推上了河堤。

"星儿，快起来，天不好，得快点儿走。"爷爷对我说。

不知何时——在我睡梦中茶色的天上布满了大块的黑云，太阳已挂到西半边，光线是桔红色，很短，好像射不到草甸子就没劲了。

"要下雨吗？爷爷。"

"灰云主雨，黑云主风。"

我帮着爷爷把草装上车，小车像座小山包一样。爷爷在车前横木上拴上一根绳子，说："小驹，该抻抻你的懒筋了，拉车。"

爷爷弯腰上袢，把车子扶起来。我抻紧了拉绳，小车晃晃悠悠地前进了。河堤很高，坡也陡，我有点头晕。

"爷爷，您可要推好，别轱辘到河里去。"

“使劲儿拉吧，爷爷推了一辈子车，还没有翻过一回呢。”

我相信爷爷说的是实话。爷爷的腿好，村子里的人都叫他“蹦蹦”。

大堤弯弯曲曲，像条大蛇躺在地上。我们踩着蛇背走。这时是绿色的光线照耀着我，我低头看着自己的膝盖，也可以看到自己的肚脐。我偶尔回过头，从草捆缝隙里望望爷爷。爷爷眼泪汪汪地盯着我，我赶紧回头，下死劲拉车。

走出里把路，黑云把太阳完全遮住了。天地之间没有了界限，一切都不发声，各种鸟儿贴着草梢飞，但不敢叫唤。我突然感到一种莫名的恐惧，回头看爷爷，爷爷的脸，还是木木的，一点表情也没有。

河堤下的庄稼叶子忽然动起来了，但没有声音。河里也有平滑的波浪涌起，同样没有声音。很高很远的地方似乎传来了世上没有的声音，跟着这声音而来的是天地之间变成紫色，还有扑鼻的干草气息，野蒿子的苦味和野菊花幽幽的药香。

我回头看爷爷，爷爷还是木木的，一点表情也没有。

我的小心儿缩得很紧，不敢说话，静静地等待着。一只长长的蚂蚱蹦到我的肚皮上，两只五色的复眼仇视地瞪着我。一只拳头大的野兔在堤下的谷子地里出没着。

“爷爷。”我惊叫一声。

在我们的前方，出现了一个黑色的、顶天立地的圆柱，圆柱飞速旋转着，向我们逼过来。紧接着传来沉闷如雷鸣的呼噜声。

"爷爷，那是什么？"

"风。"爷爷淡淡地说，"使劲拉车吧，孩。"说着，他弯下了腰。

我身体前倾，双脚蹬地，把细绳拽得紧紧的。

我们钻进了风里。我听不到什么声音，只感到有两个大巴掌在使劲扇着耳门子，鼓膜嗡嗡地响。风托着我的肚子，像要把我扔出去。堤下的庄稼像接到命令的士兵，一齐倒伏下去。河里的水飞起来，红翅膀的鲤鱼像一道道闪电在空中飞。

"爷爷——"我拼命地喊着。喊出的声音连我自己都没听到。肩头的绳子还是紧紧地绷着，这使我意识到爷爷的存在。爷爷在我就不怕，我把身体尽量伏下去，一只胳膊低下去，连结着胳膊的手死死抓住路边草墩。我觉得自己没有体重，只要一松手，就会化成风消失掉。

爷爷让我拉车，本来是象征性的事儿。那根拉车绳很细，它一下子绷断了。我扑倒在堤上。风把我推得翻斤斗。翻到河堤半腰上，我终于又伸出双手抓住了救命的草墩，把自己固定住了。我抬起头来看爷爷和车子。车子还挺在河堤上，车子后边是爷爷。爷爷双手攥着车把，脊背绷得像一张弓。他的双腿像钉子一样钉在堤上，腿上的肌肉像树根一样条条棱棱地凸起来。风把车上半干不湿的茅草揪出来，扬起来，小车在哆嗦。

我揪着野草向着爷爷跟前爬。我看到爷爷的双腿开始颤抖了，汗水从他背上流下来。

"爷爷，把车子扔掉吧！"我趴在地上喊。

爷爷倒退了一步，小车猛然往后一冲，他双脚忙乱起来，连连倒退着。

"爷爷！"我惊叫着，急忙向前爬。小车倒推着爷爷从我面前滑过去。我灵机一动，耸身扑到小车上。借着这股劲，爷爷又把腰煞下去，双腿又像生了根似的定住了。我趴在车梁上，激动地望着爷爷。爷爷的脸还是木木的，一点表情也没有。

刮过去的是大风。风过后，天地间静了一小会儿。夕阳不动声色地露出来，河里通红通红，像流动着冷冷的铁水。庄稼慢慢地直腰。爷爷像一尊青铜塑像一样保持着用力的姿势。

我从车上跳下来，高呼着："爷爷，风过去了"

爷爷眼里突然盈出了泪水。他慢慢地放下车子，费劲地直起腰。我看到他的手指都蜷曲着不能伸直了。

"爷爷，你累了吧？"

"不累，孩子。"

"这风真大。"

"唔。"

风把我们车上的草全卷走了，不，还有一棵草夹在车梁的榫缝里。我把那棵草举着给爷爷看，一根普通的老茅草，也不知是红色还是绿色。

"爷爷，就剩下一棵草了。"我有点懊丧地说。

"天黑了，走吧。"爷爷说着，弯腰推起了小车。

我举着那棵草，跟着爷爷走了一会儿，就把它随手扔在堤下淡黄色的暮色中了。

"人老了，就像孩子一样"，母亲说，"大老远跑到东北洼，弄回来这么一棵草，还说，'等星儿回来让他认认，这是棵什么草，他学问大。'你认得出吗？"母亲说着把草递给我。

我把这棵草接过来，珍重地夹地在相册里。夹草的那一页，正好镶着我的比我大六岁的未婚妻的照片。

17

五个饽饽

除夕日大雪没停，傍黑时，地上已积了几尺厚。我踩着雪去井边打水，水桶贴着雪面，划开了两道浅浅的沟。站在井边上打水，我脚下一滑，"财神"伸手扶了我一把。

"财神"名叫张大田，四十多岁了，穷愁潦倒，光棍一条，由于他每年都装"财神"——除夕夜里，辞旧迎新的饺子下锅之时，就有一个叫花子站在门外高声歌唱，吉利话一套连着一套。人们把煮好的饺子端出来，倒在"叫花子"的瓦罐里。"叫花子"把一个草纸叠成的小元宝放到空碗里。纸元宝端回家去，供在祖先牌位下，这就算接回"财神"了——人们就叫他"财神"，大人孩子都这么叫，他也不生气。

"财神"伸手扶住了我,我冲着他感激地笑了笑。

"挑水吗?大侄子!"他的声音沙沙的,很悲凉。

"嗯。"我答应着,看着他把瓦罐顺到井里,提上来一罐水。我说:"提水煮饺子吗?'财神'!"他古怪地笑笑,说:"我的饺子乡亲们都给煮着哩,打罐水烧烧,请人给剃个新头。"我说:"'财神',今年多在我家门口念几套。""请好吧,金斗大侄子,你是咱村里的大秀才,早晚要发达的,老叔早着点巴结你。"他提着水,歪着肩膀走了。

傍黑天时,下了两天的雪终于停了。由于雪的映衬,夜并不黑。爷爷嘱咐我把两个陈年的爆竹放了,那正是自然灾害时期,煤油要凭票供应,蜡烛有钱也难买到,通宵挂灯的事只好免了。

这晚,爷爷又去了饲养室,说等到半夜时分回来跟我们一起过年。自从父亲去世后,生产队看我家没壮劳力,我又在离家二十里的镇上念书,就把看牛的美差交给了我家。母亲白天喂牛,爷爷夜里去饲养室值班。我和母亲、奶奶摸黑坐着,盼着爷爷快回家过年。

好不容易盼到三星当头,爷爷回来了,母亲把家里的两盏油灯全点亮了,灯芯剔得很大,屋子里十分明亮。母亲在灶下烧火,干豆秸烧得噼噼叭叭响。火苗映着母亲清癯的脸,映着供桌上的祖先牌位,映着被炊烟熏得黢黑发亮的墙壁,一种酸楚的庄严神圣感攫住了我的心……

年啊年!是谁把这普普通通的日子赋予了这样神秘的色彩?为

什么要把这个日子赋予一种神秘的色彩？面对着这样玄奥的问题，我一个小小的中学生只能感到迷惘。

奶奶把一个包袱郑重地递给爷爷，轻轻地说："供出去吧。"爷爷把包袱接过来，双手捧着，像捧着圣物。包袱里放着五个馒馒，准备供过路的天地众神享用。这是村里的老习俗，五个馒馒从大年夜摆出去。要一直摆到初二晚上才能收回来。

我跟着爷爷到了院子里，院子当中已放了一条方凳，爷爷蹲下去，用袖子拂拂凳上的雪。小心翼翼地先把三个馒馒呈三角形摆好，在三个馒馒中央，反着放上一个馒馒，又在这个反放的馒馒上，正着放上一个馒馒。五个馒馒垒成一个很漂亮的宝塔。

"来吧，孩子，给天地磕头吧！"爷爷跪下去，向着东南西北四个方向磕了头。我这个自称不信鬼神的中学生也跪下，将我的头颅低垂下去，一直触到冰凉的雪。天神地鬼，各路大仙，请你们来享用这五个馒馒吧！……这蒸馒馒的白面是从包饺子的白面里扣出来的，这一年，我们家的钱只够买八斤白面，它寄托着我们一家对来年的美好愿望。不知怎的，我的嗓子发哽、鼻子发酸，要不是过年图吉利，我真想放声大哭。就在这时候，柴门外边的胡同里，响起了响亮的歌声：

财神爷，站门前，

看着你家过新年；

大门口，好亮堂，

石头狮子蹲两旁；

大门上，镶金砖，

状元旗杆竖两边。

进了大门朝里望，

迎面是堵影壁墙；

斗大福字墙上挂，

你家子女有造化。

转过墙，是正房，

大红灯笼挂两旁；

照见你家人兴旺，

金银财宝放光芒。

　　我从地上爬起来，愣愣地站在院子里，听着"财神"的祝福。他都快要把我家说成刘文彩家的大庄园了。"财神"的嗓门宽宽的，与其说是唱，还不如说他念。他就这样温柔而悒郁地半念半唱着，仿佛使天地万物都变了模样。

财神爷，年年来，

你家招宝又进财；

金满囤，银满缸，

十元大票麻袋装。

一袋一袋摞起来，

摞成岭，堆成山，

十元大票顶着天。

我笑了，但没出声。

有了钱，不发愁，

买白菜，打香油，

杀猪铺里提猪头。

还有鸡，还有蛋，

还有鲜鱼和白面。

香的香，甜的甜，

大人孩子肚儿圆。

多好的精神会餐！我被"财神爷"描绘的美景陶醉了。

大侄儿，别发愣，

快把饺子往外送，

快点送，快点送，

金子银子满了瓮。

我恍然大悟，"财神爷"要吃的了。急忙跑进屋里，端起母亲早就准备好了的饭碗。我看碗里只有四个饺子，就祈求地看着母亲的脸，嗫嚅着："娘，再给他加两个吧！……"母亲叹了一口气，又用笊篱捞了两个饺子放到碗里。我端着碗走到胡同里，"财神"急步迎上来，抓起饺子就往嘴里塞。

　　"财神，你别嫌少……"我很惭愧地说。他为我们家进行了这样美好的祝福，只换来六个饺子，我感到很对不起他。

　　"不少，不少。大侄子，快快回家过年，明年考中状元。"

　　"财神"一路唱着向前走了，我端着空碗回家过年。"财神"没有往我家的饭碗里放元宝，大概他连买纸做元宝的钱都没有了吧！

　　过年的真正意义是吃饺子。饺子是母亲和奶奶数着个儿包的，一个个小巧玲珑，像精致的艺术品。饺子里包着四个铜钱，奶奶说，谁吃着谁来年有钱花。我吃了两个，奶奶爷爷各吃了一个。

　　母亲笑着说："看来我是个穷神。"

　　"你儿子有了钱，你也就有了。"奶奶说。

　　"娘，咱家要是真像财神爷说的有一麻袋钱就好了。那样，你不用去喂牛，奶奶不用摸黑纺线，爷爷也不用去割草了。"

　　"哪里还用一麻袋。"母亲苦笑着说。

“会有的，会有的，今年的年过得好，天地里供了馉馉”——奶奶忽然想起来了，问，“金斗他娘，馉馉收回来了吗？”

“没有，光听‘财神’穷唱，忘了。”母亲对我说，“去把馉馉收回来吧。”

我来到院子里，伸手往凳子上一摸，心一下子紧缩起来。再一看，凳子上还是空空的。“馉馉没了！”我叫起来。爷爷和母亲跑出来，跟我一起满院里乱摸。“找到了吗？”奶奶下不了炕，脸贴在窗户上焦急地问。

爷爷找出纸灯笼，把油灯放进去。我擎着灯笼满院里找，灯笼照着积雪，凌乱的脚印，沉默的老杏树，堡垒似的小草垛……

我们一家四口围着灯坐着。奶奶开始唠叨起来，一会儿嫌母亲办事不牢靠，一会儿骂自己老糊涂，她面色灰白，两行泪水流了下来。已是后半夜了，村里静极了。一阵凄凉的声音在村西头响起来，“财神”在进行着最后的工作，他在这一夜里，要把他的祝福送至全村。就在这祝福声中，我家丢失了五个馉馉。

“弄不好是被‘财神’这个杂种偷去了。”爷爷把烟袋锅子在炕沿上磕了磕，沉着脸站起来。

“爹，您歇着吧，让我和斗子去……”母亲拉住了爷爷。

“这个杂种，也是可怜……你们去看看吧，有就有，没有就拉倒，到底是乡亲，抬头不见低头见。”爷爷说。

我和母亲踩着雪向村西头跑去。积雪在脚下吱吱地响。"财神"还在唱着，他的嗓子已经哑了，听来更加凄凉：

快点拿，快点拿，
金子银子往家爬；
快点抢，快点抢，
金子银子往家淌。
……

我身体冷得发抖，心中却充满怒火。"财神"，你真毒辣，你真贪婪，你真可恶……我像只小狼一样扑到他身边，伸手夺过了他拎着的瓦罐。

"大田，你别吵吵，是我。"母亲平静地说。

"是大嫂子，你们这是干啥？给我几个饺子后悔了？大侄子，你从罐里拿吧，给了我几个拿回几个吧。"

瓦罐里只有几十个冻得梆梆硬的饺子，没有饽饽。

饽饽上不了天，饽饽入不了地，村里人都在过年，就你"财神"到我家门口去过。我坚信爷爷的判断是准确的。我把瓦罐放在雪地上，又扑到"财神"身上，搜遍了他的全身。"财神"一动也不动，任我搜查。

"我没偷，我没偷………""财神"喃喃地说着。

"大田，对不住你，俺孤儿寡妇的，弄点东西也不容易，才……金斗，跪下，给你大叔磕头。"

"不！"我说。

"跪下！"母亲严厉地说。

我跪在"财神"面前，热泪夺眶而出。

"起来，大侄子，快起来，你折死我了……""财神"伸手拉起我。

屈辱之心使我扭头跑回家去，在老人们的叹息声中久久不能入睡……

天亮的时候我做了一个梦，梦见那五个饽饽没有丢，三个在下，两个在上，呈宝塔状摆在方凳上。

我起身跑到院里，惊得目瞪口呆，我使劲地揉着眼睛，又扯了一下耳朵，很痛，不是在做梦！五个饽饽两个在上三个在下，摆在方凳上呈宝塔状……

这件事一晃就过去了二十多年，我由一个小青年变成一个中年人了。去年，我被任命为市人民法院副院长后，曾回过一次老家，在村头上碰到"财神"，他还那个样，没显老。

枯河

18

　　一轮巨大的水淋淋的鲜红月亮从村庄东边暮色苍茫的原野上升起来时，村子里弥漫的烟雾愈加厚重。并且似乎都染上了月亮的那种凄艳的红色。这时太阳刚刚落下来，地平线上还残留着一大道长长的紫云。几颗瘦小的星斗在日月之间暂时地放出苍白的光芒。村子里朦胧着一种神秘的气氛，狗不叫，猫不叫，鹅鸭全是哑巴。月亮升着，太阳落着，星光熄灭着的时侯，一个孩子从一扇半掩的柴门中钻出来，一钻出柴门，他立刻化成一个幽灵般的灰影子，轻轻地漂浮起来。他沿着村后的河堤舒缓地漂动着，河堤下枯萎的衰草和焦黄的杨柳落叶喘息般地响着。他走得很慢，在枯草折腰枯叶破裂的细微声响中，一跳一跳地上了河堤。在河堤上，他蹲下来，笼罩着他的阴影比他的形体大得多。直到明天早晨他像只青蛙一样蜷伏在河底的红薯蔓中长眠不醒时，村里的人们围成团看着他，多数人不知道他的岁数，少数人知道他的名字。而那时，他的父母全都目光呆滞，犹如鱼类的眼睛，无法准确地回答乡亲们提出的关于孩子的问题。他是个黑黑瘦瘦，嘴巴很大，鼻梁短粗，目光弹性丰富的从来不知道什么叫生病的男孩子。他攀树的技能高超。明天早晨，他要用屁股迎着初升的太阳，脸深深地埋在乌黑的瓜秧里。一群百姓面如荒凉的沙漠，看着他的比身体其他部位的颜色略微浅一些的屁股。这个屁股上布满伤痕，也布满阳光，百姓们看着它，好像看着一张明媚的面孔，好像看着我自己。

他蹲在河堤上，把双手夹在两个腿弯子里，下巴放在尖削的膝盖上。他感到自己的心像只水耗子一样在身体内哧溜哧溜地跑着，有时在喉咙里，有时在肚子里，有时又跑到四肢上去，体内仿佛有四通八达的鼠洞，像耗子一样的心脏，可以随便又轻松地滑动。月亮持续上升，依然水淋淋的，村庄里向外膨胀着非烟非雾的气体，气体一直上升，把所有的房屋罩进下边，村中央那棵高大的白杨树把顶梢插进迷蒙的气体里，挺拔的树干如同伞柄，气体如伞如笠，也如华盖如毒蘑菇。村庄里的所有树木都瑟缩着，不敢超过白杨树的高度，白杨树骄傲地向天里钻，离地二十米高的枝丫间，有一团乱糟糟的柴棍，柴棍间杂居着喜鹊和乌鸦，它们每天都争吵不休，如果月光明亮，它们会跟着月亮噪叫。

或许，他在一团阴影的包围中蹲在河堤上时，曾经有抽泣般的声音从他干渴的喉咙里冒出来，他也许是在回忆刚刚过去的事情。那时侯，他穿着一件肥大的裈子，赤着脚，站在白杨树下。白杨树前是五间全村唯一的瓦房，瓦房里的孩子是一个很漂亮的小女孩，漆黑的眼睛像两粒黑棋子。女孩子对他说："小虎，你能爬上这棵白杨树吗？"

他怔怔地看着女孩，嘴巴咧了咧，短促的鼻子上布满皱纹。

"你爬不上去，我敢说你爬不上去！"

他用牙齿咬住了厚厚的嘴唇。

"你能上树给我折根树杈吗？就要那根，看到了没有？那根直溜的，我要用它削一管枪，削好了咱俩一块耍，你演特务，我演解放军。"

他用力摇摇头。

"我知道你上不去，你不是小虎，是只小老母猪！"女孩愤愤地说，"往后我不跟你耍了。"

他用黑眼睛很亮地看着女孩，嘴咧着，像是要哭的样子。他把脚放在地上搓着，终于干巴巴地说："我能上去。"

"你真能？"女孩惊喜地问。

他使劲点点头，把大裈子脱下来，露出青色的肚皮。他说："你给我望着人，俺家里的人不准我上树。"

女孩接过衣裳，忠实地点了点头。

他双脚抱住树干。他的脚上生着一层很厚的胼胝，在银灰色的树干上把得牢牢的，一点都不打滑。他爬起树来像一只猫，动作敏捷自如，带着一种天生的素质。女孩抱着他的衣服，仰着脸，看着白杨树慢慢地倾斜，慢慢地对着自己倒过来。恍惚中，她又看到光背赤脚的男孩把粗大的白杨树干坠得像弓一样弯曲着，白杨树好像随时都会把他弹射出去。女孩在树下一阵阵发颤。后来，她看到白杨树又倏忽挺直。在渐渐西斜的深秋阳光里，白花花的杨树枝聚拢上指，瑟瑟地弹拨着浅蓝色的空气。冰一样澄澈的天空中，一绺绺的细密杨枝飞舞着，残存在枝梢上的个把杨叶，似乎已经枯萎，但暗蓝的颜色依旧不褪；随着枝条的摆动，枯叶在窸窣作响。杨树奇妙的动作撩乱了女孩的眼睛，她看到越爬越高的男孩的黑色般的脊梁上，闪烁着鸦翅般的光晕。

"你快下来，小虎，树要倒了！"女孩对着树上的男孩喊起来。男孩已经爬进稀疏的白杨树冠里去了，树枝间有鸦鹊穿梭飞动，像一群硕大的蜜蜂，像一群阴郁的蝴蝶。

"树要断啦！"女孩的喊声像火苗子样烧着他的屁股，他更快地往上爬。鸦鹊翅膀扇起的腥风直吹到他的脖颈子里，使他感到脊梁沟里一阵阵发凉。女孩的喊叫提醒了他，他也觉得树干纤细柔弱，弯曲得非常厉害，冰块一样的天空在倾斜着旋转。他的腿上有一块肉突突地跳起来，他低头看着这块跳动的肌肉，看得清清楚楚。就在这时候，他又听到了女孩的叫声，女孩说："小虎，你下来吧，树歪倒了，树就要歪到俺家的瓦房上去了，砸碎俺家的瓦，俺娘要揍你的！"他打了一个愣怔，把身体贴在树干上，低眼往下看。这时他猛然一阵头晕眼花，他惊异地发现自己爬得这样高。白杨树把全村的树都给盖往了，犹如鹤立鸡群。他爬上白杨树，心底里涌起一种幸福感。所有房屋都在他的屁股下，太阳也在他的屁股下。太阳落得很快，不圆，像一个大鸭蛋。他看到远远近近的草屋上，朽烂的麦秸草被雨水抽打得平平的，留着一层夏天生长的青苔，青苔上落满斑斑点点的雀屎。街上尘土很厚，一辆绿色的汽车驶过去，搅起一股冲天的灰土，好久才消散。灰尘散后，他看到有一条被汽车轮子碾出了肠子的黄色小狗蹒跚在街上，狗肠子在尘土中拖着，像一条长长的绳索，小狗一声也不叫，心平气和地走着，狗毛上泛起的温暖渐渐远去，黄狗走成黄兔，走成黄鼠，终于走得不见踪影。四处如有空瓶的鸣声，远近不定，人世的冷暖都一块块涂在物上，树上半冷半热，他如抱叶的寒蝉一样瑟瑟着，见一粒鸟粪直奔房瓦而去。女孩又在下边喊他，他没有听。他战战兢兢地看着瓦房前的院子，他要不是爬上白杨树，是永远也看不到这个院子的，尽管树下这个眼睛乌黑的小女孩经常找他玩，但爹娘却反复叮咛他，不准去小珍家玩。女孩就是小珍吗？他很疑惑地问着自己。他总是迷迷瞪瞪的，村里人都说他少个心眼儿。他看着院子，院子里砌着很宽的甬道，有一道影壁墙，墙边的刺儿梅花叶凋零，只剩下紫红色的藤条，院里还立着两辆自行车，车圈上的镀镍一闪一闪地刺着他的眼。一个高大汉子从屋里出来，在墙根下大大咧咧地撒尿，男孩接着看到这个人紫红色的脸，吓得紧贴住树干，连气儿都不敢喘。这个人曾经拧着他的耳朵，当着许多人的面问："小虎，一条狗几条腿？"他把嘴巴使劲朝一边咧着，说："三条！"众人便哈哈大笑。他记得当时父亲和哥哥也都在人群里，哥哥脸憋得通红，父亲尴尬地陪着众人笑。哥哥为此揍他，父亲拉住哥哥，说："书记愿意逗他，说明跟咱能合得来，说明眼里有咱。"哥哥松开他，拿过一块乌黑发亮的红薯面饼子杵到他嘴边，恼怒地问；"这是什么？"他咬牙切齿地说：

"狗屎！"

"小虎，你快点呀。"女孩在树下喊。

他又慢慢地往上爬，这时他的双腿哆嗦得很厉害。树下瓦房上的烟筒里，突然冒出了白色的浓烟，浓烟一缕缕地从枝条缝隙中，从鸦鹊巢里往上蹿。鸦鹊巢中滚动着肮脏的羽毛，染着赤色阳光的黑鸟围着他飞动，噪叫。他用一只手攀住了那根一把粗细的树杈，用力往下扳了一下，整棵树都晃动了，树杈没有断。

"使劲扳，"女孩喊，"树倒不了，它歪来歪去原来是吓唬人的。"

他用力扳着树杈，树杈弯曲着，弯曲着，真正像一张弓。他的胳膊麻酥酥的，手指尖儿发胀。树杈不肯断，又猛地弹回去。他双腿抖得更厉害了，脑袋沉重地垂下去。女孩在仰着脸看他。树下的烟雾像浪花一样向上翻腾。他浑身发冷，脑后有两根头发很响地直立了起来，他又一次感到自己爬得是这样的高。那根直溜溜光滑滑的树杈还在骄傲地直立着，好像对他挑战。他把两条腿盘起来，伸出两只手拉住树杈，用力往下拉，树杈儿咝咝地叫着，顶梢的细条和其他细条碰撞着，噼噼啪啪地响，他把全身重量和力量都用到树杈上，双腿虽然还攀在树枝干上，但已被忘得干干净净。树杈愈弯曲，他心里愈是充满仇恨，他低低地吼叫了一声，腾跃过去，树杈断了。树杈断裂时发出很脆的响声，他头颅里有一根筋愉快地跳动了一下，全身沉浸在一种愉悦感里。他的身体轻盈地飞起来，那根很长的树杈伴着他飞行，清冽的大气，白色的炊烟，橙色的霞光，在身体周围翻来滚去。匆忙中，他看到从忽然变扁了的瓦房里，跑出了一个身穿大花袄的女人，她的嘴巴里发出马一样的叫声。

女孩正眼睁睁地往树上望着，忽然发现男孩挂在那根树杈上，像一颗肥硕的果实。她猜想他一定非常舒服，她羡慕得要命，也想挂到树杈上去。但很快起了变化，男孩伴着树杈慢悠悠地落下来，她看到他的身体拉得很长，似一匹抖开了的棕绸缎，从树梢上直挂下来，那根他选中的树杈抽打着绸缎，索然有声。她捧着男孩的衣服往前走了一步，猛然觉得一根柔韧的枝条猛抽着腮帮子，那匹棕色绸缎也落到了身上。她觉得这匹绸缎像石头一样坚硬，碰一下都会发出敲打铁皮般的轰鸣。

他莫名其妙从地上爬起来，身上有个别部位略感酸麻，其他一切都很好。但他马上看到了女孩躺在树枝下，黑黑的眼睛半睁半闭，一缕蓝色的血顺着她的嘴角慢慢地往下流。他跪下去，从树枝缝里伸进手，轻轻地戳了一下女孩的脸。她的脸很硬，像充足了气的皮球。

穿花袄的女人飞一般来到房后，骂道："小坏种，你能上了天？你爹和你娘怎么弄出你这么个野种来？折我一根树杈我掰断你一根肋条！"

她气汹汹地冲到跪在地上的男孩面前，踢出的脚刚刚接触到男孩的脊梁，便无力地落下了。她的双眼发直，嘴巴歪拧着，扑到女孩身上，哭叫着："小珍子，小珍子，我的孩子，你这是怎么啦……"

……一只浑身虎纹斑驳的猫踏着河堤上的枯草上了堤顶，肉垫子脚爪踩着枯草，几乎没有声音。它吃惊地站在男孩面前，双眼放绿光，呜呜地发着威，尾巴像桅杆一样直竖起来。他胆怯地望着它，它不走，闻着从他身上散发出的浓重的血腥味，他无法忍受它那两只磷光闪烁的眼睛的逼视，困难地站立起来。

月亮已升起很高了，但依然水淋淋的不甚明亮。西半天的星辰射出金刚石一样的光芒。村子完全被似烟似雾的气体笼罩了，他不回头也知道，村里的树木只有那棵白杨树，能从雾中露出一节顶梢，像洪水中的树。想到白杨树，他鼻子眼里都酸溜溜的。他小心翼翼地绕过那只威风凛凛的野猫，趔趔趄趄地下了河，河里是一片影影绰绰银灰色，不是水，是暄腾腾的沙土。已经连续三年大旱，河里垛着干燥的柴草，猫在背后冲着他叫，但他已无心去理它了。他的赤脚踩着热乎乎的沙土，一步一个脚印。沙土的热从脚心一寸寸地上行，先是很粗很盛，最后仅仅如一条蛛丝，好像沿着骨髓，一直钻到脑袋里。他搞不清自己的身体在哪儿，整个人变成了模模糊糊的一团，像个捉摸不定的暗影，到处都是热热辣辣的感觉。

他摔倒在沙窝里时，月亮颤抖不止，把血水一样的微光淋在他赤裸的背上。他趴着，无力再动，感觉到月光像热烙铁一样烫着背，鼻子里充溢着烧猪皮的味道。

大花袄女人并没有打他，她只顾哭她的心肝肉儿去了。他听着女人惊险的哭声，毛骨悚然，他知道自己犯下了。他看到高大的红脸汉子蹿了过来，耳朵里嗡了一声，接着便风平浪静。他好像被扣在一个穹窿般的玻璃罩里，一群群的人隔着玻璃跑动着，急匆匆，乱哄哄，一窝蜂，如救火，如冲锋，张嘴喊叫却听不到声。他看到两条粗壮的腿在移动，两只磨得发了光的翻毛皮鞋直对着他的胸口来了。接着他听到自己肚子里有只青蛙叫了一声，身体又一次轻盈地飞了起来，一股甜腥的液体涌到喉咙。他只哭了一声，马上就想到了那条在大街上的尘土中拖着肠子行进的黄色小狗。小狗为什么一声不叫呢？他反反复复地想着。翻毛皮鞋不断地使他翻斤斗。他恍然觉得自己的肠子也像那条小狗一样拖出来了，肠子上沾满了金黄色的泥土。那根他费了很大力量才扳下来的白杨树杈也飞动起来了，柔韧如皮条的枝条狂风一样呼啸着，枝条一截截地飞溅着，一股清新的杨树浆汁的味道在他唇边漾开去，他起初还在地上翻滚着，后来就嘴啃着泥土，一动也不动了。

沙土渐渐地凉下来了，他身上的温度与沙土一起降着。他面朝下趴着，细小的沙尘不断被吸到鼻孔里去。他很想动一下，但不知身体在哪儿，他努力思索着四肢的位置，终于首先想到了胳膊。他用力把胳膊撑起来，脖子似乎折断了，颈椎骨在咯嘣着响。他沉重地再次趴下，满嘴里都是沙土，舌头僵硬得不能打弯。连吃了三口沙土后，他终于翻了一个身。这时，他非常辛酸地仰望着夜空，月亮已经在正南方，而且褪尽了血色，变得明晃晃的，晦暗的天空也成了漂漂亮亮的银灰色，河沙里有黄金般的光辉在闪耀，那光辉很冷，从四面八方包围着他，像小刀子一样刺着他。他求援地盯着孤独的月亮。月亮照着他，月亮脸色苍白，月亮里的暗影异常清晰。他还从来没有这样认真地看过月亮，月亮里的暗影使他惊讶极了。他感到它非常陌生，闭上眼睛就忘了它的模样。他用力想着月亮，父亲的脸从苍白的月亮中显出来了。

他今天才知道父亲的模样。父亲有两只肿眼睛，眼珠子像浸泡在盐水里的地梨。父亲跪在地上也很高。翻毛皮鞋也许踢过父亲，也许没踢。父亲跪着哀求："书记，您大人不见小人的怪，这个狗崽子，我一定狠揍。他十条狗命也不值小珍子一条命，只要小珍子平安无事，要我身上的肉我也割……"书记对着父亲笑。书记眼里喷着一圈圈蓝烟。

哥哥拖着他往家走。他的脚后跟划着坚硬的地面。走了很久，还没有走出白杨树的影子。鸦鹊飞掠而过的阴影像绒毛一样扫着他的脸。

哥哥把他扔在院子里，对准他的屁股用力踢了一脚，喊道："起来！你专门给家里闯祸！"他躺在地上不肯动，哥哥很有力地连续踢着他的屁股，说："滚起来！你作了孽还有了功啦是不？"

他奇迹般地站了起来，一步步倒退到墙角下去，站定后，惊恐地看着瘦长的哥哥。

哥哥愤怒地对母亲说："砸死他算了，留着也是个祸害。本来我今年还有希望去当个兵，这下子全完了。"

他悲哀地看着母亲，母亲从来没有打过他。母亲流着泪走过来，他委屈地叫了一声娘，眼泪鼻涕一齐流了出来。

母亲却凶狠地骂："鳖蛋！你还哭？还挺冤？打死你也不解恨！"

母亲戴着铜顶针的手狠狠地抽到他的耳门子上。他干嚎了一声。不像人能发出的声音使母亲愣了一下，她弯腰从草垛上抽出一根干棉花柴，对着他没鼻子没眼地抽着，棉花柴哗啷哗啷地响着，吓得墙头上的麻雀像子弹一样射进暮色里去。他把身体使劲倚在墙下，看着棉花柴在眼前划出的红色弧线……

村子里一声瘦弱的鸡鸣，把他从迷蒙中唤醒。他的肚子好像凝成一个冰坨子，周身都冷透了，月亮偏到西边去了，天河里布满了房瓦般的浪块。他想翻身，居然很轻松地翻了一个身，身体像根圆木一样滚动着。他当然不知道他正在滚下一个小斜坡，斜坡下有一个可怜巴巴的红薯蔓垛。柴勾勾的薯蔓发着淡淡的苦涩味儿，一群群枣核大的萤火虫在薯蔓上爬着，在他眼睛里和耳朵里飞着。

父亲摇摇晃晃地来了，母亲举着那棵打成光杆的棉花柴，慢慢地退到一边去。

"滚起来！"父亲怒吼一声。

他把身体用力往后缩着，红薯蔓唰啦啦响着。月光遍地，河里凝结着一层冰霜，一个个草垛如同碉堡，凌乱摆布在河上。甜腥的液体又冲在喉头，他不由自主地大张开嘴巴，把一个个面疙瘩一样的凝块吐出来。吐出来的凝块摆在嘴边，像他曾经见过的猫屎。他怕极了，一种隐隐约约的预感出现了。

那是一个眉毛细长的媳妇，她躺在一张苇席上，脸如紫色花瓣。旁边有几个人像唱歌一样哭着。这个小媳妇真好看，活着像花，死去更像花。他是跟着一群人挤进去看热闹的，那是一间空屋，一根红色的裤腰带还挂在房梁上。死者的脸平静安详，把所有的人都不放进眼里。大队里的红脸膛的支部书记眼泪汪汪地来看望死者，众人迅速地为他让开道路。支部书记站在小媳妇尸身前，眼泪盈眶，小媳妇脸上突然绽开了明媚的微笑。眉毛如同燕尾一样剪动着。支部书记一下子化在地上，浑身上下都流出了透明的液体。人们都说小媳妇死得太可惜啦。活着默默无闻的人，死后竟能引起这么多人的注意，连支部书记都来了，可见死不是件坏事。他当时就觉得死是件很诱人的事情。随着杂乱的人群走出空屋，他很快就把小媳妇，把死，忘了。现在，小媳妇，死，依稀还有那条黄色小狗，都沿着遍布银辉的河底，无怨无怒地对着他来了。他已经听到了她们的杂沓的脚步声，看到了她们的黑色的大翅膀。

在看到翅膀之后，他突然明白了自己的来龙去脉，他看到自己踏着冰冷的霜花，在河水中走来又走去，一群群的鳗鱼像粉条一样在水中滑来滑去。他用力挤开鳗鱼，落在一间黑釉亮堂堂的房子里。小北风从鼠洞里、烟筒里、墙缝里不客气地刮进来。他愤怒地看着这个金色的世界，寒冬里的阳光透过窗纸射进来，照耀着炕上的一堆细沙土。他湿漉漉地落在沙土上，身上滚满了细沙。他努力哭着，为了人世的寒冷。父亲说："嚎，嚎，一生下来就穷嚎！"听了父亲的话，他更感到彻骨的寒冷，身体像吐丝的蚕一样，越缩越小，布满了皱纹。

昨天下午那个时刻，他发着抖倚在自家的土墙上，看着父亲一步步走上来。夕阳照着父亲高大的身躯，照着父亲愁苦的面孔。他看到父亲一脚赤裸，一脚穿鞋，一脚高一脚低地走过来。父亲左手提着一只鞋子，右手拎着他的脖子，轻轻提起来，用力一摔。他第三次感到自己在空中飞行。他晕头转向地爬起来，发现父亲身体更加高大，长长的影子铺满了整个院子。父亲和哥哥像用纸壳剪成的纸人，在血红的夕阳中抖动着。母亲那只厚底老鞋第一下打在他的脑袋上，把他的脖子几乎钉进腔子里去。那只老鞋更多的是落在他的背上，急一阵，慢一阵，鞋底越来越薄，一片片泥土飞散着。

"打死你也不解恨！杂种。真是无冤无仇不结父子。"父亲悲哀地说着。说话时手也不停，打薄了的鞋底子与他的黏糊糊的脊背接触着，发出越来越响亮的声音。他愤怒得不可忍受，心脏像铁砣子一样僵硬。他产生了一种说话的欲望，这欲望随着父亲的敲击，变得愈加强烈，他听到自己声嘶力竭地喊道："狗屎！"

父亲怔住了，鞋子无声地落在地上。他看到父亲满眼都是绿色的眼泪，脖子上的血管像绿虫子一样蠕动着。他咬牙切齿地对着父亲又喊叫："臭狗屎！"父亲低沉地呜噜了一声，从房檐下摘下一根僵硬的麻绳子，放进咸菜缸里的盐水里泡了泡，小心翼翼地提出来，胳膊撑开去，绳子淅淅沥沥地滴着浊水。"把他的裤子剥下来！"父亲对着哥哥说。哥哥浑身颤抖着，从一大道苍黄的阳光中游了过来。在他面前，哥哥站定，不敢看他的眼睛却看着父亲眼睛，喃喃地说："爹，还是不剥吧……"父亲果断地一挥手，说："剥，别打破裤子。"哥哥的目光迅速地掠过他凝固了的脸和鱼刺般的胸脯，直直地盯着那条裤头。哥哥弯下腰。他觉得大腿间一阵冰冷，裤头像云朵样落下去，垫在了脚底下。哥哥捏住他的左脚脖子，把裤头的一半扯出来，又捏住他的右脚脖子，把整个裤头扯走。他感到自己的一层皮被剥走了，望着哥哥畏畏缩缩地倒着的影子，他又一次高喊："臭狗屎！"

父亲挥起绳子。绳子在空中弯弯曲曲地飞舞着，接近他屁股时，则猛然绷直，同时发出清脆的响声。他哼了一声，那句骂惯了的话又从牙缝里挤出来。父亲连续抽了他四十绳子，他连叫四十句。最后一下，绳子落在他的屁股上时，没有绷直，弯弯曲曲，有气无力，他的叫声也弯弯曲曲，有气无力，很像痛苦的呻吟。父亲把变了色的绳子扔在地上，气喘吁吁地进了屋。母亲和哥哥也进了屋。母亲恼怒地对父亲说："你把我也打死算了，我也不想活了。你把俺娘儿们全打死算了，活着还赶不上死去利索。都是你那个老糊涂的爹，明知道共产党要来了，还去买了二十亩兔子不拉屎的涝洼地。划成一个上中农，一辈两辈三辈子啦，都这么人不人鬼不鬼地活着。"哥哥说："那你当初为什么要嫁给老中农？有多少贫下中农你不能嫁？"母亲放声恸哭起来，父亲也"嘻嘻嘻哈，嘻嘻嘻哈"地哭起来，在父母的哭声中，那条绳子像蚯蚓一样扭动着，一会儿扭成麻花，一会儿卷成螺旋圈，他猛一乍汗毛，肌肉缩成块块条条，借着这股劲，他站起来，在暮色苍茫的院子里沉思了几秒钟，便跳跃着奔向柴门，从缝隙中钻了出来……

天亮前，他又一次醒过来，他已没有力量把头抬起来，看看苍白的月亮，看看苍白的河道。河堤上响着母亲的惨叫声：虎——虎——虎——虎儿啦啦啦啦——我的苦命的孩呀呀呀呀——。这叫声刺得他尚有知觉的地方发痛发痒，他心里充满了报仇雪恨后的欢娱。他竭尽全力喊了一声，胸口一阵灼热，有干燥的纸片破裂声在他的感觉中响了一声，紧接着是难以忍受的寒冷袭来。他甚至听到自己落进冰窟窿里的响声，半凝固的冰水仅仅溅起七八块冰屑，便把他给固定住了。

鲜红太阳即将升起那一刹那，他被一阵沉重野蛮的歌声唤醒了。这歌声如太古森林中呼啸的狂风，挟带着枯枝败叶污泥浊水从干涸的河道中滚滚而过。狂风过后，是一阵古怪的、紧张的沉默。在这沉默中，太阳冉冉出山，蓦然奏起温暖的音乐，音乐抚摸着他伤痕斑斑的屁股，引燃他脑袋里的火苗，黄黄的，红红的，终于变绿变小，明明暗暗跳动几下，熄灭。

人们找到他时，他已经死了……他的父母目光呆滞，犹如鱼类的眼睛……百姓们面如荒凉的沙漠，看着他布满阳光的屁股……好像看着一张明媚的面孔，好像看着我自己……

19

白狗秋千架

　　高密东北乡原产白色温驯的大狗，绵延数代之后，很难再见一匹纯种。现在，那儿家家养的多是一些杂狗，偶有一只白色的，也总是在身体的某一部位生出杂毛，显出混血的痕迹来。但只要这杂毛的面积在整个狗体的面积中占的比例不大，又不是在特别显眼的部位，大家也就习惯地以"白狗"称之，并不去循名求实，过分地挑毛病。有一匹全身皆白、只黑了两只前爪的白狗，垂头丧气地从故乡小河上那座颓败的石桥上走过来时，我正在桥下的石阶上捧着清清的河水洗脸。农历七月末，低洼的高密东北乡燠热难挨，我从县城通往乡镇的公共汽车里钻出来，汗水已浸透衣服，脖子和脸上落满了黄黄的尘土。洗完脖子和脸，又很想脱得一丝不挂跳进河里去，但看到与石桥连接的褐色田间路上，远远地有人在走动，也就

278

罢了这念头，站起来，用未婚妻赠送的系列手绢中的一条揩着脸和颈。时间已过午，太阳略偏西，一阵阵东南风吹过来。凉爽温和的东南风让人极舒服，让高粱梢头轻轻摇摆，飒飒作响，让一条越走越大的白狗毛儿耸起，尾巴轻摇。它近了，我看到了它的两个黑爪子。

那条黑爪子白狗走到桥头，停住脚，回头望望土路，又抬起下巴望望我，用那两只浑浊的狗眼。狗眼里的神色遥远荒凉，含有一种模糊的暗示，这遥远荒凉的暗示唤起我内心深处一种迷蒙的感受。

求学离开家乡后，父母亲也搬迁到外省我哥哥处居住，故乡无亲人，我也就不再回来。一晃就是十年，距离不短也不长。暑假前，父亲到我任教的学院来看我，说起故乡事，不由感慨系之。他希望我能回去看看，我说工作忙，脱不开身，父亲不以为然地摇摇头。父亲走了，我心里总觉不安。终于下了决心，割断丝丝缕缕，回来了。

白狗又回头望褐色的土路，又仰脸看我，狗眼依然浑浊。我看着它那两个黑爪子，惊讶地要回忆点什么时，它却缩进鲜红的舌头，对着我叫了两声。接着，它蹲在桥头的石桩上，跷起一条后腿，习惯性地撒尿。完事后，竟也沿着我下桥头的路，慢慢地挪下来，站在我身边，尾巴耷拉进腿间，伸出舌头，一下一下地舔着水。

它似乎在等人，显出一副喝水并非因为口渴的消闲样子。河水中映出狗脸上那种漠然的表情，水底的游鱼不断从狗脸上穿过。狗和鱼都不怕我，我确凿地嗅到狗腥气和鱼腥气，甚至产生一脚踢它进水中抓鱼的恶劣想法。又想还是"狗道"些吧，而这时，狗卷起尾巴，抬起脸，冷冷地瞅我一眼，一步步走上桥头去。我看到它把颈上的毛耸了耸，激动不安地向来路跑去。土路两边是大片的穗子灰绿的高粱。飘着纯白云朵的小小蓝天，罩着板块相连的原野。我走上桥头，拎起旅行袋，想急急过桥去，这儿离我的村庄还有十二里路吧，来前没给村里的人们打招呼，早早赶进去，也好让人家方便食宿。正想着，就看到白狗小跑步开路，从路边的高粱地里，领出一个背着大捆高粱叶子的人来。

　　我在农村滚了近二十年，自然晓得这高粱叶子是牛马的上等饲料，也知道褪掉晒米时高粱的老叶子，不大影响高粱的产量。远远地看着一大捆高粱叶子蹒跚地移过来，心里为之沉重。我很清楚暑天里钻进密不透风的高粱地里打叶子的滋味，汗水遍身胸口发闷是不必说了，最苦的还是叶子上的细毛与你汗淋淋的皮肤接触。我为自己轻松地叹了一口气。渐渐地看清了驮着高粱叶子弯曲着走过来的人。蓝褂子，黑裤子，乌脚杆子黄胶鞋，要不是垂着的发，我是不大可能看出她是个女人的，尽管她一出现就离我很近。她的头与地面平行着，脖子探出很长。是为了减轻肩头的痛苦吧？她用一只手按着搭在肩头的背棍的下头，另一只手从颈后绕过去，把着背棍的上头。阳光照着她的颈子上和头皮上亮晶晶的汗水。高粱叶子葱绿、新鲜。她一步步挪着，终于上了桥。桥的宽度跟她背上的草捆差不多，我退到白狗适才停下记号的桥头石旁站定，看着它和她过桥。

我恍然觉得白狗和她之间有一条看不见的线，白狗紧一步慢一步地颠着，这条线也松松紧紧地牵着。走到我面前时，它又瞥着我，用那双遥远的狗眼。狗眼里那种模糊的暗示在一瞬间变得异常清晰，它那两只黑爪子一下子撕破了我心头的迷雾，让我马上想到她。她的低垂的头从我身边滑过去，短促的喘息声和扑鼻的汗酸永留在我的感觉里。猛地把背上沉重的高粱叶子摔掉，她把身体缓缓舒展开。那一大捆叶子在她身后，差不多齐着她的胸乳。我看到叶子捆与她身体接触的地方，明显地凹进去，特别着力的部位，是湿漉漉揉烂了的叶子。我知道，她身体上揉烂了高粱叶子的那些部位，现在一定非常舒服；站在漾着清凉水气的桥头上，让田野里的风吹拂着，她一定体会到了轻松和满足。轻松，满足，是构成幸福的要素，对此，在逝去的岁月里，我是有体会的。

她挺直腰板后，暂时地像失去了知觉。脸上的灰垢显出了汗水的道道。生动的嘴巴张着，吐出一口长长的气。鼻梁挺秀如一管葱。脸色黝黑。牙齿洁白。

故乡出漂亮女人，历代都有选进宫廷的。现在也有几个在京城里演电影的，这几个人我见过，也就是那么个样，比她强不了许多。如果她不是破了相，没准儿早成了大演员。十几年前，她婷婷如一枝花，双目皎皎如星。

"暖！"我喊了一声。

她用左眼盯着我看，眼白上布满血丝，看起来很恶。

"暖，小姑！"我注解性地又喊了一声。

我今年二十九，她小我两岁，分别十年，变化很大，要不是秋千架上的失误给她留下的残疾，我不会敢认她。白狗也专注地打量着我，算一算，它竟有十二岁，应该是匹老狗了。我没想到它居然还活着，看起来还蛮健康。那年端午节，它只有篮球般大，父亲从县城里我舅爷家把它抱来。十二年前，纯种白狗已近绝迹，连这种有小缺陷，大致还可以称为白狗的也很难求了。舅爷是以养狗谋利的人，父亲把它抱回来，不会不依仗着老外甥对舅舅放无赖的招数。在杂种花狗充斥乡村的时候，父亲抱回来它，引起众人的称羡，也有出三十元钱高价来买的，当然被婉言回绝了。即便是那时的农村，在我们高密东北乡这种荒僻地方，还是有不少乐趣，养狗当如是解。只要不逢大天灾，人们一般都能足食，所以狗类得以繁衍。

我十九岁，暖十七岁那一年，白狗四个月的时候，一队队解放军，一辆辆军车，从北边过来，络绎不绝过石桥。我们中学在桥头旁边扎起席棚给解放军烧茶水，学生宣传队在席棚边上敲锣打鼓，唱歌跳舞。桥很窄，第一辆大卡车悬着半边轮子，小心翼翼开过去了。第二辆的后轮压断了一块桥石，翻到了河里，车上载的锅碗瓢盆砸碎了不少，满河里飘着油花子。一群战士跳下河，把司机从驾驶室里拖出来，水淋淋地抬到岸上。几个穿白大褂的军人围上去，一个戴白手套的人，手举着耳机子，大声地喊叫。我和暖是宣传队的骨干，忘了歌唱鼓噪，直着眼看热闹。后来，过来几个很大的首长，跟我们学校里的贫下中农代表郭麻子大爷握手，跟我们校革委刘主任握手，戴好手套，又对着我们挥挥手。然后，他们一溜儿站在那儿，看着队伍继续过河。郭麻子大爷让我吹笛，刘主任让暖唱歌。暖问："唱什么？"刘主任说："唱《看到你们格外亲》。"于是，就吹就唱。战士们一行行踏着桥过河，汽车一辆辆涉水过河。（小河的水呀清悠悠，庄稼盖满了沟）车头激起雪白的浪花，车后留下黄色的浊流。（解放军进山来，帮助咱们闹秋收）大卡车过完后，两辆小吉普车也呆头呆脑下了河。一辆飞速过河，溅起五六米高的雪浪花；一辆一头钻进水里，嗡嗡怪叫着被淹死了，从河水中冒出一股青烟。（拉起了家常话，多少往事涌上心头）"糟糕！"一个首长说。另一个首长说："他妈的笨蛋！让王猴子派人把车抬上去。"（吃的是一锅饭，点的是一灯油）很快地就有几十个解放军在河水中推那辆撒了气的吉普车，解放军都是穿着军装下了河，河水仅仅没膝，但他们都湿到胸口，湿后变深了颜色的军衣紧贴在身上，显出了肥的瘦的腿和臀。（你们是俺们的亲骨肉，你们是俺们的贴心人）那几个穿白大褂的人把那个水淋淋的司机抬上一辆涂着红十字的汽车。（党的恩情说不尽，见到你们总觉得格外亲）首长们转过身来，看样子准备过桥去，我提着笛子，暖张着口，怔怔地看着首长。一个带着黑边眼镜的首长对着我们点点头，说："唱得不错，吹得也不错。"郭麻子大爷说："首长们辛苦了。孩子们胡吹瞎咧咧，别见笑。"他摸出一包烟，拆开，很恭敬地敬过去，首长们客气地谢绝了。一辆轱辘很多的车停在河对岸，几个战士跳上去，扔下几盘粗大的钢丝绳和一些白色的木棒。带黑边眼镜的首长对身边一个年轻英俊的军官说："蔡队长，你们宣传队送一些乐器呀之类的给他们。"

队伍过了河，分散到各村去。师部住在我们村。那些日子就像过年一样，全村人都激动。从我家厢房里扯出了几十根电话线，伸展到四面八方去。英俊的蔡队长带着一群吹拉弹唱的文艺兵住在暖家。我天天去玩，和蔡队长混得很熟。蔡队长让暖唱歌给他听。他是个高大的青年，头发蓬松着，眉毛高挑着。暖唱歌时，他低着头拼命抽烟，我看到他的耳朵轻轻地抖动着。他说暖条件不错，很不错，可惜缺乏名师指导。他说我也很有发展前途。他很喜欢我家那只黑爪子小白狗，父亲知道后，马上要送给他，他没要。队伍要开拔那天，我爹和暖的爹一块来了，央求蔡队长把我和暖带走，蔡队长说，回去跟首长汇报一下，年底征兵时就把我们征去。临别时，蔡队长送我一本《笛子演奏法》，送暖一本《怎样演唱革命歌曲》。

"小姑，"我发窘地说，"你不认识我了吗？"

我们村是杂姓庄子，张王李杜，四面八方凑起来的，各种辈分的排列，有点乱七八糟，姑姑嫁给侄子，侄子拐跑婶婶的事时有发生，只要年龄相仿，也就没人嗤笑。我称暖为小姑是从小惯成的叫法，并无一点血缘骨肉的情分在内。十几年前，当把"暖"与"小姑"含混着乱叫一通时，是别有一番滋味在心头的。这一别十年，都老大不小，虽还是那样叫着，但已经无滋味了。

"小姑，难道你真的不认识我了吗？"说完这句话，我马上谴责了自己的迟钝。她的脸上，早已是凄凉的景色了。汗水依然浸润着，将一绺干枯的头发粘到腮边。黝黑的脸上透出灰白来。左眼里有明亮的水光闪烁。右边没有眼，没有泪，深深凹进去的眼眶里，栽着一排乱纷纷的黑睫毛。我的心拳拳着，实在不忍看那凹陷，便故意把目光散了，瞄着她委婉的眉毛和在半天阳光下因汗湿而闪亮的头发。她左腮上有肌肉联动着眼眶的睫毛和眶上的眉毛，微微地抽搐着，造成了一种凄凉古怪的表情。别人看见她不会动心，我看见她无法不动心……

十几年前那个晚上，我跑到你家对你说："小姑，打秋千的人都散了，走，我们去打个痛快。"你说："我打盹呢。"我说："别拿一把啦！寒食节过了八天啦，队里明天就要拆秋千架用木头。今早晨把势对队长嘟哝，嫌把大车绳当秋千绳用，都快磨断了。"你打了一个哈欠，说："那就去吧。"白狗长成一个半大狗了，细筋细骨，比小时候难看。它跟在我们身后，月亮照着它的毛，它的毛闪烁银光，秋千架竖在场院边上，两根立木，一根横木，两个铁吊环，两根粗绳，一个木踏板。秋千架，默立在月光下，阴森森，像个鬼门关。架后不远是场院沟，沟里生着绵亘不断的刺槐树丛，尖尖又坚硬的刺针上，挑着青灰色的月亮。

"我坐着，你荡我。"你说。

"我把你荡到天上去。"

"带上白狗。"

"你别想花花点子了。"

你把白狗叫过来，你说："白狗，让你也恣悠悠恣悠悠。"

你一只手扶住绳子，一只手揽住白狗，它委屈地嘤嘤着。我站在踏板上，用双腿夹住你和狗，一下一下用力，秋千渐渐有了惯性。我们渐渐升高，月光动荡如水，耳边习习生风，我有点头晕。你格格地笑着，白狗呜呜地叫着，终于悠平了横梁。我眼前交替出现田野和河流，房屋和坟丘，凉风拂面来，凉风拂面去。我低头看着你的眼睛，问："小姑，好不好？"

你说："好，上了天啦。"

绳子断了。我落在秋千架下，你和白狗飞到刺槐丛中去，一根槐针扎进了你的右眼。白狗从树丛中钻出来，在秋千架下醉酒般地转着圈，秋千把它晃晕了……

"这些年……过得还不错吧？"我嗫嚅着。

我看到她耸起的双肩塌了下来，脸上紧张的肌肉也一下子松弛了。也许是因为生理补偿或是因为努力劳作而变得极大的左眼里，突然射出了冷冰冰的光线，刺得我浑身不自在。

"怎么会错呢？有饭吃，有衣穿，有男人，有孩子，除了缺一只眼，什么都不缺，这不就是'不错'吗？"她很泼地说着。

我一时语塞了，想了半天，竟说："我留在母校任教了，据说，就要提我为讲师了……我很想家，不但想家乡的人，还想家乡的小河，石桥，田野，田野里的红高粱，清新的空气，婉转的鸟啼……趁着放暑假，我就回来啦。"

"有什么好想的，这破地方。想这破桥？高粱地里像他妈的蒸笼一样，快把人蒸熟了。"她说着，沿着漫坡走下桥，站着把那件泛着白碱花的男式蓝制服褂子脱下来，扔在身边石头上，弯下腰去洗脸洗脖子。她上身只穿一件肥大的圆领汗衫，衫上已烂出密麻麻的小洞。它曾经是白色的，现在是灰色的。汗衫扎进裤腰里，一根打着卷的白绷带束着她的裤子，她再也不看我，撩着水洗脸洗脖子洗胳膊。最后，她旁若无人地把汗衫下摆从裤腰里拽出来，撩起来，掬水洗胸膛。汗衫很快就湿了，紧贴在肥大下垂的乳房上。看着那两个物件，我很淡地想，这个那个的，也不过是那么回事。正像乡下孩子们唱的：没结婚是金奶子，结了婚是银奶子，生了孩子是狗奶子。我于是问：

"几个孩子了？"

"三个"。她拢拢头发，扯着汗衫抖了抖，又重新塞进裤腰里去。

"不是说只准生一胎吗？"

"我也没生二胎。"见我不解，她又冷冷地解释，"一胎生了三个，吐噜吐噜，像下狗一样。"

我缺乏诚实地笑着。她拎起蓝上衣，在膝盖上抽打几下，穿到身上去，从下往上扣着纽扣。趴在草捆旁边的白狗也站起来，抖擞着毛，伸着懒腰。

我说："你可真能干。"

"不能干有什么法子？该遭多少罪都是一定的，想躲也躲不开。"

"男孩女孩都有吧？"

"全是公的。"

"你可真是好福气，多子多福。"

"豆腐！"

"这还是那条狗吧？"

"活不了几天啦。"

"一晃不是十几年。"

"再一晃就该死啦。"

"可不，"我渐渐有些烦恼起来，对坐在草捆旁的白狗说，"这条老狗，还挺能活！"

"噢，兴你们活就不兴我们活？吃米的要活，吃糠的也要活；高级的要活，低级的也要活。"

"你怎么成了这样？"我说，"谁是高级？谁是低级？"

"你不就挺高级的吗？大学讲师！"

我面红耳热，讷讷无言，一时觉得难以忍受这窝囊气，搜寻着刻薄词儿想反讥，又一想，罢了。我提起旅行袋，干瘪地笑着，说："我可能住到我八叔家，你有空就来耍吧。"

"我嫁到了王家丘子，你知道吗？"

"你不说我不知道。"

"知道不知道的，没有大景色了。"她平平地说："要是不嫌你小姑人模狗样的，就抽空来耍吧，进村打听'个眼暖'家，没有不知道的。"

"小姑，真想不到成了这样……"

"这就是命，人的命，天管定，胡思乱想不中用。"她款款地从桥下上来，站在草捆前说，"行行好吧，帮我把草掀到肩上。"

我心里立刻热得不行，勇敢地说："我帮你背回去吧！"

"不敢用！"说着，她在草捆前跪下，把背棍放在肩头，说："起吧。"

我转到她背后，抓起捆绳，用力上提，借着这股劲儿，她站了起来。

她的身体又弯曲起来，为了背得舒适一点，她用力地颠了几下背上的草捆，高粱叶子沙沙啦啦地响着。从很低的地方传上来她瓮声瓮气的话：

"来要吧。"

白狗对我吠叫了几声，跑到前边去了。我久久地立在桥头上，看着这一大捆高粱叶子在缓慢地往北移动，一直到白狗变成了白点，我才转身往南走。

从桥头到王家丘子七里路。

从桥头到我们村十二里路。

从我们村到王家丘子十九里路，八叔让我骑车去。我说算了吧，十几里路走着去就行。八叔说：现在富了，自行车家家有，不是前几年啦，全村只有一辆半辆车子，要借也不容易，稀罕物儿谁愿借呢。我说我知道富了，看到了自行车满街筒子乱蹿，但我不想骑车，当了几年知识分子，当出几套痔疮，还是走路好。八叔说：念书可见也不是件太好的事，七灾八病不说，人还疯疯癫癫的。你说你去她家干么子，瞎的瞎，哑的哑，也不怕村里人笑话你。鱼找鱼，虾找虾，不要低了自己的身份啊！我说八叔我不和您争执，我扔了二十数三十的人啦，心里有数。八叔悻悻地忙自己的事去了，不来管我。

我很希望在桥头上再碰到她和白狗，如果再有那么一大捆高粱叶子，我豁出命去也要帮她背回家；白狗和她，都会成为可能的向导，把我引导到她家里去。城里都到了人人关注时装、个个追赶时髦的时代了，故乡的人，却对我的牛仔裤投过鄙夷的目光，弄得我很狼狈。于是解释：处理货，三块六毛钱一条——其实我花了二十五块钱，既然便宜，村里的人们也就原谅了我。王家丘子的村民们是不知道我的裤子便宜的，碰不到她和狗，只好进村再问路，难免招人注意。如此想着，就更加希望碰到她，或者白狗。但毕竟落了空。一过石桥，看到太阳很红地从高粱棵里冒出来，河里躺着一根粗大的红光柱，鲜艳地染遍了河水。太阳红得有些古怪，周围似乎还环绕着一些黑气，大概是要落雨了吧。

　　我撑着折叠伞，在一阵倾斜的疏雨中进了村。一个仄楞着肩膀的老女人正在横穿街道，风翻动着长大的衣襟，风使她摇摇摆摆。我收起伞，提着，迎上去问路。"大娘，暖家在哪儿住？"她斜斜地站定，困惑地转动着昏暗的眼。风通过花白的头发，翻动的衣襟，柔软的树木，表现出自己来；雨点大如铜钱，疏可跑马，间或有一滴打到她的脸上。"暖家在哪住？"我又问。"哪个暖家？"她问，我只好说"个眼暖"。老女人阴沉地瞥我一眼，抬起胳膊，指着街道旁边一排蓝瓦房。

　　站在甬道上我大声喊："暖姑在家吗？"

最先应了我的喊叫的，是那条黑爪子老白狗。它不像那些围着你腾跃咆哮，仗着人势在窝里横咬不死你，也要吓死你的恶狗，它安安稳稳地趴在檐下铺了干草的狗窝里，眯缝着狗眼，象征性地叫着，充分显示出良种白狗温良宽厚的品质来。

我又喊，暖在屋里很脆地答应了一声，出来迎接我的却是一个满腮黄胡子两只黄眼珠的剽悍男子。他用土黄色的眼珠子恶狠狠地打量着我，在我那条牛仔裤上停住目光，嘴巴歪歪地撇起，脸上显出疯狂的表情。他向前跨一步——我慌忙退一步，他翘起右手的小拇指，在我眼前急遽地晃动着，口里发出一大串断断续续的音节。我虽然从八叔的口里，知道了暖姑的丈夫是个哑巴，但见了真人狂状，心里仍然立刻沉甸甸的。独眼嫁哑巴，弯刀对着瓢切菜，按说也并不委屈着哪一个，可我心里仍然立刻就沉甸甸的。

暖姑，那时我们想得美。蔡队长走了，把很大的希望留给我们。他走那天，你直视着他，流出的泪水都是给他的。蔡队长脸色灰白，从衣袋里摸出一把牛角小梳子递给你。我也哭了，我说："蔡队长，我们等你来招我们。"蔡队长说："等着吧。"等到高粱通红了的深秋，听说县城里有招兵的解放军，咱俩兴奋得觉都睡不稳了。学校里有老师进县城办事，我们托他去人武部打听一下，看看蔡队长来没来。老师去了。老师回来了。老师对我们说：今年来招兵的解放军一律黄褂蓝裤，空军地勤兵，不是蔡队长那部分。

我失望了，你充满信心地对我说："蔡队长不会骗我们！"我说："人家早就把这码事忘了！"你爹也说："给你们个棒槌，你们就当了针。他是把你们当小孩哄怂着玩哩，好人不当兵，好铁不打钉，混混毕了业，回家来拉弯弯铁，别净想俏事儿。"你说："他可没把我当小孩子。他决不把我当小孩子。"说着，你的脸上浮起浓艳的红色。你爹说："能得你。"我惊诧地看着你变色的脸，看着你脸上那种隐隐约约的特异表情，语无伦次地说："也许，他今年不来后年来，后年不来大后年来。"蔡队长可真是个仪表堂堂的美男子啊！他四肢修长，面部线条冷峭，胡茬子总刮得青白。后来，你坦率地对我说，他在临走前一个晚上，抱着你的头，轻轻地亲了一下。你说他亲完后呻吟着说：小妹妹，你真纯洁……为此我心中有过无名的恼怒。你说："当了兵，我就嫁给他。"我说："别做美梦了！倒贴上二百斤猪肉，蔡队长也不会要你。""他不要我，我再嫁给你。""我不要！"我大声叫着。你白我一眼，说："烧得你不轻！"现在回想起来，你那时就很有点样子了，你那花蕾般的胸脯，经常让我心跳。

哑巴显然瞧不起我，他用翘起的小拇指表示着对我的轻蔑和憎恶。我堆起满脸笑，想争取他的友谊，他却把双手的指头交叉在一起，弄出很怪的形状，举到我的面前。我从少年时代的恶作剧中积累起来的知识里，找到了这种手势的低级下流的答案，心里顿时产生了手捧癞蛤蟆的感觉。我甚至都想抽身逃走了，却见三个同样相貌、同样装束的光头小男孩从屋里滚出来，站在门口，用同样的土黄色小眼珠瞅着我，头一律往右倾，像三只羽毛未丰、性情暴躁的小公鸡。孩子的脸显得很老相，额上都有抬头纹，下腭骨阔大结实，全都微微地颤抖着。我急忙掏出糖来，对他们说："请吃糖。"哑巴立即对他们挥挥手，嘴里蹦出几个简单的音节。男孩们眼巴巴地瞅着我手中花花绿绿的糖块，不敢动一动。我想走过去，哑巴挡在我面前，蛮横地挥舞着胳膊，口里发着令人发怵的怪叫。

暖把双手交叠在腹部，步履有些踉跄地走出屋来。我很快明白了她迟迟不出屋的原因，干净的阴丹士林蓝布褂子，褶儿很挺的灰的确良裤子，显然都是刚换的。士林蓝布和用士林蓝布缝成的李铁梅式褂子久不见了，乍一见心中便有一种怀旧的情绪快快而生。穿这种褂子的胸部丰硕的少妇别有风韵。暖是脖子挺拔的女人，脸型也很清雅。她右眼眶里装进了假眼，面部恢复了平衡。我的心为她良苦的心感到忧伤，我用低调观察着人生，心弦纤细如丝，明察秋毫，并自然地颤栗。不能细看那眼睛，它没有生命，它浑浊地闪着磁光。她发现了我在注视她，便低了头，绕过哑巴走到我面前，摘下我肩上的挎包，说："进屋去吧。"

哑巴猛地把她拽开，怒气冲冲的样子，眼睛里像要出电。他指指我的裤子，又翘起小拇指，晃动着，嘴里嗷嗷叫着，五官都在动作，忽而挤成一撮，忽而大开大裂，脸上表情生动可怖。最后，他把一口唾沫啐在地上，用骨节很大的脚踩了踩。哑巴对我的憎恶看来是与牛仔裤有直接关系的，我后悔穿这条裤子回故乡，我决心回村就找八叔一条肥腰裤子换上。

"小姑，你看，大哥不认识我。"我尴尬地说。

她推了哑巴一把，指指我，翘翘大拇指，又指指我们村庄的方向，指指我的手，指指我口袋里的钢笔和我胸前的校徽，比划出写字的动作，又比划出一本方方正正的书，又伸出大拇指，指指天空。她脸上的表情丰富多彩。哑巴稍一愣，马上消失了全身的锋芒，目光温顺得像个大孩子。他犬吠般地笑着，张着大嘴，露出一口黄色的板牙。他用手掌拍拍我的心窝，然后，跺脚，吼叫，脸憋得通红。我完全理解了他的意思，感动得不行。我为自己赢得了哑兄弟的信任感到浑身的轻松。那三个男孩子躲躲闪闪地凑上来，目不转睛地看着我手中的糖。

我说："来啊！"

男孩们抬起眼看看他们的父亲。哑巴嘿嘿一笑，孩子们就敏捷地蹿上来，把我手中的糖抢走了。为争夺掉在地上的一块糖，三颗光脑袋挤在一起攒动着。哑巴看着他们笑，暖发出一声轻轻的叹息，她说：

"你什么都看到了，笑话死俺吧。"

"小姑……我怎么敢……他们都很可爱……"

哑巴敏感地看着我，笑笑，转过身去，用大脚板几下子就把厮缠在一起的三个男孩踢开。男孩们咻咻地喘着气，凶凶地对视着。我摸出所有的糖，均匀地分成三份，递给他们，哑巴嗷嗷地叫着，对着男孩打手势。男孩都把手藏到背后去，一步步往后退。哑巴更响地嗷了一阵，男孩便抽搐着脸，每人拿出一块糖，放在父亲关节粗大的手里，然后呼号一声，消逝得无影无踪。哑巴把三块糖托着，笨拙地看了一会，就转眼对着我。嘴里啊啊手比划。我不懂，求援地看着暖。暖说："他说他早就知道你的大名，你从北京带来的高级糖，他要吃块尝尝。"我做了一个往嘴里扔食物的姿势。他笑了，仔细地剥开糖纸，把糖扔进口里去，嚼着，歪着头，仿佛在聆听什么。他又一次伸出大拇指，我这次完全明白他是在夸奖糖的高级了。很快地他又吃了第二块糖。我对暖说，下次回来，一定带些真正的高级糖给大哥吃。暖说："你还能再来吗？"我说一定来。

哑巴吃完第二块糖，略一想，把手中那块糖递到暖的面前，暖闭眼。"嗷——"哑巴吼了一声。我心里抖着，见他又把手往暖眼前伸，暖闭眼，摇了摇头。"嗷——嗷——"哑巴愤怒地吼叫着，左手揪住暖的头发，往后扯着，使她的脸仰起来，右手把那块糖送到自己嘴边，用牙齿撕掉糖纸，两个手指捏着那块沾着他粘粘口涎的糖，硬塞进她的嘴里去。她的嘴不算小，但被他那两根小黄瓜一样的手指比得很小。他乌黑的粗手指使她的双唇显得玲珑娇嫩。在他的大手下，那张脸变得单薄脆弱。

她含着那块糖，不吐也不嚼，脸上表情平淡如死水。哑巴为了自己的胜利，对着我得意地笑。

她含混地说："进屋吧，我们多傻，就这么在风里站着。"我目光巡睃着院子，她说："你看什么？那是头大草驴，又踢又咬，生人不敢近身，在他手里老老实实的。春上他又去买那头牛，才下了犊一个月。"

她家院子里有个大敞棚，敞棚里养着驴和牛。牛极瘦，腿下有一头肥滚滚的牛犊在吃奶，它蹬着后腿、摇着尾巴，不时用头撞击母牛的乳房，母牛痛苦地弓起背，眼睛里闪着幽幽的蓝光。

哑巴是海量，一瓶浓烈的"诸城白干"，他喝了十分之九，我喝了十分之一。他面不改色，我头晕乎乎。他又开了一瓶酒，为我斟满杯，双手举杯过头敬我。我生怕伤了这个朋友的心。便抱着电灯泡捣蒜的决心，接过酒来干了。怕他再敬，便装出不能支持的样子，歪在被子上。他兴奋得脸通红，对着暖比划，暖和他对着比划一阵，轻声对我说："你别和他比，你十个也醉不过他一个。你千万不要喝醉。"她用力盯了我一眼。我翘起大拇指，指指他，翘起小拇指，指指自己。于是撤去酒，端上饺子来。我说："小姑，一起吃吧。"暖征得哑巴同意，三个男孩便爬上炕，挤在一簇，狼吞虎咽。暖站在炕下，端饭倒水伺候我们，让她吃，她说肚子难受，不想吃。

饭后，风停云散，狠毒的日头灼灼地在正南挂着。暖从柜子里拿出一块黄布，指指三个孩子，对哑巴比划着东北方向。哑巴点点头。暖对我说："你歇一会儿吧，我到乡镇去给孩子们裁几件衣服。不要等我，过了晌你就走。"她狠狠地看我一眼，挟起包袱，一溜风走出院子，白狗伸着舌头跟在她身后。

哑巴与我对面坐着，只要一碰上我的目光，他就咧开嘴笑。三个小男孩闹了一阵，侧歪在炕上睡了，他们几乎是同时入睡。太阳一出来，立刻便感到热，蝉在外面树上聒噪着。哑巴脱掉褂子，裸着上身发达的肌肉，闻着他身上挥发出来的野兽般的气息，我害怕，我无聊。哑巴紧密地眨巴着眼，双手搓着胸膛，搓下一条条鼠屎般的灰泥。他还不时地伸出蜥蜴般灵活的舌头舔着厚厚的嘴唇。我感到恶心，燥热，心里想起桥下粼粼的绿水。阳光透过窗户，晒着我穿牛仔裤的腿。我抬腕看表。"噢噢噢！"哑巴喊着，跳下炕，从抽屉里摸出一块电子手表给我看。我看着他脸上祈望的神情，便不诚实地用小拇指点点我腕上的表，用大拇指点点他的电子表。他果然非常地高兴起来，把电子表套在右手腕子上，我指指他的左手腕子，他迷惘地摇摇头。我笑了一下。

"好热的天。今年庄稼长得挺好。秋天收晚田。你养那头驴很有气度。三中全会后，农民生活大大提高了。大哥富起来了，该去买台电视机。'诸城白干'到底是老牌子，劲冲。"

"噢噢，噢噢。"他脸上充满幸福感，用并拢的手摸摸头皮，比比脖子。我惊愕地想，他要砍掉谁的脑袋吗？他见我不解，很着急，手哆嗦着，"噢噢噢，噢噢噢！"他用手指着自己的右眼，又摸头皮，手顺着头皮往下滑，到脖颈处，停住。我明白了。她要说暖什么事给我知道。我点点头。他摸摸自己两个黑呼呼的乳头，指指孩子，又摸摸肚子。我似懂非懂，摇摇头。他焦急地蹲起来，调动起几乎全部的形体向我传达信息，我用力地点着头，我想应该学学哑语。最后，我满脸挂汗向他告辞，这没有什么难理解的，他脸上显出孩子般的真情来，拍拍我的心，又拍拍自己的心。我干脆大声说："大哥，我们是好兄弟！"他三巴掌打起三个男孩来，让他们带着眵目糊给我送行。在门口，我从挎包里摸出那把自动折叠伞送他，并教他使用方法。他如获至宝，举着伞，弹开，收拢，收拢，弹开，翻来复去地弄。三个男孩仰脸看着忽开忽合的伞，腭骨又索索地抖起来。我戳了他一下，指指南去的路。"噢噢。"他叫着，摆摆手，飞步跑回家去。他拿出一把拃多长的刀子，拔开牛角刀鞘，举到我的面前。刀刃上寒光闪闪，看得出来是件利物。他踮起脚，拽下门口杨树上一根拇指粗细的树枝来，用刀去削，树枝一节节落在地上。

他把刀子塞到我的挎包里。

走着路，我想，他虽然哑，但仍不失为一条有性格的男子汉，暖姑嫁给他，想必也不会有太多的苦头吃，不能说话，日久天长习惯之后，凭借手势和眼神，也可以拆除生理缺陷造成的交流障碍。

我种种软弱的想法，也许是犯着杞人忧天的毛病了。走到桥头间，已不去想她的事，只想跳进河里洗个澡。路上清静无人。上午下那点雨，早就蒸发掉了，地上是一层灰黄的尘土。路两边窸窣着油亮的高粱叶子，蝗虫在蓬草间飞动，闪烁着粉红的内翅，翅膀剪动空气，发出"喀哒喀哒"的响声。桥下水声泼剌，白狗蹲在桥头。

白狗见到我便鸣叫起来。龇着一嘴雪白的狗牙。我预感到事情的微妙。白狗站起来，向高粱地里走，一边走，一边频频回头鸣叫，好像是召唤着我。我脑子里浮现出侦探小说里的一些情节，横着心跟狗走，并把手伸进挎包里，紧紧地握着哑巴送我的利刃。分开茂密的高粱钻进去，看到她坐在那儿，小包袱放在身边。她压倒了一片高粱，辟出了一块空间，四周的高粱壁立着，如同屏风。看我进来，她从包袱里抽出黄布，展开在压倒的高粱上。一大片斑驳的暗影在她脸上晃动着。白狗趴到一边去，把头伏在平伸的前爪上，"哈达哈达"地喘气。

我浑身发紧发冷，牙齿打战，下腭僵硬，嘴巴笨拙："你……不是去乡镇了吗？怎么跑到这里来……"

"我信了命。"一道明亮的眼泪在她的腮上汩汩地流着，她说："我对白狗说'狗呀，狗，你要是懂我的心，就去桥头上给我领来他，他要是能来就是我们的缘分未断'，它把你给我领来啦。"

"你快回家去吧。"我从挎包里摸出刀，说："他把刀都给了我。”

"你一走就是十年，寻思着这辈子见不着你了。你还没结婚？还没结婚。……你也看到他啦，就那样，要亲能把你亲死，要揍能把你揍死……我随便和哪个男人说句话，就招他怀疑，他恨不得用绳拴起我来。闷得我整天和白狗说话，狗呀，自从我瞎了眼，你就跟着我，你比我老得还要快。嫁给他第二年上，怀了孕，肚子像吹气球一样胀起来，临分娩时，路都走不动了，站着望不到自己的脚尖。一胎生了三个儿子，四斤多重一个，瘦得像一堆猫。要哭一齐哭，要吃一齐吃，只有两个奶子，轮着班吃，吃不到的就哭。那二年，我差点瘫了。孩子落了草，就一直悬着心，老天，别让他们像他爹，让他们一个个开口说话……他们七八个月时，我心就凉了。那情景不对呀，一个个又呆又聋，哭起来像擀饼柱子不会拐弯。我祷告着，天啊，天！别让俺一窝都哑了呀，哪怕有一个响巴，和我作伴说说话……到底还是全哑巴了……"

我深深地垂下头，嗫嚅着："姑……小姑……都怨我，那年，要不是我拉你去打秋千……"

"没有你的事，想来想去还是怨我自己。那年，我对你说，蔡队长亲过我的头……要是我胆儿大，硬去队伍上找他，他就会收留我，他是真心实意地喜欢我。后来就在秋千架上出了事。你上学后给我写信，我故意不回信。我想，我已经破了相，配不上你了，只叫一人寒，不叫二人单，想想我真傻。你说实话，要是我当时提出要嫁给你，你会要我吗？

　　我看着她狂放的脸，感动地说："一定会要的，一定会。"

　　"好你……你也该明白……怕你厌恶，我装上了假眼。我正在期上……我要个会说话的孩子……你答应了就是救了我了，你不答应就是害死了我了。有一千条理由，有一万个借口，你都不要对我说。"

　　……

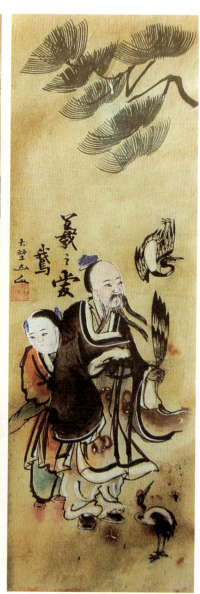

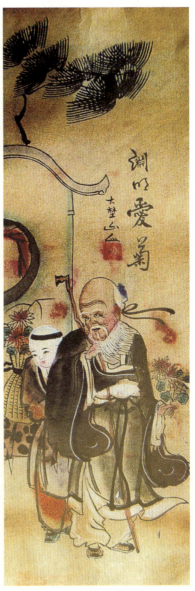

浩出东篱梅

大型□□

渊明爱菊

大型□□

高密半印半画年画《四爱》条屏　清代

高密扑灰年画《母子夺魁》 清代

高密扑灰年画《母子夺魁》 清代

高密扑灰年画《新婚燕尔》 清代

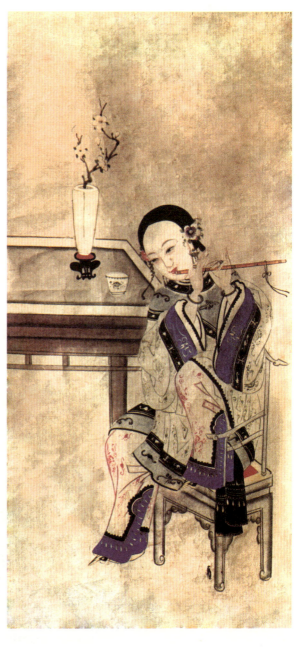

高密扑灰年画《洞房横吹》 清代

（京）新登字 083 号

图书在版编目（CIP）数据

学习蒲松龄/莫言著． －北京：中国青年出版社，2011.3
（作家与故乡）
ISBN 978-7-5006-9819-7

Ⅰ.①学…　Ⅱ.①莫…　Ⅲ.①短篇小说－作品集－中国－当代
Ⅳ.① I247.7

中国版本图书馆 CIP 数据核字（2011）第 029193 号

责任编辑：申永霞
装帧设计：樊　遥

*

中国青年出版社　出版　发行
社址：北京东四 12 条 21 号　邮政编码：100708
网址：www.cyp.com.cn
编辑部电话：(010) 57350501　门市部电话：(010) 57350370
北京汇林印务有限公司印刷　新华书店经销
*
880×1230　1/32　10.125 印张　200 千字
2011 年 4 月北京第 1 版　2012 年 11 月北京第 4 次印刷
印数：36001-44000 册　定价：33.00 元
本图书如有印装质量问题，请凭购书发票与质检部联系调换
联系电话：(010) 57350337